grafit

Mit herzlichem Dank an Sabina Altermatt.

Chemnitzer Str. 31, D-44139 Dortmund
Internet: http://www.grafit.de
E-Mail: info@grafit.de

Umschlaggestaltung: Peter Bucker
Umschlagfoto: Marcus Jontza, visuellewerkstatt.de
Druck und Bindearbeiten: CPI books, Leck
ISBN 978-3-89425-357-8
1. 2. 3. 4. 5. / 2011 2010 2009

Ernst Solèr

Staub im Paradies

Kriminalroman

grafit

Der Autor

Ernst Solèr, geboren 1960 in Männedorf am Zürichsee, lebte bis zu seinem Tode im Juli 2008 als Autor und Journalist in Zürich. Er studierte kurzzeitig Ethnologie und versuchte sich u.a. als Rockgitarrist, Spieleerfinder und Quizkandidat. 1987 begann er eine Karriere beim Schweizer Fernsehen, wo er sich als Redakteur und Produzent diverser TV-Sendungen einen Namen machte. Ernst Solèr arbeitete außerdem regelmäßig für das Schweizer Radio DRS.

Staub im Paradies ist Ernst Solèrs vierter Kriminalroman um den launischen Hauptmann Fred Staub von der Zürcher Kantonspolizei. Der Autor debütierte 2006 mit *Staub im Feuer,* es folgten *Staub im Wasser* (2007) und *Staub im Schnee* (2008).

Staub im Paradies spielt im Februar 2007 in Zürich und Umgebung sowie in Sri Lanka. Die Handlung ist rein fiktiv, Ähnlichkeiten mit real existierenden Personen und Vorfällen sind zufällig und unbeabsichtigt.

Zu beachten ist, dass Tamilen und Singhalesen Ja meinen, wenn sie den Kopf schütteln, und Nein, wenn sie nicken.

Mario hört von einer Leiche

Detektivwachtmeister Mario Fehr blickte auf seine Rado. 9.35 Uhr. Sein Exchef Fred Staub saß wohl bereits im Flieger nach Colombo, um im sri-lankischen Dschungel seine abgöttisch verehrte Tochter zu besuchen. Mario war froh, dass der Alte endlich weg war und nie mehr in die Abteilung *Besondere Verfahren* zurückkehren würde. Die Verantwortlichen hatten Staub kürzlich zum neuen Kommandanten der Kantonspolizei erkoren, weswegen er nach seiner Reise nach Sri Lanka dann wohl im obersten Stockwerk über seinen ehemaligen Mitarbeitern thronen würde.

Besondere Verfahren wurde jetzt von Staubs bisherigem Stellvertreter Michael Neidhart geleitet. Der war zwar immerhin um einiges ausgeglichener als Staub, letztlich aber genauso hart und parteiisch wie sein Vorgänger. So hatte sich Michael beispielsweise nicht im Geringsten dagegen gewehrt, dass anstatt Mario ausgerechnet dessen Bürokollegin Gret zur neuen stellvertretenden Chefin der Abteilung befördert wurde. Im Gegenteil. Der ›hübsche Michael‹, so sein Spitzname, hatte dieses Vorgehen sogar öffentlich unterstützt.

Mario konnte es nicht fassen, dass man ihn derart schnöde übergangen hatte. Abgesehen von dem alten Wirrkopf John Häberli war nämlich eindeutig er der Dienstälteste in der Abteilung. Aber die Verantwortlichen hatten nun mal Gret auserwählt. Ein Affront sondergleichen, auch wenn sie selbst wenig dafür konnte.

Mario linste durch die getönten Gläser seiner Hugo-Boss-Brille zu ihr hinüber und betrachtete Gret ausgiebig. Sie brütete angestrengt über irgendeinem Bericht. Die Frau war hübsch, besonnen und immer freundlich. Aber trotzdem nicht sein Typ: viel zu ehrgeizig und selbstständig für seinen Geschmack. Im Grunde hatte er im ganzen Gebäude der Kantonspolizei bis heute noch nicht ein einziges weibliches

Wesen gesichtet, das ihm zugesagt hätte. Verwunderlich war das nicht. Mario war sich längst darüber im Klaren, dass er bei der Berufswahl komplett danebengegriffen hatte. Polizist zu werden war ein Bubentraum gewesen und mehr nicht – die Arbeit bei der Kriminalpolizei nervte ihn längst zu Tode. Gut, andere träumen davon, Lokomotivführer zu werden, und merken dann bei der fünfhundertsten Fahrt von Zürich nach Eglisau ebenfalls, dass Traum und Realität wenig miteinander zu tun haben. Aber trotzdem, wie hatte es nur so weit kommen können?

Sein Job bot keinerlei Abenteuer, sondern lediglich ständig neue Verwicklungen, neue Kompetenzstreitigkeiten, neue Frustrationen und am schlimmsten: alle paar Wochen wieder frische Leichen.

Einen Scheißberuf hatte er sich ausgesucht, genau wie es ihm sein Vater prophezeit hatte. Belastend, verbrauchend und schlecht bezahlt. Sein zwei Jahre jüngerer Bruder verdiente bei der Coop Bank das Dreifache. Ohne Gefahr zu laufen, in der Nacht aus dem Schlaf gerissen zu werden, um im Dreck nach Toten zu wühlen.

Mario schielte schon seit Längerem nach einer anderen Beschäftigung, doch leider lief man als Polizist auf einem ziemlich toten Gleis. Am ehesten kam wohl noch der Wechsel zu einem privaten Sicherheitsdienst infrage.

»Alles klar?«, riss ihn Grets Stimme aus seinen Gedanken.

»Ja, äh, sicher«, stotterte Mario und ärgerte sich wieder einmal über seine eigene Unbeholfenheit. Gret störte sich immerhin nicht daran, wofür er ihr dankbar war – auch wenn sie ihm natürlich trotzdem nie als neue Stellvertreterin hätte vorgezogen werden dürfen.

Er beobachtete, wie sie sich mit dem Handrücken ihre weißblonden Haare aus dem Gesicht strich, lächelte und die Papiere in ihren Händen zurück auf ihr Pult legte.

»Staub dürfte wohl bald in Colombo eintreffen«, sagte sie und blickte wehmütig zum Fenster hinaus. »Ich werde ihn vermissen.«

Na klar, dachte sich Mario, der Alte hatte schließlich auch vom ersten Tag an einen Narren gefressen an der jungen Frau aus Basel. Gerüchteweise war er sogar mehrfach mit ihr ausgegangen.

»Er kommt ja wieder, wenn auch nicht zurück in unsere Abteilung«, meinte er und Gret nickte abwesend.

»Lass uns zur Sitzung gehen«, schlug Mario nach einem erneuten Blick auf seine Rado vor. Gret murmelte Zustimmung, schnellte hoch und schritt ihm voran in den Gang hinaus. Ihre Figur war klasse, das musste Mario zugeben: sehr schlank, aber dennoch wohlproportioniert. Und gut zu kleiden wusste sie sich auch. Nur leider hatte sie den falschen Beruf gewählt. Wer will schon eine Polizistin bei sich zu Hause? Besonders eine, die so ehrgeizig war wie Gret. Kein Wunder, dass sie allein lebte!

Aber auch er war leider Single, seit mehr als zwei Jahren schon. Ein ziemlich ambitionierter Versuch mit einer Dentalhygienikerin im vergangenen Herbst hatte nichts gebracht außer Ärger und Selbstzweifel: Die Frau war bald zu ihrem Exfreund zurückgekehrt, einem Historiker, der in seiner Freizeit als Nordic Walker herumstöckelte und zwanzig Jahre älter war als sie. Nicht gerade die Art von Konkurrenz, gegen die man gerne den Kürzeren zog. Die Geschichte nagte immer noch an Mario.

Er musste dringend über seine Zukunft nachdenken. Am besten irgendwo am Meer. Überstunden, die es abzubauen galt, hatte er weiß Gott genug, und da er außerdem recht flott fuhr, reichten ihm knapp sechs Stunden an die Côte d'Azur. Er würde Michael nach der Sitzung fragen, ob er ein paar Tage freimachen könne, irgendwelche spannenden Fälle standen derzeit ohnehin nicht an.

Ohne Staub fehlte etwas im Sitzungssaal, das musste sich Minuten später auch Mario eingestehen. Die Mitarbeiter von *Besondere Verfahren* kauerten hinter den hufeisenförmig angeordneten Pulten wie eine Herde hirtenloser Schafe. Eng beisammen und leicht desorientiert. Michael Neidhart mühte sich zwar wacker, Energie zu versprühen, aber Staubs Charisma hatte er zugegebenermaßen nicht. Sofern man die Launenhaftigkeit und das selbstgefällige Gebaren des Alten denn als Charisma bezeichnen wollte.

»Wir haben eine Anfrage um Unterstützung von der städtischen *Leib und Leben*«, richtete Michael einen Blick in die Runde, der wohl optimistisch wirken sollte, aber vielmehr leichte Unsicherheit verriet. »Sie haben einen erstochenen Tamilen und vermuten, dass es um Schutzgelderpressung oder um was Politisches geht, wofür ihnen angeblich die Zeit fehlt.«

»Wie bitte? Was denken die sich eigentlich? Dass sie jeden schwierigen Fall einfach an uns abtreten können?«, erboste sich Kollegin Bea Tschannen.

Der greise John Häberli unterstützte sie mit einem Hustenanfall. Auch Mario zog skeptisch die Mundwinkel nach unten.

»Es kann sicher nicht schaden, wenn wir uns die Leiche mal anschauen, denke ich«, ignorierte Michael alle Einwände. »Gret und Mario, würdet ihr das übernehmen? Weit ist es nicht. Der Tote liegt immer noch vor dem Hinterausgang des Kinos *Riff Raff.*«

Also schon wieder eine beschissene Leiche. Mario war in der Stimmung, spontan zu kündigen. Aber leider zahlte sich seine schmucke Dreizimmerwohnung in Erlenbach nicht von selbst. Genauso wenig wie der neu geleaste Peugeot 307, die feinen Anzüge und die Segelkurse im Sommer. Seufzend erhob er sich und schlich hinter Gret her, die bereits auf den Gang hinausgelaufen war. Er hätte auf seinen Vater hören und wie sein Bruder eine Banklehre machen sollen.

Staub fliegt ins Paradies

Ich sitze in einer Boeing 767 der deutschen Fluggesellschaft *Condor* am Fenster und betrachte die Wolken unter mir. Eigentlich müsste ich aufs Klo. Aber ich verspüre wenig Lust, mich in den engen Gang hinauszuzwängen, obwohl ich in der Fliegertoilette wenigstens meine Ruhe hätte. Meine liebe Ehefrau Leonie neben mir befindet sich nämlich gerade in einer hochgradig erregten Diskussion mit Adrienne, der konfusen Freundin meines Sohnes Per. Es geht um die jüngste gewalttätige Geschichte Sri Lankas. Während Leonie ihr aus drei Artikeln der *Neuen Zürcher Zeitung* zusammengeklaubtes Wissen zum Besten gibt, erhitzt sich Adrienne über solch böse Dinge wie den Kolonialismus und die Globalisierung. Es würde mich nicht wundern, wenn ich schon in den nächsten Minuten schlichtend eingreifen müsste. Wenn der Flieger nicht sogar notlanden muss.

Mein Sohn Per hat es natürlich wieder mal schlau angestellt und döst in der Reihe hinter uns träge vor sich hin, fern aller streitlustigen Verwandten.

Wir befinden uns derzeit irgendwo über dem Mittelmeer und werden Sri Lanka in rund fünf Stunden erreichen. Tochter Anna hat versprochen, dass sie uns am Flughafen abholt, und will uns dann erst mal in ein Fünfsternehotel an der Südküste bringen, wo wir uns akklimatisieren sollen.

»Woran denn?«, hatte ich sie am Telefon gefragt und sie hatte mir daraufhin so ungefähr alles aufgezählt, was mir traditionell auf die Nerven geht: Hitze, Feuchtigkeit, Lärm, Menschenmassen, scharfes Essen und Insekten aller Art.

Ich freue mich durchaus, Anna zu sehen. Schade nur, dass sie nicht im Tessin nach Hirschkäfern sucht, sondern im Dschungel Malariamücken jagt. Aber gut, die lieben Kinder sollen machen dürfen, wonach es sie gelüstet. Und immerhin wird Anna bald Doktorin der Biologie sein, was mich durchaus stolz macht. Frau Doktor Staub, das klingt wahrlich nicht übel. Besser jedenfalls als Hauptmann Staub.

Leonie und Adrienne sind unverhofft verstummt. Ein vorsichtiger Seitenblick verrät mir, dass an die Stelle heftigen Disputs intensives Schmollen getreten ist. Gut so, dann kann ich vielleicht noch ein wenig schlafen, bevor ich meinen Fuß in das sri-lankische Tropenparadies setze. Oder mir nochmals überlegen, warum in aller Welt ich mich dazu habe überreden lassen, nach diesen Ferien Kommandant der Zürcher Kantonspolizei zu werden. Denn um ehrlich zu sein: Davor graut mir jetzt schon. Sitzungen ohne Ende mit Polithengsten, die keinen Schimmer von wahrer Polizeiarbeit haben und mich mit ›Major Staub‹ ansprechen werden. Entsetzlich!

Bereits morgen in zwei Wochen soll ich zum Antrittsbesuch bei unserem kantonalen Polizeidirektor Jucker erscheinen. Einem Mann, der in seiner Freizeit afrikanische Kunst sammelt und das Polizeiwesen im Kanton Zürich ungefähr so stark prägt wie ein Mäuschen den Pegelstand eines Ozeans, in den es brünzelt.

Immerhin tritt Jucker bei den kommenden Wahlen im März zurück. Vermissen werden ihn nur diejenigen, die früher näher mit seiner Vorgängerin, Regierungsrätin Durrer, zu tun hatten, einer aufgedonnerten Furie der rechtspopulistischen SVP, die heute ein anderes Departement führt und nirgendwo weniger Wählerstimmen erhält als in der Gemeinde, in der sie aufgewachsen ist und immer noch wohnt. Dort also, wo man sie kennt.

»Was denkst du denn über den Kolonialismus, Fred?«, fragt mich die bildhübsche Adrienne über Leonies Kopf hinweg und richtet ihre stahlblauen Augen, die unter einer pechschwarzen Wuschelmähne hervorblitzen, auf mich. »Dadurch, dass die Engländer die Tamilen bewusst bevorzugt haben und mit ihnen zusammen die singhalesische Mehrheit knechteten, wurde der Grundstein für den Krieg doch erst gelegt. Oder etwa nicht?«

»Das ist viele Jahrzehnte her, meine Liebe, das Land wurde bereits 1948 in die Unabhängigkeit entlassen«, belehrt Leonie sie ungefragt.

Ich brumme jetzt doch, ich müsse leider dringend aufs Klo, und hieve mich aus meinem Sitz. Natürlich ertönt genau in diesem Moment eine Durchsage aus den Lautsprechern, die von Turbulenzen spricht.

»Krieg ist Blödsinn, so oder so«, knurre ich deshalb und lasse mich wieder in das Polster fallen.

»Vielen Dank für diesen wirklich substanziellen Beitrag, Fred«, frotzelt Leonie, während sich von hinten der durch ein Luftloch aufgerüttelte Per zu Wort meldet, um gähnend zu fragen, ob wir schon da seien.

Gret geht ins Kino

Vier Tage waren vergangen seit ihrem ersten Blick auf den toten Tamilen vor dem *Riff Raff.* Gret erinnerte sich bestens. Der Mann war seitlich zusammengekrümmt im schmutzigen Kies gelegen und hatte hässliche Stichwunden aufgewiesen: zwei braun geränderte Schlitze im Rücken. Nachdem sie und der lustlose Mario den Toten ausgiebig betrachtet hatten, war er in das Institut für Rechtsmedizin abtransportiert worden, wo er bis heute in einer Kühlbox lag.

Die Ermittlungen hatten sich wie erwartet mühsam entwickelt. Sie wussten bis heute noch nicht einmal, wer der Tote war. Seine Fingerabdrücke waren weder auf dem Migrationsamt noch beim Bundesamt für Flüchtlingswesen noch in irgendeinem Polizeiarchiv weltweit registriert. Diverse Mails und Faxschreiben an allerhand Ämter und Behörden in Sri Lankas Hauptstadt Colombo waren bis dato unbeantwortet geblieben. Auch die Veröffentlichung von Bildern des Toten hatte keinerlei Hinweise auf seine Identität gebracht.

Laut Ralf Strich vom *Kriminaltechnischen Dienst* war der kräftig wirkende, ungefähr fünfundzwanzig Jahre alte, für einen Tamilen auffallende ein Meter zweiundachtzig große Mann nicht an demselben Ort erstochen worden, an dem seine Leiche gefunden wurde. Getötet worden war er vermutlich mit einem scharf geschliffenen Messer mit einer rund fünfzehn Zentimeter langen Klinge. Als letzte Mahlzeit in seinem Leben hatte der Mann ein Lammcurry verspeist und Bier getrunken. Sein linker Oberarm wies eine schlecht verheilte, tiefe Schnittwunde auf und mindestens einmal im Leben hatte ihn die Malaria geplagt.

Das Problem war, dass aus den ortsansässigen Tamilen einfach nichts herauszubekommen war. Die Mitarbeiter von *Besondere Verfahren* waren zwar überall herzlich begrüßt worden und hatten literweise süßen Tee vorgesetzt bekommen. Erfahren aber hatten sie rein gar nichts: Die Leute lebten gern hier, von Schutzgeld hatten sie noch nie gehört, um Politik scherten sie sich nicht.

Tatsächlich bereiteten die rund sechstausend Tamilen in Zürich vergleichsweise wenig Probleme. Unter den achtzig Prozent Ausländern in den Zürcher Gefängnissen waren sie stark unterproportional vertreten. Dennoch waren sie natürlich nicht alle nur Zuckerbuben, wie Gret ein Blick ins *Journal* gezeigt hatte, eine Computerdatei, in der sämtliche Einsätze der Kantonspolizei protokolliert wurden. Eine wüste Keilerei in Dübendorf, eine durch Messerstiche schwer verletzte Ehefrau in Uster, ein Eifersuchtsdrama mit zwei Toten in Turbenthal – die Tamilen trugen durchaus ihren Teil zur Kriminalitätsstatistik der Schweiz bei.

Neben schweren Fällen fand sich im *Journal* auch viel Groteskes. So wurde etwa die Verhaftung von drei Tamilen erwähnt, die – gegen ein saftiges Entgelt – deutschunkundigen Landsleuten zu Führerscheinen verholfen hatten, indem sie statt derer mit gefälschten Ausweisen zur Theorieprüfung angetreten waren. Und vor drei Tagen hatte ein Team der schwer bewaffneten Einsatztruppe *Diamant* die Räumlichkeiten einer mittelgroßen Werbeagentur gestürmt, um einen Tamilen abzuführen, den die Werber als Mädchen für alles eingestellt hatten: Der Mann hatte vom Fax der Agentur aus eine Bombendrohung an das Sicherheitsministerium in Colombo geschickt.

Dass Schweizer Tamilen den Guerillakampf in Sri Lanka auf vielfältige Weise unterstützten, war ein offenes Geheimnis. Auch dass Mitglieder der paramilitärischen Befreiungsorganisation LTTE Landsleute mit teilweise unzimperlichen Methoden zur Zahlung von Schutzgeldern zwangen, die in die Kriegskasse der *Liberation Tigers* flossen, bestritt niemand. Selbst die Höhe der erpressten Gelder war bekannt: Fünftausend Franken jährlich wurden Laden- und Restaurantbesitzern abgeknöpft, notfalls unter Androhung von massiven Repressalien gegen Angehörige in der Heimat.

Die Erpressungen waren kürzlich sogar Gegenstand einer Interpellation im Kantonsparlament gewesen, woraufhin sich der Gott sei Dank bald scheidende Regierungsrat Jucker zu einer überaus nichtssagenden Antwort bequemt hatte. Das entsprach seinem üblichen Verhalten, war diesmal aber nicht seine Schuld: Die zuständige *Spezialabteilung 1* führte tatsächlich seit zwei Jahren keine Dossiers mehr zu diesem Thema, da es angeblich unmöglich war, den Beteiligten etwas nachzuweisen. Einerseits hüteten sich die Betroffenen, Anzeige zu erstatten, andererseits verlief die Grenze zwischen freiwilliger Spende und strafrechtlich relevanter Erpressung fließend. Und über so etwas wie V-Männer oder Spitzel in der Tamilenszene verfügte die Zürcher Polizei nicht.

Gret hatte gerade ein ergebnisloses Treffen mit dem Redakteur einer wöchentlich erscheinenden tamilischen Zeitung voller Veranstaltungshinweise hinter sich und befand sich auf dem Weg in die Neugasse zum Kino *Riff Raff.* Die Kollegen von der Stadtpolizei hatten im Zuge des Leichenfundes von einer angeblichen Schlägerei unter Tamilen in diesem Kino gehört.

Gret durchquerte zu Fuß das Zeughausareal. Sie schätzte die Temperatur auf rund fünf Grad, die Stadt lag unter einer kompakten Hochnebeldecke, wie so oft im Winter. In Basel schien sicher die Sonne, dachte sie ein wenig wehmütig, denn das Winterwetter war am Rhein wirklich besser. Aber sie hatte sich in ihrem Beruf weiterentwickeln wollen und hier in Zürich hatte man ihr die Chance dazu gegeben. Außerdem hatte sie irgendwann schlichtweg genug gehabt von der Stadt am Rhein – speziell von ihren Männern.

Einige Obdachlose belagerten krakeelend die Holzbänke auf der Wiese des Zeughaushofs, ihre Hunde tobten durch ein kreisförmiges Labyrinth aus Blumen und Sträuchern, das Freiwillige angelegt hatten und seit Jahren wacker hegten. Jetzt im Februar bestand es allerdings nur aus zerzaustem, erfrorenem Gestrüpp.

Gret erreichte die Kanonengasse und ging durch die Militärstrasse bis zur Langstrasse. Dort nahm sie die bei vielen Zürchern unbeliebte Unterführung, die vom Stadtkreis 4 in den Kreis 5 führt. Ihre derzeit beste Freundin Zoé, eine Buchhändlerin, die wie sie selbst erst vor Kurzem von Basel nach Zürich gezogen war, nahm für diese wirklich nicht sehr lange Strecke prinzipiell den Bus, seit sie spät nachts einmal von Fixern belästigt worden war.

Heute Morgen allerdings war die Unterführung fast leer, lediglich zwei dick vermummte Velofahrer rasten Gret entgegen. Sie trat wieder in das trübe Tageslicht, trank an dem aus drei Betonquadern lieblos zusammenzementierten Brunnen vor dem Latinoschuppen *Flair Bar La Gozadera* einen Schluck Wasser, überquerte die Röntgenstrasse, passierte an der gleichnamigen Bushaltestelle eine Gruppe pöbelnder jugendlicher Albaner, schwenkte dann in die Neugasse ein und meldete sich schließlich am Schalter des Kinos.

Der Geschäftsleiter komme gleich, informierte sie eine Frau mit schrecklichen orangefarbenen Streifen in ihrem zu einem Pilz geschnittenen braunen Haar, und Gret sah sich in dem verwaisten Barraum um und betrachtete die Filmplakate an den Wänden. Eine schräge Komödie aus Spanien, ein Drama aus Dänemark, ein Schweizer Dokumentarfilm über die letzten Bergbauern des Landes.

Das *Riff Raff* setzte ausschließlich – und, wie sie vermutete, ziemlich erfolgreich – auf kleinere Filme abseits des Hollywoodmainstreams. Sie selbst war auch schon hier gewesen, zuletzt vor gut einem Vierteljahr mit einem Staatsanwalt, der ihr erst gefallen hatte, dann aber schnell zu fordernd geworden war.

»Möchten Sie einen Kaffee?«, sprach sie ein rund vierzigjähriger, jugendlich wirkender Mann mit Hornbrille und Kapuzenpullover an.

»Gerne, einen Latte macchiato, wenn das geht«, antwortete Gret und der Mann strebte wortlos lächelnd davon. Sie ließ sich auf einen der Hocker nieder und lauschte dem Mahlen der Maschine. Nach einer Weile hörte sie Geschirr klappern und dann kam der Mann zurück und platzierte zwei hohe Gläser, Löffel und Unterteller auf das Bartischchen. Er setzte sich ihr gegenüber und musterte sie interessiert aus tief liegenden, fast kohlschwarzen Augen.

»Sind Sie wirklich von der Kripo?«, fragte er etwas schnoddrig.

»Leiten Sie tatsächlich ein Kino mit vier Sälen?«, entgegnete Gret im gleichen Tonfall.

Der Mann grinste. »Entschuldigung, ich wollte nicht respektlos sein. Ich staune nur. Denn wenn hier mal Polizei auftaucht, dann meist in Uniform und mit grimmigen Gesichtern.«

»So wie am Sonntag?«

»So wie am Sonntag«, bestätigte er. »Es ist nicht so, dass wir hier besonders polizeifreundlich wären, aber wir wussten uns wirklich nicht mehr anders zu helfen, als die 117 zu wählen.«

»Was genau war denn los?«, fragte Gret und rührte im Milchschaum ihres Kaffees herum.

»Sehen Sie, vor rund zwei Jahren hat sich eine Gruppe Tamilen an uns gewandt und angefragt, ob es möglich sei, jeweils sonntags einen Kinosaal zu mieten, um darin eigene Filme vorführen zu dürfen. Natürlich sagten wir sofort zu. Im Kino *Uto,* in dem diese Veranstaltung bis dahin stattgefunden hatte, ging es aus irgendwelchen Gründen nicht mehr. Und bei den anderen Kinos der Stadt stießen die Leute offenbar auf pure Ablehnung. Das Ganze entwickelte sich bestens und wurde zu einem richtigen Happening. Es wurden Filme gezeigt, im Hinterhof Tische und Bänke aufgestellt, gegessen, getrunken und getanzt, es war jedes Mal ein kleines Volksfest. Nur kam es leider in jüngster Zeit vermehrt zu heftigen Auseinandersetzungen.«

»Worum ging es dabei?«

»Wenn ich das wüsste! Klar ist nur, dass die Leute offensichtlich keinen Alkohol vertragen. Erst haben sie sich nur verbal angefeindet. Aber letzten Sonntag kam es hier zu unglaublich gewalttätigen Szenen, zu einer richtig brutalen Schlägerei mit Verletzten und weinenden Kindern.«

»Kennen Sie diesen Mann?«, fragte Gret unvermittelt und zog das Foto des erstochenen Tamilen hervor.

»Der war dabei, hat aber eher zu schlichten versucht, wenn ich mich recht erinnere«, versicherte ihr der Kinomann nach einem kurzen Blick auf das Bild. »Und ich glaube, er hat der ganzen Gruppe einige Getränke spendiert, bevor die Schlägerei losging.«

»Waren denn auch Verwandte oder Freunde von diesem Mann da?«

»Schwer zu sagen. Ich habe ihn ja nicht extra beobachtet.«

»Wären Sie gegebenenfalls in der Lage, weitere Beteiligte dieser Schlägerei zu identifizieren?«, fragte Gret.

Der Mann nahm einen tiefen Schluck aus seinem Glas und seufzte: »Jetzt, mit vierzig, arbeite ich also auch noch mit der Polizei zusammen! Wer hätte das gedacht.«

»Wir alle entwickeln uns weiter«, grinste sie. »Und außerdem arbeiten Sie ja mit mir zusammen, oder?«

Er sah sie forschend an und lenkte dann ein: »Das ist natürlich ein Argument. Wie heißen Sie denn? Mit Vornamen, meine ich.«

»Du darfst mich Gret nennen«, hörte sie sich sagen. »Und du?«

»Ich heiße Felix.«

»Dir gehören diese Kinos?«

»Schön wär's!«, prustete er. »Wir sind mehrere. Ich fungiere als eine Art Betriebsleiter.«

»Immerhin«, meinte Gret. »Werdet ihr weitermachen mit den Filmnachmittagen?«

»Wir diskutieren das im Moment gerade heftig. Mir reicht es ehrlich gesagt ziemlich. Aber ich will und kann das nicht allein entscheiden.«

Gret trank ihren Latte macchiato leer und Felix zündete sich eine *Parisienne Mild* an. Er sah ziemlich gut aus mit seinen schwarzen Locken und den dunklen Augen hinter der Brille. Zudem war er schlank und schien zumindest gelegentlich ins Fitnesstraining zu gehen.

»Gehen wir zusammen mittagessen?«, fragte er sie plötzlich.

Gret blickte auf ihre Swatch und zögerte.

»An der Heinrichstrasse gibt's einen ganz erträglichen Tamilen«, ließ der Mann nicht locker.

Gret gab schließlich nach. Eine warme Mahlzeit konnte ihr nicht schaden, und außerdem ergab sich dadurch vielleicht sogar die Möglichkeit, gleichzeitig weitere Informationen zu sammeln.

Felix entfernte sich kurz, um seinen Mantel zu holen, und sie studierte erneut die Filmplakate an den Wänden. Sie liebte es, ins Kino zu gehen, aber sie ging ungern allein. Sie nahm sich vor, Zoé demnächst einmal darauf anzusprechen. Oder Michael Neidhart.

Als Felix wenig später in einem alten, aber schicken grauschwarzen Mantel zurückkam, marschierten sie los. Im Zickzack durch Luisenstrasse, Josefstrasse, Gasometerstrasse und dann links in die Heinrichstrasse Richtung Westen. Zwei große Tafeln, die goldbehangene Grazien in dünnen Saris zeigten, signalisierten den Eingang zu dem Lokal, das einer Leuchtreklame über der Tür nach *Sivas* hieß.

Im Innern des Gebäudes trällerte ein Fernseher kitschige Lieder, Plastikblumen und anderer Tand unterstützten die fremdländische Atmosphäre, ein großformatiges Plakat an der Wand zeigte den Strand vor einem Luxushotel. Gret dachte kurz an Staub und hoffte, dass er seine Ferien genoss und sich nicht mit seiner Frau stritt.

Ein eilfertiger Kellner führte sie an einen Tisch ganz in der Ecke, rückte die Stühle zurecht und strich das weiße Papiertischtuch zwischen den türkisfarbenen Tischsets glatt. An der Wand prangte eine Kuckucksuhr, deren Pendel rastlos hin- und herschwang. Gret bestellte ein *Masala Dosai,* eine Art Pfannkuchen aus Linsen- und Reismehl, gefüllt mit einem Brei aus Erbsen, Kartoffeln, Zwiebeln und verschiedenen Gewürzen. Felix entschied sich für das *Jaffna Sea,* ein Fischcurry mit verschiedenen Gemüsesorten, Reis und einem Stück frittiertem Schwertfisch. Dazu orderten sie eine Kanne Tee.

»Der Besitzer«, deutete Felix auf einen vorbeihastenden Mann. »Sag ihm ja nicht, dass es meine Idee war, hierherzukommen!«

»Du magst die Polizei nicht, oder?«, fragte Gret ihn.

»Ganz so simpel ist es nicht«, antwortete er. »Natürlich, ich war eher wild in meiner Jugend und der Anblick eines Polizeiautos löste bei mir reflexartig Angst aus, selbst wenn ich gerade weder mit Hasch durch die Gegend fuhr noch mit einem frisierten Mofa. Aber klar, heute kann es vorkommen, dass ich froh bin, wenn ich einen Streifenwagen sehe. Oder eine nette Polizistin.«

»Hört, hört«, kommentierte sie und er lachte.

»Wie bist du denn zur Polizei gekommen?«

»Ich wollte es immer.«

»Es muss doch einen tieferen Grund geben«, beharrte Felix auf einer Antwort.

Gret zögerte.

»Es gab schon ein auslösendes Moment«, meinte sie dann.

»Aber das verrätst du mir nicht, oder?«

»Nein.«

»Vielleicht ein andermal?«

Sie schüttelte den Kopf und sah, wie der Kellner die üppig gefüllten Teller herantrug. Das Gericht schmeckte ihr ausgezeichnet. Felix erzählte ihr beim Essen einiges über das Kinogeschäft, die Probleme mit Verleihern und Behörden. Er wirkte intelligent, wach und zeitweise sehr sarkastisch. Alles in allem äußerst sympathisch.

Der Restaurantchef kam sogar persönlich an ihren Tisch und fragte nach, wie es schmeckte. Er schien Felix gut zu kennen.

»Wie immer hervorragend«, meinte der jedenfalls und Gret pflichtete ihm bei.

Der Chef schüttelte wohlgefällig seinen Kopf, Zeichen der Zustimmung bei den Tamilen, wie sie in den vergangenen Tagen gelernt hatte.

»Kam der auch zu den Filmnachmittagen?«, erkundigte sich Gret, als der Mann sich wieder entfernt hatte.

»Er machte einen Teil des Caterings.«

»Ich muss nachher mit ihm sprechen«, meinte Gret.

»Wartest du noch, bis ich bezahlt habe?«, fragte Felix.

»Nicht dass er dich noch mit einer Polizistin in Verbindung bringt, gell!«, frotzelte sie zurück.

»Das wird er ohnehin tun«, seufzte Felix theatralisch.

»Welch ein Jammer für den Leiter eines linksalternativen Kinos«, lachte sie ihn aus.

»Du sagst es«, stöhnte er.

Der Kellner unterbrach die Fopperei und servierte ihnen ungefragt zwei Gläser *Lassi* mit Röhrchen. Der dickflüssige ungesüßte Joghurt mit Mangogeschmack war ein Gaumenschmaus, Gret genoss ihn mit geschlossenen Augen.

»Darf ich dich mal anrufen? Privat, meine ich«, hörte sie Felix' Stimme.

»Eine Polizistin?«, riss sie mit gespieltem Schrecken ihre Augen auf.

»Ach, komm schon. Ich bin Single und du auch, oder?«, fragte er staubtrocken.

Gret fühlte sich irgendwie ertappt. Sah man es ihr also schon an! Was sollte sie sagen? Typen wie Felix waren ihr Verhängnis, das wusste sie. Aber die anderen interessierten sie nun mal nicht. Und vielleicht ging es irgendwann ja mal gut.

Dennoch schwieg sie zunächst ein paar Sekunden und ließ ihre Augen nochmals durch das Lokal wandern. Rund zwanzig Leute sorgten für ordentlichen Betrieb, mehr als die Hälfte von ihnen waren Tamilen.

Felix wirkte plötzlich verlegen und winkte nervös nach der Rechnung.

»Ich übernehme das«, stellte er klar und zückte seine Brieftasche.

»Wenn du darauf bestehst.«

Gret kritzelte wortlos ihre Natelnummer auf die Rückseite ihrer offiziellen Visitenkarte und überreichte sie Felix. Und so gut er es auch zu verstecken versuchte: Sie erkannte, wie sehr er sich freute.

»Ich melde mich«, versprach er dann auch. »Bis bald also. Und viel Erfolg bei deinen Ermittlungen!«

Er erhob sich, schüttelte ihr die Hand und verzog sich mit einem vielversprechenden Blick.

Fünf Minuten später fragte Gret an der Bar nach dem Chef des Lokals und präsentierte ihm ihren Ausweis.

Staub läuft in die Falle

Ich knattere neben Anna in einem offenen Jeep die löchrige Straße von Matara nach Pelmadulla hinauf. Der Sarong, der meine schöne Tochter notdürftig umhüllt, flattert im Fahrtwind und ich rutsche auf meinem wunden Hintern unruhig hin und her und betrachte die Umgebung.

»Ein prächtiges Land«, meint Anna beim Anblick der im Wind wogenden Palmen und der vorbeihuschenden Kinderscharen in ihren weiß leuchtenden Schuluniformen.

Ich muss ihr zustimmen: Das Land ist durchaus fantastisch. Schade nur, dass dies auch allerhand Insekten gemerkt haben.

Und was für welche! Die Mücken auf Sri Lanka verzichten beispielsweise auf jegliches Tanztheater und steuern einem, den Stachel voraus, geradewegs ins Gesicht. Weder wildes Umsichschlagen noch helle Kleidung noch ständiges Einschmieren mit *Anti-Brumm* nützen auch nur das Geringste. Diese Mistviecher sterben lieber zermatscht den Heldentod, als erst einmal abwartend um einen herumzusurren. Schweizer Mücken sind dagegen flügellahme Lachnummern.

Gestern Abend zählte ich rund zwanzig Mückenstiche auf meinem Körper, plus ungezählte Wanzeneinstiche am Hintern, die ich mir zuzog, als ich in einem Strandcafé in Unawatuna einen frisch gepressten Fruchtsaft trank. Auf einem Korbsessel, den offenbar eine weit verzweigte Wanzenfamilie zu ihrer Heimat auserkoren hatte.

Anna hat mir versprochen, dass es im Bergland, wo das *Hamawella Malaria Research Center* liegt, kühler ist und damit auch weniger Insekten umherschwirren. Natürlich bin ich neugierig, die Forschungsstation und das Haus zu sehen, in dem meine Tochter derzeit lebt. Ich habe mich ihr deshalb sofort angeschlossen, als sie nach drei ruhigen Tagen, die sie mit uns am Meer verbracht hatte, verkündete, sie müsse zurück an die Arbeit.

Der Rest meiner Familie ist einstweilen in Unawatuna geblieben und setzt ihr faules Urlaubsleben fort. Das heißt, Leonie räkelt sich Romane lesend am Strand und Per versucht, seiner Adrienne das Windsurfen beizubringen, bevor er abends mit ihr um die Häuser zieht. Am Wochenende wollen sie alle nach Hamawella nachkommen. Anstandshalber – ich denke nicht, dass sie ernstlich darauf erpicht sind, sich vom Meer beziehungsweise von ihrem Fünfsternehotel wegzubewegen.

»Was ist eigentlich mit deinem Freund?«, frage ich Anna durch das Geratter des Motorenlärms hindurch. »Kommt der dich auch mal besuchen?«

Sie schweigt verdächtig lange und starrt stur geradeaus auf die holprige Straße.

»Na?«, hake ich unerbittlich nach.

»Ich hab hier jemand anders kennengelernt«, gesteht sie schließlich.

»Einen Forscher?«

»Ja, einen Tropenmediziner und Mikrobiologen von der hiesigen Universität in Kandy.«

Aha.

»Tschaggat Kanagasundram heißt er. Er leitet unsere Forschungsgruppe und freut sich sehr, dich kennenzulernen.«

»Das will ich ihm auch raten!«, knurre ich.

Sie grinst und ich blicke wieder in die hügelige Landschaft hinaus und beschließe, mich weiterer Kommentare zu enthalten. Das Liebesleben meiner Tochter aus erster Ehe ist nicht gerade eintönig. Aber über die Macht, dies zu ändern, verfüge ich leider nicht, weshalb ich schon vor Jahren murrend beschlossen habe, sie in Gottes Namen einfach machen zu lassen, solange es ihr dabei gut geht. Das scheint durchaus der Fall zu sein. Jedenfalls hat sie das Ende ihrer Beziehungen und Affären immer relativ gelassen hingenommen. Jetzt ist sie also bei einem Farbigen als Freund angekommen, bravo! Zugegebenermaßen irritiert mich das ein wenig, auch wenn der Anteil an Idioten meiner Meinung nach bei allen Rassen und Nationalitäten ziemlich exakt gleich hoch ist. An weniger guten Tagen beziffere ich ihn gerne mit rund fünfundneunzig Prozent.

In Pelmadulla machen wir Rast. Das heißt, wir stellen den Jeep in den mageren Schatten einiger Palmen und suchen nach einer Bar, in welcher der Kühlschrank funktioniert. Viele freundliche Helfer weisen uns in alle möglichen Richtungen, bis wir schließlich in einer mit Palmwedeln bedeckten Bretterbude tatsächlich einen funkelnagelneuen Kühlschrank finden, der uns von seinem Besitzer entsprechend stolz vorgeführt wird. Leider funktioniert der Generator, der das Gerät normalerweise mit Strom versorgt, im Moment gerade nicht.

Deshalb trinken wir einmal mehr Tee und setzen uns auf dicke Zeitungsbündel, die uns gegen etwaige Wanzen in den Korbstühlen schützen sollen. Wieder bedauere ich, dass in diesem Land kein anständiger Kaffee zu bekommen ist, nicht einmal in unserem Luxushotel. Ich hätte mir unbedingt ein Glas Instantkaffee mitbringen sollen! Aber andererseits: Wer rechnet denn schon mit solchen Widrigkeiten?

Plötzlich springt Anna erfreut auf: Zwei Weiße kommen um die Ecke und begrüßen meine Tochter herzlich. Es sind Mitglieder ihres Forschungsteams, die mir sofort stolz vorgestellt werden.

»Rainer Schütz ist Mikrobiologe, Jürg Deiss Biochemiker«, sagt Anna.

Ich schüttle den beiden brav die Hand. Sie sehen zwar nicht aus, wie ich mir Forscher vorstelle, sondern eher wie ausgemergelte Tramper. Aber immerhin verhalten sie sich so, als wären sie ganz begeistert, mich kennenzulernen. Nach einigem Hin und Her setzen sie sich zu uns. Der Barbesitzer wieselt dauerlächelnd um uns herum und verschiebt mehrfach die Unterteller und Teegläser auf dem Holztisch.

Selbst meine Packung Muratti verschont er nicht und platziert sie drei Mal um. Auch Rainers einheimische *Goldleaf* werden sorgsam zurechtgerückt, bis sie im richtigen Winkel zu den dampfenden Teegläsern liegen.

»Möchten Sie eine?«, bietet mir Rainer eine seiner Kippen an. Ich schätze ihn auf gute dreißig und einen Meter neunzig. Seine Storchenbeine stecken in beigefarbenen Shorts, um seine Brust schlottert ein dünnes grünes Seidenhemd. Er hat hellblondes Kraushaar auf dem sonnenverbrannten Kopf und sieht aus, als ob er sich seit mindestens drei Tagen nicht mehr rasiert hätte.

»Gerne«, sage ich und inhaliere bald den Rauch einheimischen Krauts. Die Glimmstängel schmecken leicht süßlich, aber durchaus angenehm.

»Helfen gegen die Fliegen«, meint Rainer und Jürg grinst. Dieser ist im Unterschied zu seinem Kollegen glatt rasiert und dunkelhaarig. Er trägt weiße Jeans, ein unter den Achselhöhlen durchgeschwitztes hellblaues Hemd, eine Nickelbrille mit dicken Gläsern und einen Ehering. Scheint Nichtraucher zu sein.

Meine Gedanken schweifen ab, ich beobachte eine Schar palavernder Buben, die versuchen, einen Karren mit Brennholz die staubige Straße hinaufzuziehen. Es ist schätzungsweise fünfunddreißig Grad warm, der Schweiß rinnt mir den Rücken hinunter und die Zigarette beginnt jetzt doch, im Hals zu kratzen. Von fern klingen Bruchstücke einer Debatte an mein Ohr, die fremdwörterlastig die Ergebnisse der neuesten Versuchsreihen von Annas Forschungsgruppe zum Inhalt hat.

Ein röchelndes Motorrad zuckelt vorbei. Zahllose Fliegen surren uns um die Köpfe, trotz der Raucherei. Der Barmann schenkt unaufgefordert Tee nach und ordnet die Zigarettenpackungen auf dem Tisch neu.

»Sie sind Kommissar, nicht?«, fragt mich Rainer, als sich Anna kurz auf die Toilette zurückzieht.

»Im Moment bin ich in den Ferien«, stelle ich klar.

Rainer lacht verschämt und versteift sich leicht auf seinem Hocker. »Natürlich, Entschuldigung«, meint er.

Ich bedaure sofort, ihn so rüde abgewürgt zu haben. Denn er sagt jetzt einfach überhaupt nichts mehr, sodass ich mich ebenfalls nicht mehr getraue, ihn meinerseits ein wenig auszufragen. Über das Forschungsprojekt etwa. Beziehungsweise über gewisse Mitarbeiter des Projekts, die meine Tochter zu faszinieren scheinen. Ich drücke die *Goldleaf* aus und überlege mir, ob ich gleich mit einer Muratti nachräuchern soll, um dem Kratzen im Hals Abhilfe zu schaffen. Noch habe ich fast acht Packungen der zollfreien Stange, die ich in Zürich-Kloten gekauft habe, um über die Runden zu kommen. Hoffentlich reichen sie aus.

»Was sucht ihr denn eigentlich in der Stadt?«, fragt Anna die Kollegen, als sie zurückkehrt.

»Frisches Fleisch«, antwortet ihr Rainer sofort. »Und Benzin natürlich, für unsere Generatoren.«

»Wir haben doch noch kanisterweise Sprit«, wundert sie sich.

»Sicher ist sicher«, meint Rainer beharrlich. »Plötzlich kommt es wieder zu Engpässen und wir gucken dumm aus der Wäsche.«

»Der Generator hier läuft jedenfalls schon nicht mehr«, deute ich zustimmend auf den toten Kühlschrank in der Ecke des Lokals.

»Eben«, sagt er. »Der verdammte Krieg.«

»Bekommt ihr hier oben denn überhaupt etwas von den Unruhen mit?«, frage ich.

Alle drei schütteln den Kopf.

»In Form von Gewalt nicht«, erläutert mir Jürg. »Der Westen und Süden sowie das Bergland gelten als sicher. Aber natürlich schadet der ewige Terror dem Land ungemein. Es wimmelt hier von Krüppeln. Die Inflation ist haarsträubend, die Touristen bleiben mehr und mehr aus, Versorgungsengpässe sind die Regel.«

»Aha«, sage ich mangels anderer geistreicher Ideen.

Kurz nach vier brechen wir auf. Anna übernimmt die bescheidene Rechnung und überreicht dem Barmann einen zerfledderten Hundertrupienschein, was ungefähr einem Franken entspricht. Annas Kollegen haben ihren Jeep, einen klobigen Nissan Patrol, um die Ecke geparkt und fahren wenig später davon, wobei sie eine mächtige rote Staubwolke aufwirbeln. Wir rattern forsch hinter ihnen her, erst durch nicht enden wollende Kautschuk- und Kittulpalmenplantagen, dann eine immer steiler werdende, löchrige Piste hinauf, die eher einem Bachbett gleicht als einer Straße. Links und rechts erheben sich knorrige Baumriesen, und urplötzlich steuern wir mitten durch dichten Urwald.

Ein todesmutiger Velofahrer mit übervollem Gepäckträger rast uns entgegen. Von hinten nähern sich brüllend ein bis zum Dach gefülltes Minitaxi sowie zwei knatternde Motorräder, die laut hupend an uns vorbeidonnern, als befänden wir uns gerade auf einer sechsspurigen Autobahn.

»Verkehrserziehung gehört hier nicht zu den Pflichtfächern, oder?«, frage ich Anna durch den Fahrtlärm hindurch.

Sie schüttelt den Kopf: »Die rasen alle wie die Irren, das ist so.«

Wobei auch Annas Kollegen vor uns plötzlich gewaltig ins Schlingern kommen. Mehr als das. Anstatt die anstehende Linkskurve zu nehmen, bricht der Jeep plötzlich nach rechts aus und fährt zu meinem Entsetzen ungebremst geradewegs in einen Felsbrocken am Rand.

Der Aufprall ist heftig. Es kracht und splittert und dann schrillt die Hupe los.

Ich sehe das Grauen in Annas Augen.

»Verflucht!«, presse ich hervor, springe aus dem Auto und renne zu dem Unfallwagen.

Entsetzen ergreift mich.

Rainer Schütz ist tot, das erkenne ich auf den ersten Blick. Trotzdem fühle ich ihm den Puls – natürlich vergebens.

Was zur Hölle ist hier gerade geschehen?

Wenn ich durch die Hitze zwischenzeitlich nicht wahnsinnig geworden bin, wurde Annas Kollege soeben erschossen. Anders kann ich die Wunden in seiner Brust und die Löcher in der zerkratzten Windschutzscheibe nicht deuten. Jürg neben ihm dagegen lebt, hat sich beim Aufprall aber offensichtlich das Gesicht zerschlagen und ein Bein gebrochen. Er stöhnt jämmerlich, Blut und Tränen laufen ihm über das Gesicht. Anna beugt sich kreidebleich über ihn, komplett fassungslos. Auch ich fühle mich wie gelähmt.

Dann bricht das Chaos über uns herein. Dutzende Einheimische umringen uns und schreien wie von Sinnen wüst durcheinander. ›Doctor‹, ›Tamil‹, ›Clinic‹ ist alles, was ich verstehen kann. Jemand stößt mich unabsichtlich in den Rücken. Ich komme wieder zur Besinnung, konzentriere mich und versuche, mir anhand der beiden Löcher in der Windschutzscheibe auszumalen, woher die Schüsse kamen. Vielleicht aus Richtung der ockerfarbenen Felsen, die gut zweihundert Meter von uns entfernt aus dem Dschungelgrün ragen. Jemand zerrt mich auf die Seite. Es ist ein Mann mit weißem Hemd und himmelblauer Krawatte, der mit angsterfülltem Blick von ›Tigers‹ redet und mir andeutet, ich solle in Deckung gehen. Erschrocken erkenne ich, dass mehrere der Umstehenden nervös mit Waffen herumfuchteln und auf die Felsen zielen, hinter denen ich den Schützen vermute.

»Vater!«, erreicht mich Annas verzweifelte Stimme durch den infernalischen Lärm.

Ich drehe mich zu ihr um und sehe die Panik in ihren Augen. So verängstigt habe ich sie noch nie gesehen. Und ›Vater‹ hat sie mich das letzte Mal vor gut fünfzehn Jahren genannt, als sie nach ihrer Blinddarmoperation aus der Narkose aufwachte.

Ich schüttle den Krawattenmann ab, gehe zu Anna hinüber und nehme sie in den Arm: »Ganz ruhig, alles wird gut!«

Sie jedoch reißt sich abrupt von mir los und schreit mir ins Gesicht: »Scheiße, nein, das wird es eben nicht!«

Ich zucke hilflos mit den Schultern. Natürlich hat sie recht – hier wird ganz bestimmt nichts mehr gut, so viel ist jetzt schon klar.

Anna ballt die Fäuste und atmet ein paarmal tief durch, während ich nach meinen Murattis taste, nur um zu wissen, dass sie noch da sind. Dann sehen wir uns in die Augen – und plötzlich ist es, als erwache unser Kampfgeist wieder.

»Hilf mir«, weist Anna mich an und schubst die Leute beiseite, um wieder zu Jürg zu gelangen. Ich kämpfe mich ebenfalls entschlossen durch die zeternden Massen mit ihr nach vorn. Anna hat offensichtlich vor, den inzwischen ohnmächtig Gewordenen aus dem vollkommen zerstörten Auto zu hieven.

»Er muss sofort versorgt werden, in Pelmadulla gibt's eine Klinik mit Operationssaal.«

»Okay«, sage ich, auch wenn ich sie fast nicht verstehen kann durch das Geschrei der Leute und den Lärm der noch immer schrillenden Hupe.

Ein Herr in einem piekfeinen Leinenanzug spricht uns an und erklärt, dass er Arzt sei. Der Mann mit der himmelblauen Krawatte trägt eilig Verbandszeug herbei. Anna reißt ihm die Mullbinden aus den Händen und wickelt sie hektisch um Jürgs Kopf, aber das Blut dringt sofort durch sie hindurch. Rainer liegt tot daneben. Der Doktor betrachtet ihn in aller Ruhe und schüttelt wissend seinen Kopf. Anschließend tastet er an Jürgs Bein herum, der heftig aufstöhnt. Ein etwa vierzehnjähriger Junge kriecht unter den verunfallten Wagen und bringt endlich die verdammte Hupe zum Schweigen. Der Arzt erhebt seine Stimme und erteilt Befehle. Nach und nach wird er erhört. Wenig später tragen zehn Leute Jürg vorsichtig hinüber zu unserem Wagen und hieven ihn auf den Rücksitz.

»Los, Papa, fahren wir«, ruft Anna, springt auf den Fahrersitz und hantiert bereits mit dem Zündschlüssel herum. Ich beeile mich, ebenfalls in das Fahrzeug zu steigen. Aber kaum sitze ich, heißt mich Anna bereits wieder auszusteigen.

»Bleib bei Rainer«, sagt sie mit Nachdruck.

»Ich soll dich allein fahren lassen? Du spinnst wohl!«, wehre ich mich und sehe in ihren Augen für den Bruchteil einer Sekunde Unverständnis aufglimmen.

»Jemand von uns muss doch bei ihm bleiben, Papa. Vermutlich wird bald die Polizei auftauchen.«

Die Idee, sie allein losfahren zu lassen, passt mir überhaupt nicht. Ich könnte mir nie verzeihen, wenn ihr auf dem Weg ins Spital etwas zustoßen würde. Aber sie erhält überraschend Unterstützung von dem Mann mit der himmelblauen Krawatte, der beteuert, er fahre mich später, wohin ich wolle, ihm gehöre ein Minitaxi.

Ich zögere.

»Bitte!«, sagt Anna, »ich komme schon klar, vertrau mir einfach!«

Ich gebe mich geschlagen und steige unter dem zustimmenden Gemurmel der Umstehenden wieder aus dem Auto. Statt meiner entern dafür jetzt andere Leute das Fahrzeug: zwei Bauern mit Gewehren, ein kleiner Junge und auch der Mann, der sich als Arzt vorgestellt hat.

Anna legt den Gang ein und fährt los in Richtung Pelmadulla.

Ich ziehe meine Murattis hervor und inspiziere nochmals ausgiebig den Unglücksort. Es strömen immer noch mehr Menschen heran und schimpfen, was das Zeug hält. Wer immer sich jetzt als Täter verdächtig machen sollte: Der Mob würde ihn ohne Federlesen lynchen.

Der Besitzer des Minitaxis geleitet mich in den Schatten eines Baumriesen auf eine ausgebreitete Zeltplane, wo mir eine ältere Frau Tee reicht. Ich stürze das Gebräu hinunter und verbrenne mir fast den Gaumen. Gleichzeitig sauge ich wie ein Verdurstender an meiner Zigarette. Eine Schar Kinder beobachtet das Schauspiel aufmerksam, und die Vorwitzigste unter ihnen, ein etwa zehnjähriges Mädchen, fragt mich: »Where you're from?«

»Switzerland«, antworte ich wortkarg.

»Switzerland is very nice«, meint die Kleine. »My big sister lives there. In Bulak!«

»Bülach?«, hake ich nach.

»Yes, in Bulak. Very nice!«

Eine halbe Stunde später ist sowohl zahlreich Militär in Tarnanzügen als auch ein Zweiertrüppchen khakibraun uniformierter Polizei vor Ort. Während die Soldaten sofort ausschwärmen und den Busch durchkämmen, wenden sich die beiden Polizisten an mich und notieren sich umständlich den Namen des Toten.

»Did you know him?«, fragt mich der ältere der beiden, ein kleiner, ziemlich feister Mann mit fleischigen Händen, dem der Schweiß über das Gesicht läuft.

»Not really«, antworte ich wahrheitsgemäß und oute mich dann als ein Kollege aus Zürich.

»You're a police officer?«, wundert sich der zweite Uniformierte, ein eher hagerer Typ, der ein steifes Bein nach sich zieht.

»Ähm, yes. On vacation.«

»Welcome to paradise!«, verzieht der dickere der beiden sein feistes Gesicht zu einem kurzen Lächeln. »What's your name?«

»Staub«, sage ich. »Fred Staub, from Zurich, Switzerland.«

»I'm Chief Inspector Verasinghe and very pleased to meet you«, sagt er förmlich. »Did you see anything?«

»No«, muss ich einräumen.

Inzwischen ist einer der Militärs zu uns getreten, ein drahtiger kleiner Mann in einer grünen Paradeuniform, die aussieht wie frisch gebügelt. Allerhand Glitzerkram auf der Brust des Offiziers signalisiert, dass er wohl ein ziemlich hohes Tier ist. Verasinghe neben mir senkt jedenfalls bescheiden den Blick.

»Fucking rebels!«, spuckt der Mann aus.

Dann schreit er einer Horde Soldaten hinterher, die jetzt ungefähr dort herumstolpert, von wo die Schüsse hergekommen sein müssen.

»Everything is under control«, versichert er mir stolz. »Don't worry!«

Nein, wozu auch. Man hat ja lediglich gerade einen Landsmann von mir erschossen. Und meine Tochter rast, begleitet von schießwütigen Idioten, mit einem Schwerverletzten den Berg hinunter in eine Kleinstadt, in der es nicht einmal funktionsfähige Kühlschränke gibt.

Ich setze gerade zu einer launigen Antwort an, als der Lärmpegel um uns herum einen neuen Höhepunkt erreicht. Grund der Aufregung ist ein auf uns zufliegender Kampfhelikopter. Ein Teil der Leute um uns schlägt sich umgehend in die Büsche, und auch Verasinghes Blick verrät Unwohlsein. Der Typ des sri-lankischen Militärs entfernt sich ein paar Meter und tobt in sein Funkgerät.

»Was machen wir jetzt?«, frage ich Verasinghe.

»Wir bringen Ihren toten Kollegen hinauf in die Forschungsstation.«

»Sie kennen das Projekt?«, wundere ich mich. »Meine Tochter arbeitet dort.«

Er lächelt und gibt seinem Kollegen irgendwelche Anweisungen. Der Besitzer des Minibusses winkt mir von Weitem zu. Er hat richtig erkannt, dass ich fürs Erste ausreichend betreut bin. Am Rande bemerke ich noch eine kleine, mir unverständliche Diskussion zwischen Verasinghe und dem Chefmilitär, bei der mein Polizeikollege untertänig zu Boden starrt wie ein prügelgewohnter Hund. Dann fahren wir los.

Gret trifft Tamilen

Natürlich brachte die Befragung des Wirts aus dem *Siva* gar nichts. Gret hatte es auch nicht erwartet. Alle Fragen bezüglich möglicher Konflikte zwischen den Tamilen in der Stadt wurden höflich, aber unnachgiebig ignoriert. Der Wirt lebte seit siebzehn Jahren gern hier, wie er in leidlich gutem Deutsch betonte, und pries die Schweiz in den höchsten Tönen. Unter seinen Landsleuten herrschte Friede, Freude, Eierkuchen. Mit dem Catering an den Filmnachmittagen wechselte man sich ab, sodass alle tamilischen Wirte in der Gegend etwas davon hatten. Von den Streitereien hatte er nicht das Geringste mitbekommen. Und den Toten kannte er nicht.

Gret lief die Quellenstrasse hinauf und bog links in die Josefstrasse ab. Sie passierte weitere Lokale und Geschäfte mit Namen in tamilischer Schrift, darunter eine Videothek, einen Spielzeug- und Kinderbekleidungsladen sowie den Coiffeurladen *Saleh,* in dem man sich die Haare für nur dreiundzwanzig Franken schneiden lassen konnte, wie ein großes Blechschild neben der Eingangstür versprach. In dieser Ecke des Kreises 5 wimmelte es von Tamilenläden, ihr Kollege John Häberli sprach von der Gegend seit Langem nur noch als *Tamil Town.*

Gret betrat den Friseurladen. Eine Frau mit dem leuchtenden roten Punkt der Verheirateten auf der Stirn kam freundlich auf sie zu und musterte interessiert ihre weißblonden Haare. Leider änderte sich ihr Gesichtsausdruck sofort, als Gret ihren Ausweis zückte und ihr das Porträt des Toten vorhielt. Es war, als erlösche die Frau. Sie nickte heftig, was Nein bedeutete, als Gret fragte, ob sie den Toten kenne, und blickte sich Hilfe suchend um. Als niemand kam, verzog sie sich einfach in ein Hinterzimmer und stellte dort die Musik lauter.

Gret war allmählich genervt: Der Tote war noch am Sonntagnachmittag im Kino gewesen und nur wenige Stunden später ein paar Dutzend Meter weiter tot abgelegt worden. Irgendwer musste etwas gesehen haben! War es den Leuten egal, wer ihn umgebracht hatte?

Sie verließ den Laden und schmetterte die Tür hinter sich zu. Wieder an der frischen Luft, versuchte sie sich zu beruhigen. Vielleicht ermittelten sie in die völlig falsche Richtung. Der gezielte Mord, und darum handelte es sich ihrer Meinung nach ohne Zweifel, musste unter Umständen doch überhaupt nichts mit der tamilischen Gemeinschaft zu tun haben. Die Idee, dass die Tat mit Schutzgelderpressung zusammenhing, basierte im Grunde einzig auf aus der Luft gegriffenen Vermutungen der Kollegen von der Stadtpolizei.

Sie mussten einfach mehr über den Toten wissen. Hoffentlich hatten die Kollegen in der Zwischenzeit irgendetwas herausbekommen. Gret konsultierte ihre Swatch. Zwanzig vor zwei. Michael hatte die große Sitzung erst auf 16.00 Uhr anberaumt. Sollte sie sich noch einmal den Tatort ansehen?

Nein, beschloss sie, sie würde dort gewiss nur auf Felix treffen und das wollte sie nicht. Es interessierte sie nämlich sehr, ob er von selbst anrufen würde.

Gret überquerte stattdessen die Langstrasse und betrat den *Indian Supermarket Maharaja,* ein weiteres Tamilengeschäft, in dem es streng nach Fisch roch. Sie spazierte durch die Regalreihen, die voller Gewürze, Backwaren, Seifen und Süßigkeiten waren, und beobachtete, wie eine dicke Frau in einer öligen Schürze frischen Tintenfisch in eine Blechschale kippte, die in der gewaltigen Auslage an der Theke lag. Riesige Fische hatten sie hier und eine beeindruckende Auswahl. John Häberli hätte der Laden vermutlich gefallen, auch wenn er ohne Zweifel lieber selbst fischte, als dass er den Fang anderer genoss.

Gret entdeckte auf dem Boden große Säcke mit Basmatireis und Kanister voller Kokosnussöl. Daneben türmten sich grüne Plastikkisten mit Ingwerknollen, Süßkartoffeln, Butterkürbissen, Randen und Kochbananen. Sie griff nach einem Butterkürbis und roch daran. Er duftete leicht süßlich. Dann drückte sie auf eine Kochbanane und realisierte, dass sie steinhart war.

Niemand schenkte ihr Beachtung. Wie um Himmels willen kam man an diese Leute heran? Gret griff sich einen Tetrapak mit Passionsfruchtsaft aus dem surrenden Kühlregal und bezahlte, während der Mann an der Kasse uninteressiert an ihr vorbeisah. Sie hielt ihren Ausweis schon in der Hand, zögerte aber, ihn vorzuzeigen. Als ein kleiner Junge kam und den Mann von der Kasse wegzerrte, ließ sie die beiden ziehen und warf nochmals einen Blick auf die imposante Fischauslage. Sie aß vorzugsweise Salate und Pasta, aber wieder einmal Fisch wäre sicher auch nicht schlecht. Ein Stück Thunfisch etwa, das sie mit Ingwer und Koriander aufpeppen könnte.

Gret zückte ihr Portemonnaie und sah sich um, konnte aber keine Angestellten mehr entdecken. Das Geschäft war menschenleer. Sie wollte es gerade verlassen, als der Dreikäsehoch zurückkam und sie bei der Hand nahm. Der ungefähr vierjährige Junge lächelte verschmitzt und zog sie mit sich. Gret wunderte sich zwar, ließ es aber geschehen und folgte dem Kind durch einen schmalen, muffig riechenden Gang. Plötzlich standen sie in einer von einer kahlen Glühbirne beleuchteten engen Vorratskammer. Zwei Männer hatten Gret offensichtlich bereits erwartet. Einer von ihnen schloss wortlos hinter Gret die Tür, nachdem der Junge den Raum leise wieder verlassen hatte.

Staub findet neue Kollegen

Der tote Rainer Schütz liegt inzwischen im Kühlraum der Forschungsstation, sein Vater in der Schweiz ist informiert und will schnellstmöglich zu uns nach Sri Lanka fliegen. Auch Teile von Jürg Deiss' Verwandtschaft haben sich bereits in Bewegung gesetzt, wir erwarten sie spätestens übermorgen vor Ort.

Wir sind unterwegs zu dem Verletzten im Spital in Pelmadulla. Wir, das sind Chief Inspector Verasinghe, ich selbst und Annas neuer Freund, Tschaggat Kanagasundram, der angespannt hinter uns auf dem Rücksitz hockt. Der Mann war auf mich losgestürzt, kaum dass wir das *Hamawella Malaria Research Center* erreicht hatten – eine recht beachtliche Ansammlung von neu errichteten Bungalows, Wohncontainern und Wellblechhütten mitten im Dschungel, die sich um eine beeindruckend große, hölzerne Villa im Kolonialstil gruppiert. Tschaggat hatte sich zunächst sehr formell vorgestellt und sich dann fassungslos angehört, was geschehen war. Die Sorge um Anna stand ihm ins Gesicht geschrieben und schien echt zu sein, das muss ich einräumen. Er behandelte mich mit fast schon übertriebenem Respekt. Ich bekam in der Folge so ungefähr alles angeboten, was die Station zu bieten hat, von frischen Kleidern über das beste und größte Zimmer in der Villa bis hin zu Marlboro-Zigaretten und generatorgekühltem Importbier. Tschaggat gelang es nach unzähligen Versuchen auch, Anna auf ihrem Handy zu erreichen. Er kam danach sofort zu mir und berichtete, sie befände sich wohlbehalten im Spital. Jürg Deiss werde gerade operiert.

Ich staune fast ein wenig über mich selbst, aber ich bin tatsächlich bereit, dem Mann eine Chance einzuräumen. An Tagen, an denen man den Tod so unmittelbar vor Augen hat, wird man bescheiden und demütig. Zudem wird erfahrungsgemäß auch diese Liebe meiner Tochter nicht bis in alle Ewigkeit halten – also soll sie es doch von mir aus mit diesem Tschaggat versuchen. Immerhin scheint er durchaus erfolgreich in seinem Beruf zu sein und weist angenehme Umgangsformen auf – das ist wahrlich mehr, als man über die meisten seiner Vorgänger sagen kann. Zudem sieht Tschaggat wirklich gut aus, groß, durchtrainiert und mit einem hübschen Gesicht. Mal sehen, wie er mit Leonie klarkommt. Vielleicht sollte ich ihn darauf hinweisen, dass es diesbezüglich von Vorteil wäre, wenn er begeisterter Reiter oder Polospieler wäre.

Verasinghe gibt mächtig Gas, die Raserei scheint den Leuten hier wirklich im Blut zu liegen. Wir passieren eine improvisierte Straßensperre und sind schon bald wieder zurück am Tatort. Noch immer tummelt sich dort allerhand schwer bewaffnetes Militär. Verasinghe brettert ungerührt mitten in die Uniformierten hinein, die sich erschrocken in Sicherheit bringen, vollführt ein halsbrecherisches Bremsmanöver und pfeift seinen steifbeinigen Kollegen heran, der ihm kurz etwas ins Ohr tuschelt. Ich verstehe natürlich kein Wort. Wie die Leute mit ihrer unkoordinierten Arbeitsweise den Fall je aufklären wollen, ist mir ein Rätsel. Aber Verasinghe wirkt zuversichtlich und braust, nachdem er dem Hinkenden lautstark einige Anweisungen erteilt hat, ungerührt weiter. Sein Polizeijeep röhrt noch lauter als das Gefährt von Anna, weswegen eine Unterhaltung kaum möglich ist.

Plötzlich steuert Verasinghe nur noch mit einer Hand und beginnt mit der anderen, so lange an den Schaltern des Radios herumzustöpseln, bis er einen Sender findet, bei dem es sich dem Gebrüll nach um so etwas wie den Polizeifunk handeln könnte. Zufrieden ob des zusätzlichen Lärms konzentriert er sich wieder auf die Straße und hupt entgegenkommende Autos und Viehkarren entschlossen zur Seite. Der Jeep schlingert wie ein Dampfer in einem Orkan. Würde ich mich nicht am Türgriff und am Sitz festklammern, hätte es mich vermutlich längst aus dem Wagen katapultiert.

Ich drehe mich kurz zu Tschaggat um und sehe, dass auch er einen eher verkrampften Gesichtsausdruck zur Schau trägt.

»Reiten Sie?«, frage ich ihn.

Natürlich versteht er mich inmitten des Lärms nicht und blickt mich mit großen Augen fragend an.

»P-F-E-R-D-E«, rufe ich ihm zu, so laut ich kann. »Können Sie reiten?«

Er betrachtet mich verwundert, lehnt sich dann aber vor und schreit mir ein Ja ins Ohr.

Wir werden an einer weiteren Straßensperre unnötig aufgehalten und erreichen Pelmadulla erst kurz vor Sonnenuntergang, geschüttelt und gerührt. Das Spital steht direkt an der viel befahrenen Hauptstraße und entpuppt sich als hässlicher viergeschossiger Block aus Beton. Das Ungetüm ist mit weißer Farbe getüncht, die im Abendrot lila schimmert, und zwei abgasgeplagte Palmen säumen den Eingang.

So was wie eine Rezeption gibt es nicht, aber man scheint auf uns gewartet zu haben. Jedenfalls führt uns eine große Delegation von Menschen in weißen Kitteln umgehend zu dem verletzten Jürg Deiss in den ersten Stock. Anna stürzt im Gang auf mich zu und umarmt mich, bevor sie auch Tschaggat begrüßt, indem sie ihm zärtlich über seine Brust streicht.

Das Zimmer, das wir betreten, ist brechend voll, obwohl nur zwei Betten belegt sind. Denn um das Krankenlager neben jenem von Deiss hat sich ein halbes Dorf versammelt, um einem winselnden Mann Mut zuzusprechen. Zwei Frauen in violetten Saris tupfen dem Bedauernswerten abwechselnd den Schweiß von der Stirn. Weitere Verwandte bereiten auf Methankochern ein würzig riechendes Curry zu.

»Ein Kraitbiss!«, deutet Anna auf den Mann.

»Ist er zu retten?«, will ich wissen.

»Vermutlich nicht, es dauerte zu lange, bis er das Gegenserum erhielt.«

»Der Mann stirbt an einem Schlangenbiss?«, empöre ich mich.

»Das tun hier jedes Jahr Tausende, Papa«, erklärt mir Anna ernst.

»Und Jürg?«, wende ich mich etwas hilflos von dem Leidenden ab, welcher im Beisein seiner Verwandten um sein Leben ringt.

»Der wird sicher durchkommen«, meint Anna. »Der Beinbruch ist allerdings sehr kompliziert, wenn ich die Röntgenbilder richtig deute. Vielleicht muss er nochmals operiert werden.«

»Können die das hier?«

»Im Prinzip schon«, meint sie. »Das Problem ist die technische Ausrüstung. Vielleicht muss er ins Universitätsspital nach Kandy verlegt werden. Oder nach Colombo.«

Tschaggat wirft einen kritischen Blick auf die Röntgenbilder, die ihm Anna reicht, und zieht sich zurück, um mit dem leitenden Arzt zu sprechen.

»Chirurg ist er zwar nicht, aber er hat natürlich ein medizinisches Grundstudium absolviert, bevor er sich auf Tropenmedizin spezialisierte«, erläutert mir Anna und blickt mich fragend an.

Sie will hören, wie ich ihn finde, das ist mir klar – wobei sie alles andere als uneingeschränkte Verehrung nicht akzeptieren würde.

»Großartig«, sage ich deshalb und nicke wohlwollend.

Anna pufft mich in die Rippen, während sich Verasinghe neben mir bescheiden räuspert und sein Gesicht zwei Millimeter in Jürgs Richtung bewegt.

»Ist er ansprechbar?«, frage ich meine Tochter.

Sie zieht skeptisch ihre Mundwinkel nach unten. »Ihr könnt es versuchen, aber haltet euch bitte kurz.«

Ich lehne mich mit einem vertrauenerweckenden Lächeln über Jürg und sehe, dass sein Bein geschient ist und die Prellungen und Schürfungen im Gesicht und an der Brust mit Salben und Gaze verpflastert wurden. Der Mann bietet ein Bild des Jammers. Immerhin sind seine Augen klar und offen.

»Kannst du sprechen?«, frage ich ihn.

Er haucht mir ein leises Ja entgegen.

»Hast du irgendwas gesehen?«

Jürg versucht den Kopf zu schütteln, was ihm aber offensichtlich nicht bekommt. Er zuckt zusammen, schließt für einen Moment die Augen und holt ein paarmal tief Luft. Dann krächzt er: »Nein!«

»Sind Sie bedroht worden?«, mischt sich Verasinghe ungeduldig ein.

Jürg Deiss verneint auch das. Er schnappt erneut nach Luft, scheint irgendetwas loswerden zu wollen.

»Waren es wirklich die *Tamil Tigers?*«, fragt er.

Das verneint Verasinghe zu meiner Überraschung heftig, ja fast schon empört.

»Wer dann?«, frage ich ihn irritiert.

Mein sri-lankischer Kollege dirigiert mich durch die kochende Großfamilie hinaus auf den Balkon.

»Die *Tigers* schießen nicht auf Touristen«, erklärt er mir dort flüsternd.

»Gewöhnliche Kriminelle?«, schlage ich vor.

Aber Verasinghe hat offensichtlich eine andere Theorie. Er schaut geduldig an mir vorbei, erhofft sich wohl, dass ich selbst ausspreche, was er vermutet.

»Ein gezielter Anschlag mit einem Motiv? Auf genau diese zwei Schweizer?«, tue ich ihm unwillig den Gefallen und erinnere mich plötzlich daran, dass Rainer mich kurz vor seinem gewaltsamen Tod noch darauf angesprochen hatte, ich sei doch Polizist.

»Jedermann hat gesehen, wie sie in die Stadt fuhren, und wusste, dass sie auf derselben Straße zurückkehren würden«, führt Verasinghe aus. »Die Distanz zu den Felsen, bei denen mein Kollege die Patronenhülsen gefunden hat, beträgt mehr als zweihundert Meter. So gut schießen unsere Kriminellen nicht. Und die Rebellen schon gar nicht.«

»Ihr habt Patronenhülsen gefunden?«

Er wiegt den Kopf hin und her. »Zwei Stück. Die Kugeln stecken noch in Ihrem toten Landsmann«, erklärt er mir nüchtern. »Vielleicht kann Doktor Kanagasundram sie herausholen. Das wäre nicht schlecht.«

Es dauert einen Moment, bevor ich realisiere, dass er von Tschaggat spricht.

»Wir müssen Kugeln und Hülsen analysieren«, fährt er fort, noch immer mit leiser Stimme.

»Könnt ihr das? Hier?«, deute ich auf die lärmige Hauptstraße hinunter.

»In Colombo«, sagt er.

»Sie denken, dass jemand ganz gezielt auf Rainer und Jürg geschossen hat?«, hake ich nochmals nach.

»Wir müssen die Möglichkeit prüfen. Das würden Sie auch tun.«

Ich nicke und hoffe, dass ihm klar ist, dass das ein Zeichen der Zustimmung ist, anstatt, wie in seiner Heimat, eins der Ablehnung.

»Wieso trifft er dann nur Rainer?«, spinne ich seinen Faden weiter.

Verasinghe richtet seinen Blick in den jetzt fast schon dunklen Himmel und schweigt. Grillen zirpen und von der Straße schwappt der Lärm zu uns herauf. Ein riesiger Käfer surrt und prallt voller Wucht in das Gitter, welches rund um die Neonröhre über uns angebracht ist. Hart getroffen trudelt er zu Boden, wo er auf dem Rücken zappelnd liegen bleibt. Verasinghe hilft dem Kerl mit der Fußspitze wieder auf die Beine und das Tier torkelt schließlich davon wie ein Kriegsheld nach einer schweren, aber gewonnenen Schlacht. Idiotischerweise fällt mir just in diesem Moment ein, dass ich komplett vergessen habe, mich mit *Anti-Brumm* einzureiben.

Ich deute Richtung Tür und wir kehren zurück zu Jürgs Krankenbett. Verasinghe mustert ihn sorgsam, sieht aber von Fragen ab. Offensichtlich erwartet er, dass ich das Gespräch für ihn erledige.

»Blöde Frage vielleicht«, äußere ich mich also, »aber habt ihr euch vielleicht irgendwelche Feinde geschaffen?«

»Papa«, mischt sich Anna ein. »Nein! Die Bevölkerung ist sehr froh über unser Projekt und unterstützt uns in jeder Hinsicht, glaub mir!«

»Vielleicht was Privates?«, frage ich, halb sie, halb Jürg.

»Wie meinst du das?«

»Vielleicht haben sie jemanden wütend gemacht oder eifersüchtig oder so«, wende ich mich jetzt direkt an meine Tochter.

»Meinst du das im Ernst? Rainer und Jürg sind hochanständige Leute und sehr, sehr angenehme Kollegen! Papa, ich bitte dich!«

»Hat Rainer in jüngster Zeit irgendwelche Probleme gehabt?«, stelle ich die nächste Frage wieder an Jürg.

»Nur biologische«, antwortet er. »Die Mücken wollten nicht immer so, wie er das wollte. Wieso?«

»Was war er für ein Mensch?«

»Sehr umgänglich. Ehrlich. Locker. Witzig. Absolut zuverlässig.«

Ich erkenne, dass Jürgs Augen zu schimmern beginnen, der Verlust des Freundes belastet ihn schwer.

»Er spielte hervorragend Schach und hatte ein phänomenales Gedächtnis«, fügt Jürg leise hinzu, bevor ihm die Stimme versagt.

»So komm, Papa«, zieht Anna mich von seinem Bett weg. »Lass es gut sein, niemand hatte irgendeinen Grund für diesen feigen Mord, das waren doch Terroristen!«

»Rainer stand politisch eher auf der Seite der Tamilen, das weißt du, Anna«, meldet sich Jürg noch einmal mit tränenerstickter Stimme zu Wort. »Es wäre ein Hohn, wenn ausgerechnet die ihn erschossen hätten. Ich glaube einfach nicht an einen Terroranschlag.«

»Wir auch nicht«, sage ich und sehe, dass Tschaggat zurückkommt in Begleitung eines anderen Einheimischen, der einen Arztkittel trägt.

»Ich fürchte, sein Bein muss nochmals operiert werden«, raunt dieser uns zu und trägt eine ernste Miene zur Schau.

Zwei junge Krankenschwestern mit hellblauen Hauben auf dem Kopf stehen im Türrahmen, eine von ihnen hantiert bereits mit einer großen Spritze herum.

»Bitte lasst mich nicht allein«, raunt Jürg verunsichert.

Wir versprechen ihm, dass wir natürlich bei ihm bleiben, bis er aus der Narkose erwacht. Nur Verasinghe will sich verabschieden. Er spricht leise mit Tschaggat – vermutlich wegen der Kugeln, die noch im Körper des toten Rainer Schütz stecken müssen – und kündet an, er komme uns morgen im Zentrum besuchen. Im Übrigen werde uns seine Frau bald etwas zu essen bringen.

Spät nachts, als Anna kontrolliert, ob ich das Moskitonetz korrekt über mein Bett drapiert habe, frage ich sie, wie es ihr geht.

»Beschissen«, antwortet sie. »Aber immerhin kümmert sich Tschaggat rührend um mich.«

Ich beeile mich, ihr zu versichern, dass der Mann absolut in Ordnung ist.

»Was hältst du denn eigentlich von Pers neuer Freundin?«, wechselt sie das Thema.

»Nun, sie ist eigentlich nett, wenn auch ziemlich kompliziert. Aber Per tut sie wohl gut mit ihrer Energie«, sage ich.

»Hat sie ihr Drogenproblem in der Zwischenzeit eigentlich in den Griff gekriegt?«

Ich fahre zusammen. Seit Adrienne von den Anwälten ihres steinreichen Vaters und mit meiner Unterstützung aus der U-Haft gepeitscht wurde, in die sie wegen des Fundes mehrerer Kilo Kokain in ihrer Wohnung geraten war, habe ich nie mehr etwas in diese Richtung gehört. Klar kifft sie gelegentlich, wie Per auch. Aber härterer Stoff?

»Ich will es doch sehr hoffen!«, grolle ich in dem Wissen, dass ich wohl der Letzte unserer Familie wäre, dem man diesbezügliche Informationen mitteilen würde.

»Wenn irgendein Problem auftauchen sollte, rufst du nach mir, Papa. Wir schlafen genau über dir.«

»Also, pflegebedürftig oder altersdement bin ich noch nicht, Tochter! Nur müde von einem langen, schrecklichen Tag. Und natürlich immer noch unter Schock.«

Plötzlich stehen die Ereignisse des Tages wieder im Raum. Erschreckend. Bedrohend. Einschüchternd.

»Himmel, es ist einfach furchtbar!«, sagt Anna hilflos und lässt sich auf eine Ecke meines Betts sinken. »Rainer erschossen, ich kann es eigentlich gar nicht fassen. Wir waren Freunde, Papa!«

Sie steht kurz davor zu weinen, das merke ich. Aber leider kann ich dagegen nur wenig unternehmen.

»Ich hoffe, du hilfst mit, die Täter zur Rechenschaft zu ziehen«, fährt sie fort.

»Wir kennen noch nicht mal das Motiv.«

»Schaut nach irgendwelchen Geldern! Um Geld geht es letztlich doch immer! Hast du selbst mal behauptet, Papa.«

Ich nicke geistesabwesend. Mir ist klar, dass die Aufklärung dessen, was heute warum geschah, noch in unendlicher Ferne liegt. Sofern in diesem Zusammenhang überhaupt je etwas aufgeklärt werden kann, was ich ehrlich gesagt stark bezweifle. In Zürich könnte ich einen riesigen Apparat in Bewegung setzen. Aber hier im Dschungel bin ich nur ein macht- und hilfloser Zaungast.

Mario nervt sich

Mario fühlte sich erschöpft und ausgelaugt. Schlich sich schon wieder eine Erkältung an oder hatten ihn womöglich die sinnlosen Gespräche mit den Ausländer- und Migrationsbehörden derart mürbe gemacht? Denn den Fall des erstochenen Tamilen zu übernehmen, hatte sich schlussendlich als der erwartet schwere Fehler herausgestellt. Warum nur hatte sich Michael Neidhart überhaupt dazu überreden lassen? Wenn er nicht wagte, auch einmal Nein zu sagen, war er als Chef der Abteilung schlicht ungeeignet! Staub hatte nie irgendwelche Probleme damit gehabt, Kollegen aus anderen Abteilungen vor den Kopf zu stoßen, wenn er ihre Fälle nicht übernehmen wollte. Michael war in dieser Hinsicht einfach zu sanft, auch wenn er sonst gern den harten Mann spielte.

Wenigstens hätte er Verstärkung angefordert. Kollar und Bieri, zwei Kollegen von der *Spezialabteilung 1,* waren hinzugezogen worden. Sie saßen neben ihm an den hufeisenförmig angeordneten Pulten des großen Sitzungssaals und warteten darauf, dass es endlich losging.

John Häberli schlurfte herein und steckte sich trotz des unübersehbaren Rauchverbotsschilds an der Wand auch diesmal eine seiner stinkenden Gauloises an, kaum dass er Platz genommen hatte. Bea hing noch draußen im Gang herum und sprach unwirsch in ihr Natel. Kurze Zeit später kam sie herein, warf die Tür zu und stapfte mit einer entschuldigenden Geste zu ihrem Stuhl. Kollar, ein kahlköpfiger Riese von einem Meter neunzig Größe, legte gähnend den *Blick* beiseite. Und Häberli signalisierte seine Aufnahmebereitschaft mit einem krächzenden Husten.

Dennoch schien Michael die Sitzung noch nicht beginnen zu wollen. Warum denn nur, verdammt? Mario hatte wirklich nicht im Sinn, noch lange hier herumzusitzen. Zu Hause wartete sein neuer Beamer darauf, ihm die DVD von *Casino Royale* vorführen zu dürfen.

Er blickte demonstrativ auf seine Rado. 16.04 Uhr. Was war denn los?

Michael spähte zur Tür und runzelte die Stirn.

Gret fehlte, realisierte jetzt auch Mario und wunderte sich. Denn sie war sonst immer überpünktlich.

»Weißt du, wo sie steckt?«, fragte ihn Michael.

Er verneinte seufzend. Seine Bürokollegin informierte ihn nur in den seltensten Fällen darüber, was sie vorhatte. Als unbestrittener Liebling der Chefs – früher Staub, jetzt Michael – machte sie mehr oder weniger, was sie wollte.

Michael griff zu seinem Natel und drückte eine Taste für die Kurzwahl. Er hielt sich das Gerät ans Ohr, schüttelte kurz darauf den Kopf.

»Nur die Combox«, klang er besorgt. »Seltsam.«

»Ich glaube, sie wollte sich nochmals den Tatort ansehen«, brummte Häberli hinter einer Rauchwolke hervor und alle Blicke richteten sich auf ihn.

»Seht ihr, ich traf mich gestern zum Jassen mit Kollegen im *Gertrudhof* im Kreis 3. Wir aßen ein riesiges Cordon bleu, ein wirklich gewaltiges Teil, das Lokal ist ja weithin berühmt für seine Auswahl an Cordon bleus, und …«

»John, bitte komm zum Punkt!«, unterbrach ihn Michael barsch.

Genau in diesem Moment platzte Gret herein, mit geröteten Wangen und viel Glanz in ihren eisgrauen Augen.

»Sorry«, entschuldigte sie sich atemlos. »Aber ich bin endlich an wichtige Informationen herangekommen!«

Michael schien erleichtert, dass sie wohlbehalten aufgetaucht war. Er stand schwer auf Gret, das wussten alle hier, auch wenn er schwul war.

»Schieß los!«, forderte er sie auf.

»Unser Toter wohnte im Hotel *Leoneck* an der Leonhardstrasse«, berichtete sie. »Er hat sich dort unter dem Namen Rexon Nadesapilay eingemietet und ist dem Personal nicht weiter aufgefallen. Aber er logierte tatsächlich seit zehn Tagen dort, ich habe das eben überprüft.«

»Leben diese Leute eigentlich alle hinterm Mond, verdammt?«, ärgerte sich Kollar. »Das Bild des Toten war doch überall zu sehen! Warum haben sich die Knalltüten denn nicht bei uns gemeldet?«

Gret zuckte die Schultern.

»Stimmt der Name, den er angegeben hat?«, bemühte sich auch Mario zu einer Frage. Nicht dass es wieder hieß, er sei zu wenig interessiert an den Fällen der Abteilung.

»Ich habe die Information eben erst erhalten«, antwortete ihm Gret.

»Von wem denn eigentlich?«, wollte Bea wissen.

»Von zwei tamilischen Ladenbesitzern, die offenkundig nicht wollen, dass wir weiterhin in ihren Geschäften herumstöbern.«

»Hast du sonst noch irgendwas erfahren?«, erkundigte sich Michael.

»Nicht so wirklich«, druckste Gret herum. »Der Tote war zwar ein paarmal im Kreis 5 zum Essen und zum Einkaufen, kannte hier aber niemanden. Das behaupten zumindest die Ladenbesitzer. Aber er hat möglicherweise sehr viel Geld mit sich herumgetragen.«

»Wie kommst du darauf?«

»Die Informanten reagierten irgendwie seltsam, als ich sie fragte, ob er Geld gehabt habe.«

»›Irgendwie seltsam‹ – was soll denn das heißen?«, murmelte Bea unwillig. »Vielleicht fungierte er als Geldeintreiber für die Terroristen zu Hause in Sri Lanka!«

»Auszuschließen ist das nicht. Ist ja lediglich eine Vermutung von mir, dass er über reichlich Geld verfügte«, meinte Gret. »Das *Leoneck* ist nicht gerade billig, arme Asylbewerber logieren dort jedenfalls nicht. Zudem soll der Mann am Sonntagnachmittag im *Riff Raff* massig Getränke spendiert haben. Und seine Brieftasche haben wir bisher noch nirgends gefunden.«

»Okay«, sagte Michael. »Wir überprüfen sofort das Hotel, den Namen und die Fluglisten all jener Airlines, die für die Einreise des Mannes in die Schweiz infrage kommen könnten. Gehen wir mal davon aus, dass er vor rund zehn Tagen in Zürich eingetroffen ist.«

»Wie sollen wir denn den Namen prüfen?«, klagte Bea. »Colombo antwortet uns ja nicht.«

»Vielleicht sollten wir Fred Staub anrufen«, schlug Häberli vor. »Der hockt doch derzeit dort unten.«

»Fred hat Ferien, John«, ermahnte ihn Michael. »Außerdem gehört er leider nicht mehr zu unserer Abteilung. Wir nehmen erst mal das Hotelzimmer auseinander, checken die Fluglisten, fragen bei unserer Botschaft nach, ob auf den entsprechenden Namen ein Visum ausgestellt wurde, und machen nochmals Druck in Sri Lanka. Immerhin haben wir jetzt überhaupt mal einen Namen. Vielleicht hatte der Tote ja doch Verwandte in der Schweiz oder gar ein Bankkonto oder so was. Möglicherweise hat er einen Wagen gemietet, eventuell herumtelefoniert oder andere Spuren hinterlassen. Also los, Leute! Gret und Mario nehmen sich das Hotel vor, wir anderen teilen uns auf. Um sieben Uhr treffen wir uns wieder hier.«

Mario fluchte innerlich. Vorhaben dieser Art konnten erfahrungsgemäß dauern. Wusste der Teufel, wie lange sie noch arbeiten würden – schlimmstenfalls die ganze Nacht. Wie sollte man so ein geregeltes Freizeitleben führen? Nicht mal für einen einsamen Abend vor dem Beamer reichte es.

Staub wird bedroht

Am nächsten Morgen ist alles anders. Verasinghe hat nichts mehr zu melden, Rainer Schütz' Leiche liegt nicht mehr in dem Kühlraum des Forschungszentrums, und das *Hamawella Malaria Research Center* geht nicht mehr der Frage nach, wie man die Malaria am wirkungsvollsten eindämmen kann.

Das sri-lankische Militär ist kurz nach Sonnenaufgang in Bataillonsstärke über Hamawella hergefallen, an seiner Spitze ein dreckverspritzter Panzerspähwagen aus der Zeit des Zweiten Weltkriegs. Seither gleicht das Forschungszentrum einem offen belagerten Feldlazarett. Grimmig dreinschauende Soldaten mit chinesischen Gewehren schwenken allerhand wichtigtuerische Dokumente voller bunter Stempel, separieren die Einheimischen von uns Weißen und verfrachten Rainer in einem Kunststoffsarg in den Panzerwagen.

Der Tote würde umgehend ins Militärspital nach Colombo überführt, schnauzt mich ein gehässig wirkender Unteroffizier an, als ich mich höflich danach erkundige, was denn das werden solle mit diesem lachhaften Plastiksarg.

Verasinghe, der wenige Minuten nach der Armee an diesem Ort der Konfusion eintraf, fragte wohl das Gleiche und handelte sich dafür einen Gewaltsanschiss ein, der ihn umgehend zum Schweigen brachte. Jedenfalls hält er sich seither unauffällig abseits und lässt die Militärs machen. Im Moment knöpfen sie sich gerade den armen Tschaggat vor. Ich höre, wie sie ihn im Wohnzimmer der Villa zusammenbrüllen. Die anderen einheimischen Mitarbeiter des Zentrums, von den Köchinnen und Gärtnern bis zu den hoch qualifizierten Wissenschaftlern, haben ihre Abreibung bereits hinter sich. Immerhin sind sie, soweit ich das beurteilen kann, nicht gefoltert worden.

Uns Weiße hat sich die Militärbrut offensichtlich für den Schluss aufgespart. Wir stehen wie eine Herde verängstigter

Schafe um den brummenden Hauptgenerator der Anlage herum und gucken planlos auf die Szenerie. ›Panisch‹ könnte man auch sagen. Denn in der schnell heißer werdenden feuchten Luft liegt eine Grundstimmung von Gewalt, die mich trotz der Wärme frösteln lässt.

Kein Mensch lächelt, was in diesem Land wirklich Anlass zur Sorge bietet. Sämtliche Fragen, was denn überhaupt los sei, werden von den Militärs geflissentlich ignoriert. Drei schmächtige Jungs haben zwischen uns und den Einheimischen Stellung bezogen. Ich betrachte sie mit Sorge. Die chinesischen Knallbüchsen in ihren Händen gehen vermutlich leicht los.

Ich kann nur hoffen, dass der Spuk vorbei ist, bevor der Rest meiner Familie eintrifft. Dummerweise habe ich Leonie gestern Nacht noch angerufen und über die Geschehnisse informiert.

Sie schimpfte wie ein Rohrspatz und nannte mich einen chronischen Problemsucher.

»Wo du hintrittst, sprießen die Toten wirklich aus dem Boden, Fred!«

Dann kündigte sie mit einer Stimme, die keinen Widerspruch duldete, an, sie käme am nächsten Morgen schnurstracks zu mir nach Hamawella.

Ich bin sicher, dass sie bereits unterwegs ist. Einschüchtern lässt sich Leonie nicht, und wer weiß, vielleicht kann sie hier sogar etwas bewegen. Es ist ihr jedenfalls durchaus zuzutrauen, dass sie aus den Militärchefs verbal Kleinholz macht, sollten die ihr nicht den notwendigen Respekt entgegenbringen. Schon allein durch ihre entschlossene Stimme wäre sie imstande, die Knallköpfe Mores zu lehren.

Oder auch nicht. Denn in Bürgerkriegen stirbt man leicht, so wenig man auch in sie involviert sein mag. Wenn es die Militärs danach gelüstete, könnten sie uns einfach niedermähen, verscharren und die komplette Mückenstation abfackeln. Wehren könnten wir uns kaum. Die einzige Waffe, die ich dabeihabe, ist die rote Büchse mit *Anti-Brumm* – und deren Wirksamkeit ist wirklich äußerst beschränkt, wie mir neue Pusteln an Unterarmen und Fußgelenken zeigen.

Als Drahtzieher des Hinterhalts, dem Schütz zum Opfer fiel, böten sich die tamilischen Rebellen geradezu an, wer wollte schon das Gegenteil beweisen? Verasinghe vielleicht oder sein humpelndes Faktotum mit dem steifen Bein? Auf die zwei käme es im Fall eines Massakers sicher auch nicht mehr an.

Verasinghe scheint der Sache jedenfalls auch nicht zu trauen. Als er wieder einmal auf leisen Sohlen durch das Gelände schreitet, vermeidet er es tunlichst, zu uns herüberzusehen, und starrt stattdessen mit halb geschlossenen Augen in den Dschungel, welcher das Zentrum umgibt. Im Unterschied zu nachts, als man hätte meinen können, irgendwelche Affen feierten eine Orgie, dringt heute Morgen kaum ein Ton aus dem grünen Dickicht. Dafür ziehen dunkle Wolken über die Forschungsstation und ein Streifenhörnchen balanciert über eine Stromleitung.

Meine Tochter, auch nicht gerade mit einer Engelsgeduld ausgestattet, bewegt ihre zweiundfünfzig Kilo nervös von einem Fuß auf den anderen und blickt immer wieder unruhig in Richtung Haupthaus, in dem immer noch ihr Freund bearbeitet wird.

»Was die nur von ihm wollen?«, regt sie sich auf.

»Ich hab keinen Schimmer, Anna«, antworte ich wahrheitsgemäß. »Vielleicht ist das hier die übliche Vorgehensweise in Sri Lanka.«

»Sie sind sauer«, äußert sich ungefragt einer der Schweizer Forscher in breitestem Baslerdeutsch, ein älterer Herr namens Hugentobler mit schlohweißem Haar und einem großen, grauen Schnauz, der es sich mit ausgestreckten Beinen und einer Zigarre im Mundwinkel auf einem Klappstuhl bequem gemacht hat. »Die Rebellen haben heute Morgen den Militärflugplatz von Colombo bombardiert. Mit zwei kleinen Propellerflugzeugen. Sie sollen dabei großen Sachschaden angerichtet, drei Soldaten getötet und mehrere zum

Teil schwer verletzt haben. BBC World hat das im Radio gemeldet.«

»Und was kann der tote Rainer dafür?«, frage ich ihn nicht allzu freundlich, denn ich beneide den Kerl schon seit geraumer Zeit um seinen Klappstuhl. Das Herumstehen hat mich längst madig gemacht.

»Nichts natürlich«, lächelt Hugentobler salbungsvoll. »Aber es könnte die allgemeine Nervosität erklären.«

Aus dem Haupthaus dringt plötzlich die Stimme Tschaggats. Auch er kann überraschenderweise sehr laut reden, wenn es sein muss. Und ganz offensichtlich muss es in diesem Moment sein. Ich versuche zu verstehen, was er von sich gibt, scheitere aber natürlich kläglich.

»Sein Onkel war einst selbst ein hoher Militär. Und der Vater der Frau seines Bruders ist sogar Minister«, erzählt mir Anna. »So was macht hier immer enormen Eindruck!«

»Na, wollen wir's hoffen«, sage ich mit zweiflerischer Miene. »Ist er im Polizeiministerium?«

»Nein, er ist stellvertretender Minister für Fischerei«, sagt Anna. »Aber das ist egal. Was zählt, ist der Titel.«

»Dass ich Professor bin, interessiert aber erstaunlicherweise niemanden«, moniert Hugentobler.

Ich sehe mich gezwungen, ihn darauf hinzuweisen, dass er immerhin als Einziger von uns einen Klappstuhl unter seinem Hintern hat.

»Ich hab vermutet, dass das dauern könnte«, verteidigt er sich. »Und ich hatte vor eineinhalb Jahren einen wüsten Bandscheibenvorfall im Bereich der oberen Lendenwirbel zu beklagen, lieber Herr Staub!«

»Ich hatte vor geraumer Zeit Paradontose, werter Herr Professor Hugentobler«, ätze ich zurück.

In diesem Moment stürzt Tschaggat aus dem Haus, offensichtlich sehr erbost. Mit schnellen Schritten läuft er an den Maschinenpistolenjungs vorbei zu uns herüber und verwirft entnervt die Hände. Wenn ich das trotz seiner dunklen Hautfarbe richtig sehe, ist sein Gesicht stark errötet. Anna betrachtet ihn besorgt mit leicht schrägem Kopf – eine für sie typische Körperhaltung in schwierigen Situationen.

»Was wollen die Soldaten denn?«, frage ich ihren Liebling.

»Sie werden es euch gleich selbst mitteilen«, antwortet Tschaggat mit mühsam kontrollierter Stimme und streift Anna mit einen resignierten Blick. Offenbar schämt er sich zutiefst für das Vorgehen seiner Landsleute.

Meine Tochter schenkt ihm ein aufmunterndes Lächeln. Kurze Zeit später werden auch wir Weißen in das Haus gescheucht. Man dirigiert uns in den großen Salon, wo der kleine, wichtige Militär, mit dem ich bereits am Tatort das Vergnügen hatte, bequem in einem Korbsessel hängt und über der Stellung eines Schachspiels auf dem niedrigen Holztisch vor ihm brütet.

»Spielt jemand von Ihnen Schach?«, will er wissen, ohne uns anzuschauen. »Weiß ist am Zug!«

»Läufer E5«, antwortet Hugentobler knapp nach einem kurzen Blick auf das Brett.

Der Militär lächelt schwach. »Bedenken Sie bitte den Bauern auf H7!«

Hugentobler greift in seinen Schnauz und denkt nach.

»Sie haben recht«, sagt er schließlich. »Läufer auf E5 wäre Selbstmord in Raten. Nur, was sonst?«

Der Militär dreht seinen Kopf in unsere Richtung und strahlt uns an.

»Denken Sie gemeinsam nach, Sie sind doch Wissenschaftler, oder?«

»Sind wir hier zu einem gemütlichen Schachplausch zusammengekommen?«, frage ich den Mann sarkastisch.

Er bestraft mich mit einem bitterbösen Blick.

»Ihr von den *Tigers* erschossener Freund war ein blendender Spieler«, äußert er sich dann. »Wirklich hervorragend!«

»Waren es denn wirklich die Tamilen?«, unke ich.

Der Mann holt tief Luft und deklamiert dann mit einer schneidenden Stimme, die keinen Widerspruch duldet: »Jawohl! Es waren tamilische Terroristen!«

»Ja dann …«

»Tamilische Terroristen!«, betont er nochmals nachdrücklich. »Etwas anderes zu sagen, ja, nur zu vermuten, wäre … nun, sagen wir, äußerst unratsam. Verstehen Sie, was ich sage?«

»Ich glaube schon«, tu ich ihm den Gefallen und auch meine Mitstreiter nicken eifrig.

»Ein bedauernswertes Opfer dieser Verblendeten, die unser schönes Sri Lanka kaputtmachen wollen«, führt der Militär aus. »Hoffentlich realisiert man bei Ihnen in der Schweiz jetzt endlich, dass dem Treiben der LTTE energisch Einhalt geboten werden muss!«

Politik. Ich habe es geahnt.

»Sind Sie nicht Polizist?«, fragt der Mann weiter und ich kann nicht umhin, dieser Tatsache zuzustimmen.

»Wissen Sie eigentlich, dass in Ihrer Heimat ungefähr vierzigtausend Tamilen leben?«

»Es leben welche bei uns, tatsächlich. Flüchtlinge, wenn ich mich nicht täusche«, wage ich zu bemerken und ernte einen weiteren sehr strengen Blick.

»Flüchtlinge? Nonsens!«, faucht mich der Mann an. »Wenn, dann fliehen sie höchstens vor ihren eigenen Leuten, die sie für Selbstmordattentate rekrutieren wollen.«

»Von Politik habe ich keine Ahnung, ich bin nur ein einfacher Polizist«, entschuldige ich mich.

»Sie leiten in Zürich eine Spezialabteilung, mein Lieber«, korrigiert er mich. »Was denkt man bei Ihnen eigentlich, woher all das Geld für diesen verfluchten Krieg kommt?«

»Von mir jedenfalls nicht!«, hätte ich fast gesagt.

Doch ich ziehe es vor zu schweigen. Wer weiß, wohin dieses Gespräch sonst führt. Dass das Militär so gut über mich informiert ist, schockiert mich. Ich selbst weiß nicht einmal, wie der Mann vor dem Schachbrett heißt, geschweige denn was für eine Funktion er bekleidet.

Immerhin, dass ich bald Kommandant der Zürcher Kantonspolizei sein werde, scheint noch nicht zu ihm durchgedrungen zu sein.

»Springer B7«, quasselt Hugentobler in die entstandene Stille hinein. Und als er darauf keine Reaktion bekommt, fügt er sonnig lächelnd hinzu: »Tut mir sehr leid, die Sache mit eurem Flughafen.«

Der Militär fegt wütend einen Bauern vom Brett und es wird totenstill im Raum. Keiner von uns macht auch nur die kleinste Bewegung. Ich glaube, die meisten halten sogar den Atem an.

»Sie armer Irrer«, knurrt der Militär schließlich in Hugentoblers Richtung. »Damit verlieren Sie doch Ihre Dame in drei Zügen! Ich hätte Sie für klüger gehalten.«

Hugentobler schweigt beleidigt. Aber auch sonst steht keinem von uns mehr der Sinn nach weiteren Beleidigungen.

Der Militär bückt sich und hebt den Bauern auf. Er betrachtet die Holzfigur kritisch von allen Seiten und stellt sie sorgsam zurück auf das Schachbrett.

»Wer Beweismaterial für dieses feige Attentat zurückhält, wird dafür büßen«, sagt er dann und funkelt dabei aus mir unverständlichen Gründen Anna und mich an.

»Welches Beweismaterial?«, frage ich irritiert.

»Sie haben mich gehört, Miss und Mister Staub!«

Da ich nicht weiß, wovon er spricht, erspare ich mir eine Antwort.

Anna beschränkt sich darauf, hochnäsig an ihm vorbeizuschauen.

Der Militär verfällt daraufhin in ein schwer zu deutendes Grübeln. Plötzlich hellt sich seine Miene auf und er richtet seinen Blick auf Hugentobler.

»Und?«, feixt er. »Haben Sie endlich die Lösung?«

Hugentobler muss leider passen, was unseren Freund enorm zu belustigen scheint. Er blüht förmlich auf vor Begeisterung über unsere Unwissenheit.

»Läufer E4?«, verdirbt ihm unverhofft eine Stimme mit Bündner Dialekt aus den hinteren Reihen den Spaß.

Der Militär winkt den Mann ungeduldig zu sich nach vorn an das Spielbrett und bedeutet ihm, er möge Platz nehmen und seinen Zug ausführen. Dabei schüttelt er wohlgefällig seinen Kopf.

»Schön, dass wenigstens einer von Ihnen versteht, worum es geht«, meint er aufmunternd zu dem jungen Mann.

Dem Rest von uns gibt er mit einer verächtlichen Handbewegung zu verstehen, dass wir entlassen seien.

Der Oberschläuling mit seinem E4-Läufer wirkt etwas verdattert, als er uns von dannen ziehen sieht. Aber die Sache hat er sich nun wirklich selbst eingebrockt.

Ich bin schon fast wieder draußen an der frischen Luft, als mich die scharfe Stimme des Militärmanns doch noch einmal stoppt.

»Falls Sie die Kugeln finden, Mister Staub, will ich sie haben! Sofort! Vorher ziehen wir hier nicht ab.«

Mir ist nicht ganz klar, wovon er spricht, weshalb ich einfach weitergehe, die Holzstufen der Villa hinunter und über einen rotbraunen Lehmpfad bis zu der Teestube des Forschungszentrums, die in einem fensterlosen, aber klimatisierten Ziegelhaus mit Wellblechdach untergebracht ist.

»Wovon redet der Typ, Papa?«, fragt mich Anna an der Türschwelle. »Die Kugeln stecken bekanntermaßen in Rainers Körper und den haben sie doch abtransportiert!«

»Bist du dir sicher, dass sie tatsächlich noch in dem Leichnam sind?«, erwidere ich unschlüssig und schiele hinüber zu ihrem Freund Tschaggat, der gerade mit ein paar der Maschinenpistolenjungs schimpft, die aus Versehen in irgendeinen auf dem Boden stehenden Käfig getreten sind.

»Hast du ihn etwa dazu missbraucht, dass …?«, fährt Anna mich entrüstet an.

»Nein, hab ich nicht«, unterbreche ich sie bestimmt.

Sie schreitet entschlossen auf Tschaggat zu und zieht ihn von den Jungs weg hinter ein paar Bananenstauden, wo sie ihm irgendetwas ins Ohr tuschelt.

Er gestikuliert wild vor ihr herum, verteidigt sich offenbar und macht schließlich eine vage Kopfbewegung in Richtung eines vor der Teestube im Gras stehenden Tisches.

An diesem sitzt, gemütlich eine Tonschale Joghurt löffelnd, eine einzige Person. Sie verhält sich so unauffällig, dass man sie eigentlich gar nicht wahrnimmt: Chief Inspector Verasinghes steifbeiniger Kollege.

So langsam dämmert mir, was vorgefallen ist, und ich blicke mich vorsichtig nach Verasinghe um, kann ihn aber nirgends entdecken.

Anna und Tschaggat flüstern immer noch rum, weshalb ich mich dreist auf Hugentoblers Klappstuhl niederlasse – der Herr Professor hat sich mit Einwilligung eines Offiziers auf die Toilette verzogen.

Die Ruhepause dauert allerdings nur kurz. Hugentobler kommt zurück und stellt sich, ein blödes Liedlein pfeifend, auffordernd neben mich und seinen lachhaften Stuhl. Da das Teil ohnehin in der prallen Sonne steht, erhebe ich mich ohne Widerspruch, woraufhin er sich sofort wohlig grunzend auf seinem Schatz niederlässt.

»Vielleicht waren es ja wirklich die Rebellen«, sage ich.

»Papperlapapp!«, widerspricht er bestimmt. »Ich verfolge die Geschichte dieses idiotischen, überflüssigen Bürgerkrieges seit den Achtzigerjahren. Die *Tigers* kümmert diese Gegend nicht im Geringsten, glauben Sie mir.«

»Na schön«, gebe ich nach und frage bei einer der mittleren Chargen nach, ob wir endlich in unsere Zimmer zurückdürften.

Der Offizier blickt unschlüssig in Richtung der Villa, traut sich aber wohl nicht, seinen Chef zu belästigen. Missmutig willigt er ein.

Entnervt steige ich die knarrende Treppe hinauf, betrete mein Zimmer, höre den Militärchef im Salon amüsiert gackern, schließe leise die Tür hinter mir und verziehe mich unter das Moskitonetz in mein Bett. Man wird mich schon noch früh genug über den Verbleib dieser vermaledeiten Kugeln informieren. Momentan verspüre ich nur noch eine bleierne Müdigkeit. Mein Kopf fühlt sich heiß an, die Augen tränen leicht. Den an der Decke herumturnenden bräunlichen Gecko sehe ich jedenfalls nur noch wie durch eine Art Nebel.

Ich nicke denn auch sofort ein.

Irgendwann holen mich laute Stimmen wieder zurück ins Leben. Ein Blick auf meine Speedmaster sagt mir, dass ich eine gute Dreiviertelstunde geschlafen habe. Ich schäle mich aus dem Bett, öffne das Moskitonetz und schreite zum Fenster, das mit einem feinmaschigen Metallgitter gegen Ungeziefer gesichert ist.

Soeben taumelt der Schachklugscheißer die Treppe hinunter, schwer geschlagen offenbar. Der Chefmilitär, der sich wenige Meter neben mir auf die Holzbrüstung der Veranda lehnt und seinem Gegenspieler grinsend nachblickt, sieht sogar von hinten stolz wie ein Pfau aus. Er zündet sich eine dicke Zigarre an und erteilt in seiner Euphorie den Befehl, das ganze Zentrum zu durchsuchen.

Auf die wütenden Einwände von Tschaggat und dem immer noch in der brütenden Sonne auf seinem Stuhl hockenden Hugentobler, damit könne er sehr viel Schaden anrichten, reagiert der Militär mit der lakonischen Erklärung, wir wüssten ja, was er suche. Falls wir etwas dagegen hätten, dass er die Forschungseinrichtung auf den Kopf stellen ließe, nähme er die Kugeln gerne auch einfach so entgegen.

»Wir haben nicht, was Sie suchen!«, höre ich die energische Stimme meiner Tochter. »Sie behindern hier nur Arbeiten, die zum Besten Ihres Volkes sind. Das ist doch irgendwie dumm.«

Ich beeile mich, nach draußen zu kommen, um die widerspenstige Anna zu beruhigen. Vermutlich mag es der Mann nicht besonders, wenn man ihm Inkompetenz unterstellt.

Doch der Militär strahlt mich nur siegestrunken an, als ich an ihm vorbeihasten will. Plötzlich krächzt eine Stimme aus dem Funkgerät an seinem Gürtel. Er bedeutet mir stehen zu bleiben, zieht noch einmal genüsslich an seiner Zigarre und schreit dann nach einem seiner Lakaien, der umgehend heranstolpert und ihm ein Fernglas reicht. Der Militär starrt eine Weile durch das Objektiv, gibt das Gerät seinem Untergebenen zurück und greift dann zu seinem Funkgerät.

»Let them pass!«, spricht er gönnerhaft.

Kurz darauf klettern Leonie, Adrienne und Per aus einem Minitaxi, das von einem verschüchtert wirkenden Jüngling gesteuert wird, der sofort wieder kehrtmacht, als er seine Fracht losgeworden ist.

»My family«, erkläre ich dem Militär, während Anna bereits auf die drei Neuankömmlinge zustürzt, um sie zu umarmen.

»Your wife?«, vergewissert sich der Mann und belinst interessiert die gute Leonie, die mit ihrem modischen orangefarbenen Hut aussieht wie die junge Queen auf Staatsbesuch.

»Yes. And my son and his girlfriend«, erläutere ich.

Er befiehlt daraufhin, man möge das Gepäck des Besuchs in das Haus tragen und für die Damen Tee zubereiten.

Erst kurz vor Sonnenuntergang zieht sich das Militär zurück. Nicht ohne dass General Premadasa, wie der Schach spielende Oberzampano offenbar heißt, nochmals lautstark bedauert, wie unendlich man das Attentat der feigen Rebellen auf unseren Landsmann verurteile.

Als ich ganz sicher bin, dass die Soldaten wirklich verschwunden sind, mache ich mich auf die Suche nach Verasinghe. Ich finde ihn schnarchend in seinem Jeep. Als ich ihn sanft anstupse, fährt er auf wie von der Tarantel gestochen und greift blitzschnell zu der Pistole an seinem Gürtel.

»Ach, Sie sind es«, erkennt er mich zum Glück rechtzeitig und bittet mich auf den Beifahrersitz.

Er nestelt umständlich an seinem Hosenbund herum und bringt schließlich die Gewehrkugeln, die in Rainer Schütz' totem Körper verblieben waren, zum Vorschein. Sie glänzen matt in seiner überraschend hellen Handinnenfläche.

»Tschaggat hat mir berichtet, Sie hätten ihn gezwungen, die Kugeln aus Rainers Leichnam herauszuoperieren«, sage ich mit einem leisen Vorwurf in meiner Stimme.

»Sonst wären sie jetzt garantiert weg«, meint Verasinghe gleichgültig.

Damit hat er natürlich recht.

»Die Patronenhülsen hat sich Premadasa leider unter den Nagel gerissen. Dabei möchte ich einfach zu gern wissen, aus welcher Art von Gewehr geschossen wurde«, fährt mein sri-lankischer Kollege fort. »Sie nicht?«

»Doch, klar«, gebe ich zu.

»Leider existieren diese Kugeln offiziell nicht«, meint er daraufhin zerknirscht.

»Wir haben in Zürich einen Kriminaltechniker, der ziemlich gut ist. Vielleicht sollten wir ihm die Kugeln einfach schicken?«, schlage ich vor.

Verasinghe lächelt und schüttelt zustimmend den Kopf: »Ich bin sicher, Sie sind ein sehr guter Polizist in Ihrem Land.«

»Sie machen sich auch nicht schlecht«, antworte ich großmütig. »Das Militär auszutricksen braucht sicherlich Mut.«

»Hohlköpfe«, meint er mit einer wegwerfenden Handbewegung. »Vor allem dieser General Premadasa. Vor dem Krieg waren solche Leute nichts. Und nach dem Krieg werden sie wieder nichts sein. Genau wie die fanatischen Buddhistenmönche auf unserer Seite oder die tamilischen Kriegsgurgeln.«

»Schön für sie alle, dass es den Krieg gibt«, bemerke ich zynisch.

»Mein Neffe Hiran ist vor zwei Wochen gefallen in dieser Tragödie«, erzählt mir Verasinghe ungefragt und seine Stimme klingt bitter. »Er war zwanzig Jahre alt, wurde zwangsrekrutiert und starb in einer Teestube vor Batticaloa, als sich eine junge Tamilin neben ihm und seinen Kameraden in die Luft sprengte.«

»Das tut mir sehr leid«, sage ich bestürzt.

Anschließend sitzen wir lange Zeit schweigend und reglos in seinem Wagen und sehen zu, wie schnell es um uns herum dunkel wird. Die Sonne versinkt wie ein glühender Stein hinter den Hügeln. Aus dem Dschungel erklingen die ersten Geräusche, die für sri-lankische Nächte so typisch sind. Ein Moskito lässt sich auf meinem Handrücken nieder. Ich verscheuche ihn durch ein kurzes Zucken, denn ich verspüre keinerlei Lust, ihn einfach zu erschlagen.

»Vor dreißig Jahren hätten sie noch geheiratet, Leute wie mein Neffe und dieses Tamilenmädchen«, meint Verasinghe verbittert. »Heute sterben sie, bevor sie begriffen haben, was das Leben ist.«

Weitere Moskitos surren mir um meinen Kopf. Ich wedle nun doch heftig mit den Armen um mich.

»Gehen Sie zu Ihrer Familie«, empfiehlt mir Verasinghe. »Informieren Sie mich, wenn Sie eine Idee haben, wie wir die Kugeln in Ihr Land schaffen könnten.«

»Okay«, nicke ich und gebe ihm zum Abschied die Hand.

Noch bevor ich die Treppe erreiche, die zu der Villa hinaufführt, höre ich den Motor von Verasinghes Jeep wütend aufheulen.

Vielleicht hätte ich ihn fragen sollen, ob er mit uns zu Abend isst.

Gret verbreitet Schrecken

Gret kurvte mit Mario in die *Seerose* hinaus, ein schickes, teures Lokal direkt am See in Wollishofen nahe der Stadtgrenze. Sie fuhren an der *Sukkulenten-Sammlung* vorbei, am Strandbad *Mythenquai*, an der *Roten Fabrik.* Mario starrte missmutig aus dem Fenster.

Gret machte sich in letzter Zeit zunehmend Sorgen um ihren Bürokollegen. Nicht dass von ihm je brillante Ideen zu erwarten gewesen wären. Ihrer Meinung nach war der Mann ganz offensichtlich im falschen Beruf. Aber in jüngster Zeit hatte auch sein früher sprichwörtlicher Eifer enorm nachgelassen. Mario stand der Widerwille gegen die laufende Ermittlung förmlich ins Gesicht geschrieben.

»Die Visitenkarte von der *Seerose* ist nun mal das einzig Ungewöhnliche, das wir im Hotelzimmer des Ermordeten entdeckt haben«, meinte sie aufmunternd zu ihm.

Mario nickte abwesend.

In dem Tresor des Hotels *Leoneck* hatten sie Rexons Pass sowie ein auf ihn ausgestelltes, undatiertes Rückflugticket gefunden. In seinem Zimmer einen Stapel gut gepflegter, aber einfacher Kleider, einen Stadtführer, ein englischsprachiges Taschenbuch eines indischen Autors sowie die Quittung für ein kurz nach seiner Ankunft in Zürich gekauftes Natel, von dem die Kollegen derzeit abklärten, ob, wie und wann es benutzt worden war. Dazu das besagte Visitenkärtchen der *Seerose,* auf dem unter dem blauen Emblem *Seerose – Restaurant* die Adresse samt der Telefonnummer des Lokals standen. Da keine anderen Fingerabdrücke als jene des toten Rexon Nadesapilay auf der Karte zu finden waren, vermutete Gret, dass er sie vor Ort von einem Stapel genommen und eingesteckt hatte.

Sie betraten das Restaurant um kurz vor drei und Gret staunte, wie viel Betrieb dort herrschte. Schließlich war es nur ein stinknormaler Samstagnachmittag.

»Trinken wir etwas?«, fragte sie Mario.

Er murmelte zustimmend.

Sie schritten an in bequemen Polstern herumlümmelnden, lärmenden Kindern reicher Eltern und an einem schwarzen Flügel vorbei in Richtung der Tische. Prompt wurden sie von einem kurz geschorenen Kellner in weißem Hemd und beigefarbener Schürze abgefangen und gefragt, was sie wünschten.

»Nur etwas gegen den Durst«, meinte Gret.

Der Kellner platzierte sie mit professionellem Lächeln an einen Holztisch am Rand des Raumes und nahm die Bestellung auf. Mario orderte ein Rivella blau, Gret einen Latte macchiato.

»Da vorn liegen die Kärtchen«, zeigte sie auf einen Tisch, auf dem sich zwischen zwei Vasen mit frischen Schnittblumen auch ein kleiner Glasbehälter voller Visitenkarten befand.

»Wie kommt Rexon Nadesapilay bloß hierher?«, wunderte sie sich.

Die *Seerose* galt als exklusiv und teuer. Die Après-Midi-Karte führte unter anderem einen *Assiette de saumon fumé* für 18.50 Franken und ein *Mignon de filet de bœuf ›Seerose‹* für 53 Franken auf. Jedermann hier trug teure Markenkleider und protzige Uhren. Zwei Latinas mit streng zusammengebundenen Haaren und zu dünnen Strichen gezupften Augenbrauen am Tisch hinter ihnen führten an jedem zweiten Finger einen Riesenklunker spazieren und lauschten gebannt dem selbstgefälligen Geschwafel eines älteren, solariumgebräunten Herrn in einem blau-weiß karierten Hemd von Armani. Einen Lacoste-Pullover hatte er sich noch zusätzlich lässig um die Schultern gebunden. Vor dem Mann lagen drei Handys sowie der Schlüssel für einen Ferrari. *We take care of nice people* stand in blauer Schrift zuunterst auf der Speisekarte.

»Vielleicht war er Geschäftsmann«, äußerte sich Mario.

Gret freute sich, dass er wenigstens wieder einmal etwas sagte. Und gleichzeitig ärgerte sie sich darüber, dass sie immer noch so wenig über den Toten wussten. Gegen die Vermutung, dass er Geschäftsmann war, sprachen die in seinem

Hotelzimmer aufgefundenen Kleider und das Fehlen jeglicher auf Geschäfte deutenden Unterlagen.

»Das glaube ich nicht«, erwiderte sie daher.

Als der Kellner die Getränke brachte, fragte sie, ob in der *Seerose* auch Tamilen arbeiteten. Der junge Bursche reagierte mit einem geschäftsmäßigen Lächeln und bedeutete ihr, einen Moment zu warten.

Wenig später erschien der Oberkellner. Als sie ihren Ausweis zückte und Mario aufforderte, es ihr gleichzutun, schien es ihr, als zucke der Latinafreund am Nebentisch kurz zusammen. Zwei mittelalterliche Herren mit dicken Goldketten um ihre speckigen Hälse warfen ihnen ebenfalls neugierige Blicke zu. Der Oberkellner forderte sie auf, ihm zu folgen, und führte sie in einen abgeteilten kleinen Salon. Die Getränke wurden ihnen wenig später von einem anderen Bediensteten hinterhergetragen.

»Wir beschäftigen zwei Tamilen bei uns in der Küche«, informierte sie der Oberkellner, nachdem sie sich in flauschigweichen weinroten Plüschsesseln niedergelassen hatten. »Sie können sie gerne sprechen. Um was geht es denn, wenn ich fragen darf?«

»Um den erstochenen Tamilen aus dem *Riff Raff*«, erklärte Gret. »Vielleicht haben Sie ja von dem Fall gehört. Wir fanden in seinem Hotelzimmer eine Visitenkarte dieses Restaurants.«

»Und was schließen Sie daraus?«

»Dass er hier war. Kennen Sie den Mann vielleicht?« Gret zeigte ein Foto des toten Nadesapilay vor, das der Oberkellner interessiert betrachtete.

»Ich fürchte nicht«, sagte er dann entschuldigend. »Wann könnte er denn hier gewesen sein?«

»Irgendwann in den vergangenen elf Tagen.«

»Wenn Sie mir eine Kopie des Fotos geben können, zeige ich es gerne allen Kellnern und Kellnerinnen, die in dieser Zeit Dienst hatten«, erklärte der Mann hilfsbereit.

»Jederzeit gerne!«, überreichte ihm Gret bereitwillig einen Abzug.

»Und jetzt möchten Sie vermutlich die beiden Küchenhilfen befragen, nehme ich an?«

»Falls das möglich ist«, sagte Gret.

Der Mann erhob sich. »Kann ich Ihnen noch irgendetwas anbieten? Einen kleinen Teller mit Alaska-Lachs vielleicht? Oder eine Tomatensuppe?«

Bevor Gret antworten konnte, meinte Mario bereits: »Eine Suppe wäre fein, mit einem Sahnehäubchen vielleicht!«

Der Oberkellner lächelte und fragte Gret: »Für Sie auch?«

Warum nicht, dachte sie sich. Die Gefahr, dass der Besitzer der *Seerose* verarmen könnte, bestand sicherlich nicht.

»Sehr gern. Aber für mich ohne Sahne bitte«, antwortete sie.

Der Oberkellner entschwand.

»Eine Suppe dürfen wir uns doch wohl noch gönnen, oder?«, fragte Mario unsicher, als der Mann weg war.

»Na klar«, beruhigte ihn Gret und wunderte sich über sich selbst. Dass sie sich derart häufig zum Essen einladen ließ wie in letzter Zeit, entsprach eigentlich nicht ihrer Art. Gestern hatte sie diesen Felix aus dem Kino bezahlen lassen, jetzt wartete sie im Hinterzimmer eines Schickimickilokals darauf, dass ihr eine Suppe offeriert wurde.

Ob Felix sie tatsächlich anrufen würde? Und wenn ja, wann? Heute war Samstag und ihre Agenda für nächste Woche noch ziemlich leer. Wobei das Planen angesichts ihrer unregelmäßigen und unvoraussehbaren Arbeitszeiten natürlich auch schwierig war.

Sie fragte sich gerade, was wohl Mario in seiner spärlichen Freizeit so trieb, als eine der beiden tamilischen Küchenhilfen – ein schlanker, ungefähr fünfundzwanzigjähriger Mann mit Schnurrbart und schief stehenden Zähnen – zwei dampfende Suppenschüsseln aus weißem Porzellan vor sie hinstellte. Er lächelte sehr freundlich.

Als sein Blick jedoch auf das Foto seines toten Landsmanns fiel, begannen die Hände des jungen Mannes leicht zu zittern und in seinen weit aufgerissenen Augen sah Gret die Angst auflodern.

Staub riecht Streit

Das verfluchte Natel funktioniert natürlich nicht. Sooft ich auch versuche, die mir sattsam bekannte Nummer in das Gerät einzutippen – mehr als eine unverständliche Ansprache auf Englisch knistert mir nicht entgegen. Ich bin kurz davor, das Scheißteil aus dem Jeep zu werfen, aber Verasinghe tätschelt mir tröstend die Hand.

»Wir versuchen es einfach in der Nähe des Airports noch mal«, beruhigt er mich.

Ich stimme ihm wenig begeistert zu und betrachte den chaotischen Verkehr auf der von Bretterbuden gesäumten Straße Richtung Flughafen. Wir brausen über die einzige nennenswerte Autobahn des Landes, die allerdings vornehmlich von im Schneckentempo kriechenden Autowracks frequentiert zu sein scheint, aus denen schwarzer Rauch quillt.

Wer gerade nicht schleicht mit seiner Karre, der rast, als gäbe es kein Morgen. Als mich Verasinghe auf ein lebensgroßes Denkmal am Straßenrand hinweist, das an den Verkehrstod einer legendären singhalesischen Schauspielerin erinnert, kann ich nur gequält lächeln.

Auf dem Rücksitz des Wagens sitzt der Oberschläuling, der im Schach so jämmerlich gegen Premadasa verloren hat. Der Junge heißt Riccardo Salis, ist sechsundzwanzig und kommt ursprünglich aus Bergün im Kanton Graubünden. Wenn er nicht gerade im Schach verliert, studiert er Genetik an der ETH Zürich. Er weilte zu einem einmonatigen Praktikum im *Hamawella Malaria Research Center*, das inzwischen jedoch beendet ist. Deshalb fliegt er heute zurück nach Hause.

Die beiden Kugeln aus Rainer Schütz' Leichnam befinden sich in der Seitentasche von Salis' Rucksack. Genau genommen in einer Blechdose, die mit einem *Shivamukti* genannten grünen Schleim gefüllt ist, der angeblich gegen alles hilft, von Muskelkrämpfen bis zu Erkältungen.

Verasinghe ist sich absolut sicher, dass die Schleimbüchse die Sicherheitskontrollen am Katunayake Airport problemlos passieren wird. Vor allem weil unser Student gar nicht weiß, was sich in der grünen Wunderpaste verbirgt.

Als Verasinghe sich erbot, den Bündner Jungforscher zum Flughafen nach Colombo zu kutschieren, nutzte ich die Gelegenheit, mich ihm anzuschließen. Unter anderem weil mit der Boeing aus Zürich Verwandte von Jürg Deiss sowie Rainer Schütz' Vater eintreffen sollen. Zwar werden auch Vertreter der inzwischen eingeschalteten Schweizer Botschaft vor Ort sein; aber als Augenzeuge des Anschlags fühle ich mich dennoch irgendwie verpflichtet, ebenfalls in Erscheinung zu treten.

Zudem möchte ich gerne etwas zur Ruhe kommen. Hinter mir liegen zwei konfuse Tage. Denn die Hoffnung, dass nach dem Abzug des Militärs Ruhe in das Forschungszentrum von Hamawella einkehren würde, hat sich leider nicht bewahrheitet.

Verasinghe setzte seine Ermittlungen ungerührt fort. Und da ich das nicht nur bestens nachvollziehen konnte, sondern auch zunehmend freundschaftliche Gefühle für den kleinen, dicken Mann zu entwickeln begann, unterstützte ich ihn in seinen Bestrebungen, so gut ich konnte. Damit verärgerte ich nicht nur einzelne Wissenschaftler – allen voran den alten Hugentobler –, sondern auch meine geliebte Gemahlin Leonie. Und zwar so sehr, dass sie sich aus purer Rachsucht gestern spät nachts zu ein paar spöttischen Bemerkungen über Annas doch sehr wechselhaftes Liebesleben hinreißen ließ.

Das wiederum machte dann mich gallig. Denn meine Tochter aus erster Ehe darf zwar durchaus kritisiert werden. Allerdings ausschließlich von mir, der ich erwiesenermaßen ihr Erzeuger bin, und nicht von meiner zweiten Frau. Die sollte lieber unseren gemeinsamen trägen Sohn Per in den Hintern treten, um einen ähnlich brauchbaren Menschen wie Anna aus ihm zu machen! Aber auf diesem Auge ist Leonie natürlich blind. Statt Per die Leviten zu lesen, beschränkt sie sich darauf, mit seiner Freundin zu zanken.

Die allerdings ist tatsächlich über alle Maßen kompliziert und anstrengend. So schwatzte mir die gute Adrienne gestern des Längeren die Ohren voll, sie sei einem Skandal auf der Spur, der sich um den Missbrauch von Tsunamihilfsgeldern zum Wiederaufbau von Dörfern an der Küste drehe. Sie drohte mit einem Eifer sondergleichen weitere Recherchen an und schwor, auch dann nicht vor unangenehmen Enthüllungen zurückzuschrecken, wenn sie Leute mit Macht und Einfluss träfen.

Per unterstützte sie selbstverständlich auch noch in ihrem Wahn, er scheint ihr völlig ergeben. Meiner Meinung nach begreift er allerdings kaum, wovon sie überhaupt redet.

Tochter Anna wiederum macht zwar periodisch auf charmante Gastgeberin, lässt aber durchaus durchblicken, dass sie eigentlich Wichtigeres zu tun hat, als uns zu bewirten und zu behüten. Nicht dass ihr die Mücken lieber wären – aber die seien nun mal ihre Arbeit. Die Dissertation schreibe sich schließlich nicht von selbst, sagte sie gestern zu mir, bevor sie für Stunden in einem etwas abseits stehenden Gebäude verschwand. Vermutlich, um irgendwelche teuflischen Experimente durchzuführen.

Im Notfall ist auf Anna allerdings Verlass. So rettete sie die hysterische Adrienne heute Morgen vor einer pfirsichgroßen Vogelspinne, die sich irgendwie ins Zimmer geschlichen hatte, indem sie dem Vieh kurzerhand ein Glas überstülpte und es aus dem Fenster bugsierte. Per beobachtete Annas Heldentat gähnend, was ihm einiges an Schelte von seiner Liebsten eintrug.

Neben der eher frostigen Stimmung innerhalb meiner Familie zermürbten mich aber auch die sich im Laufe der vergangenen zwei Tage immer klarer abzeichnenden Zerwürfnisse innerhalb der Forschertruppe. In Anwesenheit der Militärs noch als homogene Einheit erscheinend, eröffneten sich bereits kurz nach deren Abzug überraschend tief klaffende Risse innerhalb des Teams.

Wenn ich es richtig mitbekommen habe, existieren unter den Schweizer Wissenschaftlern und ihrer einheimischen Entourage drei Fraktionen. Alle kämpfen um dieselben Gelder des Schweizer Nationalfonds, der verschiedenen Universitäten und Technischen Hochschulen des Landes, des srilankischen Gesundheitsministeriums sowie des im Jahre 2000 im nigerianischen Abuja beschlossenen Programms *Roll back Malaria* von UNICEF, UNDP, WHO und der Weltbank.

Die Mehrheit der Wissenschaftler in Hamawella, zu der auch meine Tochter Anna, ihr Tschaggat als Leiter, der ermordete Rainer Schütz und der immer noch im Spital rekonvaleszente Jürg Deiss gehören, sieht die Chance für eine effektive Malariabekämpfung in einem neuerlichen, kontrollierten Einsatz von DDT.

Dass das 1939 von dem Schweizer Chemiker Paul Müller entdeckte Dichlordiphenyltrichlorethan ein überaus effektives, auf das Nervensystem von Stechmücken wirkendes Gift ist, bestreitet eigentlich niemand. In vielen Ländern der Welt konnte die Malaria durch das Besprühen der Häuser mit DDT faktisch ausgerottet werden, so etwa im Süden der USA und in weiten Teilen Mittelamerikas und Brasiliens, aber auch in europäischen Ländern wie Portugal, Spanien, Bulgarien, Italien und Rumänien. In Sri Lanka sank die Zahl der Malariaerkrankungen in den Sechzigerjahren unter dem Einsatz von DDT von über zwei Millionen auf unter zwanzig. Aber ein Problem von DDT ist, dass es sich in der Nahrungskette anreichert. Nachdem es Mitte der Sechzigerjahre in der menschlichen Muttermilch nachgewiesen werden konnte, wurde es daher in vielen Ländern verboten.

Auch in Sri Lanka wurde der Einsatz von DDT 1968 und 1969 massiv eingeschränkt, worauf eine Epidemie ausbrach, die rund eine halbe Million Menschen erfasste. Neue intensive Sprühbehandlungen konnten die Zahl der Erkrankungen bis 1972 zwar nochmals auf rund 150.000 Fälle senken. Jedoch nur drei Jahre später lag die Marke wieder bei 400.000 Infektionen – trotz massiven DDT-Einsatzes. Einige Untergruppen der Anopheles-Mücke hatten bereits Resistenzen gegen das Gift entwickelt.

Heute gelten gerade noch knapp vier der neun Provinzen des Landes als malariafrei. Aber auch sie werden früher oder später von Neuerkrankungen betroffen sein, wenn weiterhin nichts dagegen unternommen wird.

Niemand liebt das DDT, hat mir Tschaggat versichert. Aber nichts habe mehr Erfolge gebracht. Die Gruppe um den sri-lankischen Tropenmediziner und meine Tochter ist felsenfest davon überzeugt, dass das Nervengift der einzige Weg ist, um auf lange Sicht mit der Seuche fertig zu werden, die weltweit jährlich rund zwei Millionen Todesopfer fordert. Laut Anna ist das auch der weltweite Konsens der großen Mehrheit der Forscher, die sich mit der Malaria beschäftigen.

Aber natürlich gibt es auch andere Ansätze, gerade im *Hamawella Malaria Research Center.* So schwört eine kleine, aber aggressive Gruppe um den Basler Tropenmediziner Hugentobler Stein und Bein auf gentechnisch veränderte Mücken. Tatsächlich gelang es Wissenschaftlern der John Hopkins University in Baltimore schon vor Jahren, Anopheles-Mücken gentechnisch so zu verändern, dass sie resistent gegen den Malariaerreger Plasmodium wurden. Weitere Versuchsreihen zeigten, dass die genmanipulierten Mücken ihren Erreger tragenden Verwandten überlegen waren, sprich diese nach und nach verdrängten, zumindest unter Laborbedingungen. Im Klartext setzen Hugentobler und seine Glaubensbrüder – darunter verschiedene von der Bill-Gates-Stiftung alimentierte US-Teams – darauf, dass freigesetzte Genmücken die Malariamücken aus der Natur verdrängen könnten, was der Krankheit längerfristig den Garaus machen würde.

Tschaggat bestreitet nicht, dass Genmücken eines Tages eine Option sein könnten, glaubt jedoch, dass das noch Jahre dauern wird. Die Hürden für die Freisetzung gentechnisch veränderter Organismen seien zu Recht enorm hoch. Zudem sei der Vorteil der Genmücken gegenüber ihren frei lebenden Artgenossen bei Weitem noch nicht groß genug. Dennoch hielte die Genmückenfraktion eisern an ihrer Theorie fest. DDT-Anhänger würden unverhohlen als rückständige Giftmischer ohne Visionen und Ideen bezeichnet. Für Tschaggat wiederum sind die Leute um Hugentobler bornierte Besserwisser.

Etwas mehr Respekt zollt er der dritten Forschungsgruppe in Hamawella, einer Handvoll Pflanzenkundler und Anthropologen, die versuchen, auf den Hügeln der Umgebung *Artemisia annua* zu züchten, eine ursprünglich aus China stammende Pflanze, deren Wirkstoffe nachweisbar gute Heilungserfolge bei bereits Erkrankten bringen. Allerdings bekämpfen die Artemisiafreunde naturgemäß nicht die Ursache der Malaria, sondern lediglich deren Symptome.

Zwei Forscher, drei Meinungen, dachte ich lapidar angesichts all dieser Erläuterungen aus einer mir völlig fremden Welt.

Wenn mich etwas überraschte, dann nicht die Streitigkeiten an sich, sondern die unnachgiebige, geradezu giftige Art und Weise, in der sie ausgetragen wurden. Man behinderte die Gegenpartei auf vielfältige Weise und missgönnte ihr jeden Fortschritt. Gingen die Fraktionen am Schluss so weit, sich gegenseitig niederzuschießen? Stand Rainer Schütz möglicherweise vor irgendeinem entscheidenden Durchbruch, der dazu geführt hätte, dass den anderen Projekten der Geldhahn zugedreht worden wäre? Dem Vernehmen nach soll er in den letzten Tagen vor seinem Tod abends auffällig lange an seinem Laptop gesessen haben.

»Wir sind gleich da«, unterbricht Verasinghe meine Gedankengänge und deutet auf eine lange Kolonne vor einer von Militär bewachten Straßensperre.

»Toll«, räuspere ich mich und versuche erneut, Michael in Zürich zu erreichen. Dieses Mal klappt es.

»Bist du das, Fredy?«, höre ich seine Stimme überraschend klar und deutlich.

»Hallo«, antworte ich erfreut. »Ja, ich bin es! Wie läuft's so?«

»Wir kommen schon klar, auch wenn wir dich natürlich sehr vermissen. Und ihr? Genießt ihr eure Ferien?«

»Na ja«, seufze ich. »Ein Mitarbeiter aus Annas Team ist vor zwei Tagen auf offener Straße erschossen worden. Das dämpft den Genuss natürlich ein wenig.«

Michael scheint es offensichtlich die Sprache verschlagen zu haben. Ich nutze die Gelegenheit, Verasinghe anzudeuten, dass er anhalten soll. Der fackelt nicht lange und bringt den Jeep reifenquietschend zum Stehen. Ein paar vernachlässigt aussehende Kinder, die neben der Straße auf einem staubigen Acker Kricket spielen, beobachten das Manöver interessiert. Ich steige aus und trete ein paar Schritte beiseite – schließlich soll der junge Salis nicht hören, was ich zu sagen habe.

»Es ist vielleicht ein bisschen frech von mir. Aber ein sehr netter Kollege von der hiesigen Polizei möchte dich gerne um einen Gefallen bitten.«

»Ich höre«, sagt Michael sofort.

»Wir haben zwei Kugeln, die man ballistisch untersuchen sollte. Hier ist das aus verschiedenen Gründen etwas … nun ja, kompliziert. Ich dachte mir, dass du eventuell Strich überreden könntest, sich die Teile …«

»Selbstverständlich, Fredy, kein Problem«, unterbricht mich Michael. »Ich nehme an, es sind die Kugeln, mit denen Annas Kollege erschossen wurde. Wie kommen wir an die Dinger ran?«

»Sie sind an Bord der Maschine des Condor-Direktflugs von Colombo nach Zürich, die morgen früh um 6.50 Uhr in der Schweiz landen wird. Ein junger Mann namens Riccardo Salis hat sie bei sich. Und zwar in einer Blechbüchse, die mit einer grünen Wunderpaste gefüllt ist.«

»Alles klar«, meint Michael. »Im Übrigen habe ich auch was Interessantes für dich: Wir haben hier nämlich einen erstochenen Tamilen, Fredy.«

Ich staune. In der Schweiz erstechen sie Tamilen, hier in Sri Lanka ballern sie Schweizer nieder. Böse Zungen würden wohl von Globalisierung reden.

»Der Mann stammt ursprünglich aus Haputale, einer Kleinstadt in den Bergen«, fährt Michael fort. »Seine Familie wohnt angeblich immer noch da. Ich habe auf *Google Earth* nachgesehen, wo dieses Haputale liegt, und bemerkt, dass der Ort relativ nahe bei Annas Forschungsstation ist.«

»Soll ich der Sache nachgehen?«, biete ich ihm an. »Was genau wollt ihr wissen?«

»Alles, Fredy«, höre ich ihn sagen. »Wir stecken ziemlich fest, wissen einzig, dass der Mann vor knapp zwei Wochen in die Schweiz eingereist ist und vor vier Tagen im Kreis 5 erstochen aufgefunden wurde. Sein Name ist Rexon Nadesapilay, ich schicke dir den Namen gleich per SMS.«

»Okay«, sage ich. »Mal schauen, was ich machen kann. Wie geht's denn den anderen?«

»Gret ist wohlauf und engagiert wie immer«, sagt er mir, was ich hören will, »der Rest tut, was er kann. Und Anna?«

»Der geht's gut«, antworte ich. »Natürlich wirkt das Attentat auf ihren Kollegen noch nach, aber sonst ist sie recht munter.«

»Schön.«

»Einen neuen Freund hat sie gefunden, einen einheimischen Professor.«

»Du Ärmster!«, lacht er mich aus. »Ist er nett?«

»Ja, sehr«, sage ich.

»Freut mich, grüß sie von mir.«

»Mach ich. Also, wir hören voneinander. Und vielen Dank für deine Hilfe!«

»Gleichfalls«, sagt er und wir beenden das Gespräch.

Ich zwänge das Natel zurück in meine Hosentasche, als mich ein kleiner Junge forsch anspricht: »You have some money?«

Ich sehe, dass mehrere der Kricket-Jungs den Frechdachs von Weitem grinsend beobachten, und gebe ihm eine rostige

Zweirupienmünze. Dann mache ich, dass ich wieder in den Jeep komme.

Fünf Stunden später warten wir immer noch auf das verfluchte Flugzeug aus Zürich. Der Katunayake Airport leidet offensichtlich nach wie vor unter den Folgen des Bombenangriffs auf den benachbarten Militärflugplatz. Ich schlürfe am x-ten überzuckerten Tee des Tages und resümiere, was ich zwischenzeitlich von den Leuten der Schweizer Botschaft erfahren habe: Die Militärs haben Rainer Schütz' Leiche mittlerweile freigegeben; sie wartet in den Katakomben des Militärspitals im ärmlichen Viertel *Slave Island* darauf, abgeholt zu werden. Auf dem Totenschein sei lapidar von tödlichen Schussverletzungen die Rede, eine Autopsie habe man nicht für nötig gehalten. Schütz' Vater könne den Metallsarg mit seinem toten Sohn also jederzeit in Empfang nehmen, eine junge Botschaftssekretärin werde ihn begleiten – ausgerüstet mit allen relevanten Papieren und dem Versprechen eines hohen Militärs, ein Konvoi der Armee werde für sicheres Geleit zum Flughafen sorgen.

Ansonsten sieht man vonseiten unserer Botschaft keinen Anlass für weitere Untersuchungen. Auch die eidgenössischen Beamten sehen in Schütz lediglich ein bedauernswertes ziviles Opfer der beklagenswerten politischen Turbulenzen in Sri Lanka. Man könnte meinen, General Premadasa habe unseren Leuten persönlich das Gehirn gewaschen. Die Beamtenschar ist angesichts der Flugverspätung ohnehin bereits wieder nach *Cinnamon Gardens* verschwunden, Colombos Reiche-Leute-Viertel, in dem auch die Schweizer Botschaft liegt. Zurückgelassen haben sie einzig eine junge Sekretärin, eine zarte, dunkelblonde Frau aus Montreux, die nervös an ihren Nägeln kaut und kaum gesprächiger ist als ein Kaninchen angesichts einer vor ihr aufgerichteten Königskobra.

Riccardo Salis immerhin ließ gerne mit sich plaudern. So erfuhr ich von ihm, dass Schütz ein wirklich blendender

Schachspieler gewesen sein muss und sich seine Gegner auch außerhalb des Zentrums gesucht hat. Er soll mit einem schwerreichen Deutschen namens Müller gespielt haben, der rund eineinhalb Stunden außerhalb von Hamawella in einer alten Kolonialvilla wohnt. Und auch mit einem Titus Trüeb, einem hochrangigen Schweizer Mitarbeiter des IKRK, der an der Küste die immer noch laufende Tsunamihilfe koordiniert. Hat nicht Pers wirre Adrienne etwas von einem Hilfsgelderskandal gefaselt? Vielleicht sollte ich demnächst doch einmal mit ihr reden.

Im Moment allerdings wäre ich einfach froh, wenn das Flugzeug endlich käme. Ich habe keinerlei Lust, ausgerechnet in dem lauten und schmutzigen Colombo festzusitzen. Auch wenn Verasinghe hier Verwandte hat, bei denen wir seiner Meinung nach problemlos unterkommen könnten.

Mario jagt einen Flüchtling

Das Foto des Toten fiel ihm schließlich aus der Hand. Und dann sprintete der junge Tamile los. Er büxte einfach aus. Gret schnellte von ihrem Stuhl hoch und rannte dem Mann nach, durch zwei Schwingtüren, eine Treppe hinauf, einen engen, mit Getränkekisten vollgestellten Gang entlang. Mario folgte ihr, so schnell er konnte. Der Flüchtende riss Kisten zu Boden. Gret geriet ins Stolpern und kam fast zu Fall, aber Mario fing sie mit einem beherzten Griff unter den Arm auf.

»Stehen bleiben! Sofort!«, riefen sie hinter dem Tamilen her, aber die einzige Antwort, die sie erhielten, war das Getöse weiterer herunterfallender Kisten. Dafür verriet ihnen ein schmaler Lichtschein, dass der Mann offenbar eine Tür erreicht hatte, die ins Freie führte. Mario überholte Gret, drückte die Tür vollends auf und rannte nach draußen. Er griff nach seiner Pistole und zielte auf die Beine des türmenden Tamilen, der in Richtung Parkplatz rannte.

»Polizei! Stehen bleiben oder ich schieße!«, rief er ihm nach.

»Nein!«, packte ihn Gret an der Schulter. »Hinterher! Den kriegen wir auch so.«

Mario hatte seine Zweifel, denn der Mann hatte inzwischen mindestens dreißig Meter Vorsprung. Immerhin, Gret war gut in Form, das wusste Mario. Als Fünfzehnjährige war sie bei den Schweizer Juniorenmeisterschaften Dritte über vierhundert Meter Sprint geworden, wie sie ihm einmal anvertraut hatte. Und da sie immer noch regelmäßig Sport trieb, hatte sie sich sicher gut gehalten.

Mario steckte die Waffe wieder ein und eilte Gret hinterher. Tatsächlich lief seine Kollegin unglaublich schnell. Aber der flüchtende Tamile hechtete bereits in einen senfgelben Porsche 911 Targa 4, dessen Türen er offensichtlich mit einer Fernbedienung geöffnet hatte. Sein Wagen? Wohl kaum.

Gret erreichte das Luxusmobil, wenige Zehntelsekunden bevor dessen Motor aufheulte. Sie schlug mit der Handfläche gegen die Scheibe. Mario sah durch das getönte Glas in ein angstverzerrtes Gesicht. Dann gab der Mann Gas. Der Wagen bäumte sich auf und schoss davon, wobei Gret beinahe der Rückspiegel in die Rippen gerammt worden wäre.

»Schieß auf die Räder!«, hörte er ihre schrille Stimme. »Aber sei um Himmels willen vorsichtig!«

Nicht dass sie ihm Letzteres extra hätte sagen müssen. Mario wusste, dass er seit seinem Unglücksschuss auf dem Üetliberg vor gut zwei Jahren der Trottel vom Dienst war. Spätestens ab diesem Zeitpunkt hätte er kündigen oder zumindest die Abteilung wechseln sollen.

Er verspürte nicht die geringste Lust zu schießen, sondern hatte die Waffe zuvor lediglich als Drohgebärde auf den Hilfskoch gerichtet.

»Komm schon!«, rief ihm Gret im Befehlston zu.

Das ärgerte Mario, aber rechtlich gesehen war sie jetzt nun einmal seine Vorgesetzte.

Der Porsche war bereits kurz davor, in die Seestrasse einzubiegen, einzig ein vorbeidonnernder Vierachser hinderte ihn daran.

Mario blickte zu seiner Kollegin. Gret hatte keine Pistole dabei. Natürlich, sie ließ sie stets im Büro, genau wie Staub es immer getan hatte.

Mario hielt den Atem an, zielte und feuerte in kurzer Folge vier Schüsse ab. Doch der Porsche raste mit durchdrehenden Reifen und lautem Motorengeheul davon.

Er hatte nichts getroffen – Gott sei Dank.

»Zum Wagen!«, keuchte Gret.

Wenig später bogen auch sie mit quietschenden Reifen in die Seestrasse ein. Am Steuer saß natürlich er. Denn Autos waren nicht wirklich Grets Domäne.

Selten war er so froh über einen Sattelschlepper gewesen wie in diesem Augenblick. Der flüchtende Tamile hatte ihn nämlich im steten Gegenverkehr noch nicht überholen können und lauerte rund zweihundert Meter vor ihnen auf eine günstige Gelegenheit. Offenbar war der Mann doch noch nicht völlig durchgeknallt.

Mario brachte die Sirene in Gang und trat das Gaspedal bis zum Anschlag durch. Zum Glück waren sie mit einem der raren schnellen BMWs der Kantonspolizei unterwegs und nicht mit einem der kriechenden Volvos: Der Wagen schoss los wie eine Kanonenkugel.

Gret sprach hektisch in das Funkgerät, während Mario den senfgelben Flitzer schon beinahe eingeholt hatte. Ob der Tamile ihr Näherkommen ahnte oder nicht: Plötzlich scherte er jedenfalls aus und schob sich direkt neben den Laster. Sie befanden sich genau auf der Höhe der *Roten Fabrik.* Der Vierachser fuhr geradeaus, der Porsche schleuderte nach links, hinab in die Bahnunterführung und tauchte nach wenigen Sekunden an deren Ende wieder auf. Die Tafel *Kein Vortritt* ignorierte er und preschte einfach in die Albisstrasse hinein, wobei er mit der Stoßstange ein 7er-Tram schrammte, das an der Haltestelle soeben gestoppt hatte.

Mario hatte sich getäuscht: Der Typ war doch irre! Autos brachten sich auf dem Trottoir in Sicherheit, Passanten sprangen panisch beiseite. Die beiden Polizisten kamen dem Fluchtauto immer näher.

Es war ein Wahnsinn, sich hier ein Verfolgungsrennen zu liefern, dachte Mario. Das Ganze würde zwangsläufig in einer Katastrophe enden. Doch konnten sie den Mann einfach entkommen lassen?

Gret schien nicht dieser Ansicht zu sein.

»Verstärkung ist auf dem Weg«, informierte sie ihn atemlos, bevor sie wieder in den Sitz gedrückt wurde.

Mario versuchte, noch einmal alles aus dem BMW herauszuholen, und scherte wie zuvor der Tamile brutal nach links aus, um eine Kolonne zu überholen. Sie rasten auf dem Tramgeleise die Straße hinauf, vorbei an der Post Wollishofen auf die Häuserzeile zu, die früher das Kino *Morgental* beheimatet hatte.

Plötzlich zog der Mann den Porsche nach rechts in die Mutschellenstrasse. Wohin wollte er denn nun, Himmelarsch? Er fuhr jetzt exakt die Strecke des Busses Nr. 33 in Richtung Wiedikon.

Mario schaltete, bremste und trat dann wieder das Gaspedal durch, als hätte er in seinem Leben noch nie etwas anderes gemacht, als Autorennen zu fahren. Wie Gene Hackman in William Friedkins *French Connection*, eine seiner Lieblings-DVDs.

Sie waren dem Porsche jetzt ganz dicht auf den Fersen, obwohl der einige PS mehr unter der Haube hatte.

»Soll ich ihn rammen?«, schrie er zu Gret hinüber, aber er erhielt keine Antwort.

Der Tachometer zeigte hundertzehn Stundenkilometer an – sie konnten froh sein, dass noch keine Unschuldigen unter die Räder gekommen waren. Zum Glück rasten sie in diesem Moment durch eine Einbahnstraße, sodass sie nicht auch noch auf Gegenverkehr achten mussten. Früher oder später würden sie allerdings garantiert mit einem Bus zusammenprallen.

Mario genoss die Verfolgungsjagd insgeheim – die erste in insgesamt sechs Jahren Polizeidienst! Aber es wäre ihm trotzdem recht gewesen, wenn Gret ihm endlich gesagt hätte, was er tun sollte. Vielleicht konnte er den Wagen überholen und ausbremsen?

»Vorsicht!«, schrie seine Kollegin plötzlich panisch auf und deutete entsetzt geradeaus auf eine jüdische Familie in Festtagskleidung, die sich eben anschickte, die Straße zu überqueren. Zwei Kinder standen schon mitten auf dem Zebrastreifen.

Mario trat auf die Bremse und betätigte zusätzlich zu der Sirene geistesgegenwärtig die Hupe. Der Porsche vor ihm stieg brutal in die Eisen und hinterließ eine Rauchfahne aus geschmolzenem Gummi. Dennoch schlitterte er unaufhaltsam auf die Kinder zu, die vollkommen paralysiert stehen geblieben waren. Zu allem Überfluss prallte ihm Mario trotz seines Bremsmanövers auch noch in den Kofferraum. Erst in letzter Sekunde stoben die Kinder auseinander und sprangen beiseite.

Der Porsche gab sofort wieder Gas.

Mario äugte zu Gret hinüber, die käsebleich aussah. Er beschloss, fortan etwas Abstand zu halten. Sichtweite zu dem Fluchtfahrzeug war nahe genug. Sie waren bereits auf der Höhe der Bushaltestelle Hügelstrasse, bald käme die Einmündung in die Bederstrasse mit noch mehr Fußgängern, Velofahrern, Autos und Trams. Hatten sie ein Megafon an Bord? Vielleicht konnte Gret den Mann überzeugen aufzugeben. Wobei er sie bei Lichte betrachtet wohl kaum hören konnte. Und seine Kollegin hing ohnehin nur noch schlaff in ihrem Gurt.

Der Irre vor ihm fuhr ziemlich gut, musste Mario sich eingestehen. Wie er die Einfahrt in die Bederstrasse nahm, mit einem kunstvollen Slide zwischen zwei Velofahrern und einem weißen Nissan Micra hindurch, war aller Ehren wert.

Dennoch konnten sie ihm mühelos folgen.

»Er steuert auf die Autobahn zu«, gab Gret endlich wieder etwas von sich.

»Wieso das denn?«, runzelte Mario die Stirn. »Da kassieren wir ihn doch innerhalb von Minuten.«

Aber Gret hatte recht. Der Porsche Targa brauste über die Utobrücke, schlingerte an dem vor Kurzem eröffneten Einkaufszentrum *Sihlcity* vorbei, unterquerte die Trasse der Sihltalbahn und hielt sich dann stramm links in Richtung Autobahnzubringer. Das Rotsignal an der Kreuzung missachtete er wie alle vorhergehenden. Ein von der Laubegg kommender dunkelblauer Peugeot musste derart abrupt bremsen, dass ihm der Lieferwagen eines Bäckereibetriebs ins Heck krachte. Mario überfuhr die rote Ampel ebenfalls. Aber in seinem Fall waren die anderen Verkehrsteilnehmer durch die Sirene immerhin vorgewarnt.

Gret funkte den Kollegen das aktuelle Geschehen und verlangte nach einem Helikopter.

Quatsch, dachte Mario sich, den Kerl erwische ich auch so.

Rechter Hand passierten sie die Fußballanlage Allmend Brunau, links die Spirale des *Sihlcity*-Parkhauses und die Baracken der städtischen Kontakt- und Anlaufstelle, in der Fixern beaufsichtigte Injektions- und Inhalationsräume für ihren Drogenkonsum zur Verfügung standen.

Noch war es natürlich möglich, dass der Tamile unter der Autobahnzubringerbrücke in Richtung Luzern beziehungsweise Gotthard abbog, um über die Sihlstrasse nach Adliswil oder Langnau am Albis zu gelangen.

Nein, der Porsche schoss mit quietschenden Reifen auf die Autobahn und beschleunigte sofort bis zum Anschlag.

Scheiße, das schaffte der Motor des BMW nicht. Mario realisierte zornig, wie schnell sich der Abstand auf das Fluchtfahrzeug vergrößerte.

Der Tamile wechselte mehrfach die Spur, um an allen Autos vorbeizukommen, die sich an die Geschwindigkeitsbegrenzung hielten und nicht schneller als achtzig fuhren. Dann zog er den Porsche wieder nach rechts, um einen auf der Überholspur trödelnden alten Mercedes zu überholen.

Mario registrierte mit Entsetzen, dass in einiger Entfernung ein Blinklicht aufleuchtete. Er schnappte nach Luft und würgte einige unverständliche Laute hervor, als versuche er, den Raser in letzter Sekunde vor einem drohenden Unheil zu warnen.

Zu spät.

Der senfgelbe Flitzer riss Plastikpoller aus ihrer Verankerung, durchschlug diverse Holzplanken und krachte dann in eine auf der gesperrten Fahrbahn parkende, tonnenschwere, ockergelbe Asphaltiermaschine.

Mario konnte den Aufprall trotz der Sirene ganz deutlich hören und sah eine Stichflamme in den Himmel steigen.

»Nein!«, entfuhr es ihm, während er Gret neben sich mit Panik in den Augen aufschreien hörte.

Einen weiteren Menschen, der durch sein Verschulden zu Tode gekommen war, würde er nicht überleben.

Staub sieht Sternschnuppen

Als ich kurz nach Mitternacht todmüde in unser Zimmer wanke, finde ich Leonie zu meiner Überraschung immer noch wach vor. Sie liegt, nur mit Slip und einem trägerlosen T-Shirt bekleidet, unter dem Moskitonetz und schmökert in unserem Reiseführer. Als sie mich wahrnimmt, lächelt sie und legt das Buch beiseite.

»Und? Hat's geklappt?«, will sie wissen.

»Letztendlich schon«, antworte ich. »Der Flieger kam und kam einfach nicht. Als er dann schließlich da war, wollten Rainers Verwandte unbedingt sofort hierher. Es gelang uns nur mit Mühe, sie davon zu überzeugen, heute lieber in der Botschaft zu nächtigen und erst morgen nach Hamawella zu kommen. Wir mussten ihnen dazu regelrecht Angst einjagen vor der nächtlichen Fahrt.«

»Toll, dass wenigstens ihr es wieder gut hierher zurück geschafft habt!«

»Verasinghe ist übrigens wirklich ein sehr netter Kerl, Leonie. Morgen Abend sind wir bei ihm zu Hause zum Essen eingeladen.«

Meine Angetraute schweigt ein paar Sekunden lang.

»Es wäre eine Beleidigung, die Einladung abzulehnen«, füge ich erklärend hinzu.

»Wer spricht denn davon?«, braust sie auf. »Meinst du, ich lasse mir ein Dinner bei Einheimischen einfach so entgehen? Im Gegenteil, ich freu mich, dass dein Ermittlungswahn wenigstens für etwas gut ist. Darf Per auch mitkommen?«

»Die Einladung gilt für uns alle.«

Leonie brummt wohlgefällig und sieht zu, wie ich mich ausziehe und am Waschbecken die Zähne putze.

In der Ecke raschelt irgendetwas. Vermutlich der Gecko. Hoffentlich. Denn Lust nachzusehen verspüre ich nicht wirklich, muss ich gestehen, nachdem Per und Adrienne diese unansehnliche Vogelspinne in ihrem Zimmer vorgefunden haben.

»Und hier? Irgendwas Neues?«, frage ich Leonie, als ich meine Abendtoilette beendet habe und zu ihr unter das Moskitonetz krieche.

»Rainer Schütz' Laptop ist verschwunden«, berichtet sie mir. »Niemand weiß, seit wann und ob ihn die Militärs mitgenommen haben oder allenfalls Leichenfledderer am Werk waren. Tatsache ist, dass das Teil weg ist.«

»Aha.«

Schon wieder ein Problem, um das ich mich morgen kümmern kann.

»Ich lösch mal das Licht, okay?«, schlägt Leonie vor.

»Ja, bitte.«

Ich liege eine Weile im Dunkeln und lausche auf etwaige Geräusche aus der Ecke, höre aber nur die Tierstimmen des nahen Dschungels ins Zimmer schwappen. Leonie reckt und streckt sich, ich drehe mich zu ihr hinüber und drücke ihr einen dicken Kuss auf die Lippen.

»Ich kann einfach nicht anders, als dem Verasinghe bei der Klärung des Falls zu helfen«, sage ich dann. »Die Polizeiarbeit liegt mir halt im Blut!«

»Ha! Vergiss einfach nicht, dass wir in einer Woche zurückfliegen, Fred!«, erinnert sie mich an eine Tatsache, die ich bislang vollkommen verdrängt habe. »Bis dahin kannst du gern den Ferienpolizisten spielen, wenn das dein innigster Wunsch ist. Ich will aber auf jeden Fall noch nach Sigiria, Nuwara Eliya und Kandy. Tschaggat hat zugesagt, uns zu begleiten.«

»Du magst ihn also?«

»Er ist sehr nett und zuvorkommend. Das mit seiner Frau ist wirklich tragisch.«

»Frau?«, wundere ich mich.

»Hat Anna dir das denn nicht erzählt? Tschaggats Frau ist vor zwei Jahren bei einem Busunglück ums Leben gekommen. Er hat zwei kleine Buben, die bei der Familie seines Bruders in Kandy aufwachsen.«

»Aha«, antworte ich lahm, betrübt darüber, dass ich solche Dinge scheinbar immer als Letzter erfahre. Aber immerhin erfahre ich sie überhaupt – was soll ich also hadern? Stattdessen rührt es mich geradezu, dass Leonie für meine Arbeit so viel Verständnis aufbringt.

»Ich liebe dich immer noch sehr«, murmle ich zur Belohnung. »Du bist einfach die Beste, Leo, wirklich, ich würde dich gegen keine andere eintauschen!«

»Das wäre auch idiotisch, Fred«, meint sie staubtrocken und gibt mir anschließend einen flüchtigen Kuss auf meine Stirn.

»Es kommt übrigens noch schlimmer«, gestehe ich ihr daraufhin.

»Inwiefern?«

»Michael hat in Zürich ein Problem mit einem erstochenen Tamilen und möchte, dass ich rasch bei dessen Familie in Haputale vorbeischaue.«

»Überspann den Bogen nicht, Meister!«, mahnt sie mich.

»Wir wollten doch ohnehin dorthin, um den Dampfzug nach Kandy zu besteigen«, rufe ich ihr in Erinnerung.

»Kann ich mich morgen dazu äußern?«, gähnt sie.

»Ja, klar«, gebe ich von mir, streiche ihr sanft über die Schulter und drehe mich auf die andere Seite.

In diesem Moment dringt von außen ein unnatürlich heller Lichtschein in unser Zimmer. Für einen kurzen Moment ist es taghell, doch dann ist der Spuk schon wieder vorbei. Ein dazugehöriges Geräusch habe ich nicht wahrgenommen.

»Was war das denn?«, fragt mich Leonie irritiert. »Ein Scheinwerfer?«

»Vielleicht eine Sternschnuppe«, rate ich.

»Ach was!«, schnaubt sie. »Die sind doch niemals so hell!«

»Und falls doch? Hast du dir was gewünscht?«

»Baldiger Schlaf wäre nicht schlecht«, meint sie und seufzt leise vor sich hin.

Ich denke noch eine Weile darüber nach, was mein Hauptanliegen wäre, wenn ich einen Wunsch frei hätte. Ein Koffer mit zehn Milliarden Dollar? Oder doch eher der Weltfrieden?

Der Tod sämtlicher Malariamücken auf diesem Planeten und eine stabile Beziehung für meine Tochter, denke ich schließlich.

Wenige Augenblicke später bin ich eingeschlafen.

Mario muss ins Spital

Stunden später fanden sich Mario und die übrigen Mitglieder von *Besondere Verfahren* sowie die beiden Kollegen aus der *Spezialabteilung 1* im großen Sitzungssaal der Kantonspolizei an der Zeughausstrasse wieder.

Der junge Tamile, Lathan Uruthiramoorthy mit Namen, hatte den Unfall am Ende seiner Flucht wie durch ein Wunder überlebt. Ein Kollege von der Autobahnpolizei, der praktisch gleichzeitig mit Mario und Gret an dem Unfallort eingetroffen war, hatte geistesgegenwärtig sofort den Feuerlöscher zum Einsatz gebracht, als der bis zur Unkenntlichkeit zerschmetterte Porsche Feuer fing. Mario war ihm zu Hilfe geeilt und hatte seinen Teil dazu beigetragen, dass der irre Raser nicht verbrannt war. Wenig später hatte die Feuerwehr den Mann aus dem Autowrack gesägt, dann war er von einem *Rega*-Helikopter unverzüglich ins Triemlispital geflogen worden.

»Der Typ hat unzählige Knochenbrüche, eine Milzquetschung, einen Leberriss, einen Kopfschwartenriss mit schwerer Hirnerschütterung und weiß Gott was sonst noch. Kurz gesagt: Er liegt im Koma«, berichtete Bea Tschannen ohne einen Funken Mitgefühl. »Es grenzt an ein Weltwunder, dass das Bürschchen noch lebt.«

Mario hielt sich die Hand vor den Mund, um ein Gähnen zu verbergen. Es war Samstagabend 22.27 Uhr und der Tag war – wie bereits die ganze Woche – über alle Maßen anstrengend gewesen.

»Der Porsche gehört einem Gast der *Seerose,* der an der Bar saß. Lathan schnappte sich den Schlüssel einfach vom Tresen«, ergänzte Gret, der die Müdigkeit ebenfalls unverkennbar in ihr schmales Gesicht geschrieben stand. »Die Flucht geschah also völlig überstürzt und ungeplant.«

»Der Mann heißt, wie vorhin erwähnt, Lathan Uruthiramoorthy. Er stammt aus Trincomalee, einer größeren Stadt im Osten Sri Lankas, und kam vor elf Jahren als Fünfzehnjähriger mit seiner Familie als Asylant in die Schweiz«, trug der Riese Kollar seinen Teil zu der Unterhaltung bei. »Keiner der sechsköpfigen Familie – Lathan ist das älteste Kind – ist bisher in irgendeiner Art und Weise negativ aufgefallen. Zumindest nicht so, dass es aktenkundig wäre. Lathan hat noch zwei Schwestern. Die jüngere der beiden besucht zurzeit die Kantonschule Wiedikon und steht kurz vor der Matura, die andere arbeitet als Floristin im Seefeld. Lathans vierzehnjähriger Bruder geht in Thalwil in die Sekundarschule A, sein Vater arbeitet als Magaziner bei *Lindt & Sprüngli* in Kilchberg.«

»Lathan selbst arbeitet bereits seit drei Jahren in der *Seerose* und wird dort in den höchsten Tönen gelobt: zuverlässig, freundlich, ruhig, bescheiden und so weiter«, fügte Gret hinzu.

»Wieso flieht der Mann, wenn wir ihm ein Foto des ermordeten Rexon Nadesapilay zeigen?«, stellte Mario die seiner Meinung nach richtige Frage.

»Weil er ihn erstochen hat zum Beispiel?«, schlug Bea sarkastisch vor.

»Das ist tatsächlich eine Möglichkeit«, räumte Michael ein. »Aber wir bräuchten so was wie ein Motiv.«

»Ich werde klären, ob Lathan und seine Familie am Sonntag bei der Schlägerei im *Riff Raff* dabei waren«, sagte Gret. »Wobei mir einfällt, dass wir so schnell wie möglich aktuelle Fotos der ganzen Familie brauchen.«

»Vater, Mutter und die ältere der Schwestern harren immer noch im Spital aus«, berichtete Bea. »Stellt euch vor, sie wollten Lathan tatsächlich etwas zu essen mitbringen!«

»In Dritte-Welt-Ländern ist das üblich, Bea«, bedachte Michael sie mit einem müden Blick. Dann fuhr er fort: »Vor der Wohnung der Uruthiramoorthys in Thalwil steht ein Streifenwagen. Ich denke, dass nachher noch irgendjemand von uns dort hinfahren und sich umsehen sollte. Der Durchsuchungsbeschluss müsste inzwischen eingetroffen sein.«

Mario stöhnte innerlich auf. Hoffentlich ging dieser Kelch an ihm vorüber! Er hatte die Nase voll für heute. Obgleich er zugeben musste, dass er während der Verfolgungsjagd des Tamilen zu seiner eigenen Verwunderung geradezu aufgelebt war.

»Wir machen das«, rettete ihn der unauffällige Bieri.

Kollar nickte seinem Kumpel beifällig zu: »Wir suchen eine Verbindung zu Rexon Nadesapilay, nehme ich an.«

»So ist es«, bestätigte ihm Michael. »Irgendwas. Es muss irgendeine Gemeinsamkeit zwischen den beiden geben, immerhin kannte ihn Lathan. Laut der Telefongesellschaft hat Rexon mit seinem neu erworbenen Natel mehrfach bei den Uruthiramoorthys zu Hause angerufen. Die anderen Nummern, die er gewählt hat, sind den Telefonleuten unbekannt, es handelt sich aber höchstwahrscheinlich um Geräte in Sri Lanka.«

»Sucht nach Zigaretten«, räusperte sich Häberli plötzlich.

»Wie bitte?«, reagierte Michael verwundert.

»Ihr wisst, was mir vor zehn Jahren passiert ist, oder?« Häberli lächelte vieldeutig.

»Du spielst nicht etwa schon wieder auf diesen verdammten Hecht an, den du aus dem Walensee gezogen hast, John, oder?«, raunzte Bea ihn an. »Wir können auf deine Anekdoten heute getrost verzichten!«

»Es war ein Wels, liebe Bea, das nur nebenbei, und den erwischten wir erst vor acht Jahren«, entgegnete ihr Häberli ungerührt.

Die anderen wunderten sich über Beas unangebrachten, giftigen Ton. Häberli war gewiss die meiste Zeit über eine quälende Nervensäge. Aber er hatte dennoch sehr viele Erfolge aufzuweisen und genoss nicht nur aus Altersgründen großen Respekt unter den Kollegen.

»Ich spreche vom Fall Rieterpark, dem Messermord an diesem Vietnamesen. Wie hieß er schon wieder, ähm ja, Phyang, richtig«, redete Häberli weiter. »Wir ermittelten ein halbes Jahr lang in jede erdenkliche Richtung. Ich dachte selbst schon fast, es steckten fliegende Fische hinter der Attacke, das könnt ihr mir glauben. Dabei ging es nur um eine Abrechnung im Zigarettenschmugglermilieu.«

»Und was hilft uns das jetzt?«, fragte Michael ratlos.

»Ich meine nur«, schwadronierte Häberli weiter. »Dieser Dingsbums, ähm …«

»Lathan«, half ihm Gret.

»Genau, dieser Lathan hatte zwei Stangen Marlboro in seinem Spind in der *Seerose*, oder?!«

»Wie viele verdammte Stangen von deinen stinkenden Gauloises hast du im Spind, John?«, fragte ihn Bea.

»Gar keine«, antwortete Häberli irritiert. »Ich kauf mir die Dinger täglich frisch!«

»Schade, dass man das nicht riecht«, kommentierte Bea und zog ihre Knollennase zusammen.

»Ich habe heute mit Fred Staub telefoniert«, wechselte Michael das Thema.

Alle horchten spürbar auf.

»Wir wissen seit dem frühen Nachmittag, woher der ermordete Rexon stammt. Und da Fredy, wie jedem von euch bekannt sein dürfte, derzeit seine Ferien ja in Sri Lanka verbringt, hat er sich bereit erklärt, die Familie des Toten aufzusuchen.«

»Hört, hört«, brummte Häberli.

»Wie geht's ihm denn?«, hakte Gret nach.

»Sie haben dort gerade auch ein paar gröbere Probleme«, wich Michael ihr aus. »Ich erzähle dir das später genauer.«

»Ich habe hier übrigens die Unterlagen der Familie Uruthiramoorthy, die mir das Migrationsamt zur Verfügung gestellt hat«, stemmte Kollar einen Berg Papiere in die Höhe. »Falls sie nochmals jemand durchsehen will.«

»Ein Wunder, dass du die am Samstag bekommen hast«, ätzte Bea.

Mario fragte sich, was mit ihr los war. Hatte sie ihren Job auch satt? Oder Probleme mit ihrem Mann, dem bienenzüchtenden Flughafenpolizisten?

»Meine Freundin arbeitet dort«, erklärte Kollar zur Überraschung aller.

Auch Mario wunderte sich. Er hatte den Hünen Kollar mit seiner Vollglatze bisher eher der politischen Rechten zugeordnet. Eine Freundin, die in der aufgeblähten Landesbehörde für Flüchtlingsfragen tätig war, passte da nicht so richtig ins Bild.

»Gibt es eine Chance, den Verletzten irgendwann verhören zu können?«, wandte sich Michael an Bea.

»Falls er je aus dem Tiefschlaf erwachen sollte, durchaus«, prustete sie los. »Die verdammten Ärzte weigern sich allerdings, Prognosen abzugeben, wann das sein könnte. Bei dem Glück, das wir in letzter Zeit hatten, vermute ich allerdings eher, dass die Knalltüte von Jungtamile noch diese Nacht den Löffel abgeben wird.«

»Was ist eigentlich los mit dir?«, riss Michael endgültig der Geduldsfaden.

»Wieso?«, blaffte sie zurück.

»Dein Ton nervt, Bea!«, erwiderte Michael kühl. Ohne sie noch einmal zu Wort kommen zu lassen, fuhr er fort: »Klär doch bitte mal ab, ob Lathans Familie immer noch im Triemli weilt.«

»Es ist elf Uhr nachts, Chef«, gab Mario zu Bedenken. Er stand kurz davor, direkt auf seinem Stuhl einzuschlafen, und wollte nur noch nach Hause.

»Das ist es jeden Tag einmal«, sagte Michael schnippisch.

Mario realisierte erneut resigniert, dass er in dieser Runde einfach nichts zu melden hatte. Selbst auf Altmeister Häberlis Geschwafel ging man noch eher ein.

»Also, Bea, bitte! Ich möchte wissen, wo die Familie Uruthiramoorthy in diesem Moment steckt«, insistierte Michael, woraufhin Bea schmollend aus dem Raum ging, um zu telefonieren.

»Wenn die Leute tatsächlich immer noch im Spital sind, werden wir sofort hinfahren und mit ihnen reden«, kündigte Michael an.

Mario hätte ihn dafür verfluchen können. Denn dass Michael die miesepetrige Bea oder den greisen Häberli mitschleppen würde, war äußerst unwahrscheinlich. Und Kollar und Bieri hatten sich schon für die Thalwil-Expedition gemeldet. Also blieben nur Gret und er. Wobei Michael für seine Lieblingskollegin sicher schon eine spannendere Aufgabe in der Hinterhand hatte.

Elende Scheiße! Und alles nur, weil dieser Schwachkopf von Michael freiwillig einen Fall übernommen hatte, der eigentlich ohne Wenn und Aber in den Aufgabenbereich der Stadtpolizei gehört hätte. Zum Kotzen!

Das Triemlispital, eines der drei großen Stadtspitäler neben dem Uni- und dem Waidspital, liegt am Rande der Stadt im Schatten des Üetlibergs und besteht aus einer Batterie verschiedener großer, grauer Betonhochhäuser, die selbst bei Nacht noch abweisende Hässlichkeit ausstrahlen.

Gnade Gott all jenen, die hier länger verweilen müssen, dachte Mario, als er auf den Besucherparkplatz fuhr.

Gut, der Üetliberg war nicht weit, sodass es durchaus ein paar lauschige Spazierwege in der Nähe gab. Aber abgesehen davon wirkten Spitalgelände und Umgebung so leblos wie ein Stück verfaultes Fleisch.

Die Türen des Haupteingangs waren verschlossen und auch in der Notaufnahme war erstaunlicherweise niemand. Das ganze Gebäude wirkte verwaist wie der Parkplatz eines Autokinos nach dem Filmende. Dabei war Mario sich sicher, dass dort garantiert Hunderte von Menschen vor sich hin siechten.

Allmählich reichte es ihm wirklich. Er drückte mehrfach energisch auf einen roten Knopf neben dem Schalter der Notaufnahme, bis Michael seinen Kollegen zur Besonnenheit mahnte.

Sie entdeckten ein Wartezimmer, in dem ein arabisch aussehender Mann und eine verschleierte Frau einer Krankenschwester ein winselndes Baby entgegenstreckten. Ob das

Kind Fieber habe, fragte die Schwester. Und die Frau mit dem Schleier antwortete in gebrochenem Deutsch, dass sie das nicht wisse.

»Entschuldigung!«, drängte sich Mario dazwischen. »Fehr, Kriminalpolizei Zürich. Ist hier irgendjemand, der uns weiterhelfen kann? Wir suchen …«

In diesem Moment hetzte ein überfordert wirkender Assistenzarzt um die Ecke.

»Hallo!«, schnitt ihm Mario den Weg ab. »Wir suchen den heute eingelieferten Lathan Uruthiramoorthy. Wo befindet sich der Mann?«

Der junge Arzt musterte ihn entgeistert und Mario nutzte die Gelegenheit, ihm seinen Polizeiausweis auf die schmale Brust zu klatschen.

»Wo ist dieser Lathan?«, wiederholte er sich. »Wissen Sie das? Oder kennen Sie wenigstens jemanden, der es weiß? Oder müssen wir in jedem einzelnen Zimmer selbst nachsehen?«

Ein paar Sekunden lang geschah erst einmal gar nichts. Der Assistenzarzt wirkte wie eingefroren und stand einfach nur da.

Die Krankenschwester erlöste ihn schließlich, indem sie Mario aufforderte, ihr zu einem Computer an der Rezeption des Notfallzentrums zu folgen.

»Wie heißt der Mann?«, fragte sie nüchtern.

Mario buchstabierte ihr den Namen, er konnte ihn inzwischen auswendig.

»Der liegt auf der Intensivstation«, meinte die Schwester, nachdem sie ein paar Tasten gedrückt hatte. »Vollkommen ausgeschlossen, ihn zu besuchen!«

»Wir wollen nicht zu ihm, sondern zu seiner Familie«, erklärte ihr Michael geduldig. »Unseren Informationen zufolge befinden sich die Leute immer noch hier im Haus.«

»Das bezweifle ich«, murmelte die Schwester, griff aber, ohne zu zögern, zum Telefon.

»Wo ist diese verfluchte Station?«, brauste Mario auf.

Die hilfsbereite Schwester fuhr erschrocken zusammen.

Aber Mario hatte es einfach satt. Alles, was er wollte, war, diese bekloppten Tamilen zu verhören und notfalls abzuführen, um endlich nach Hause in sein Bett zu kommen.

Michael klopfte ihm sanft auf die Schulter und bedeutete ihm, sich zu beruhigen.

Und natürlich hatte er recht damit, gestand Mario sich frustriert ein.

Staub erfährt Neuigkeiten

Ich erwache früh und schäle mich vorsichtig aus dem Bett, um Leonie nicht aufzuwecken. Wie Anna mir geraten hat, schüttle ich meine Kleider und Schuhe zuerst sorgsam aus, bevor ich sie anziehe. Angeblich verstecken sich manchmal Spinnen oder andere Ungeheuer darin.

Draußen ist es angenehm kühl. Das Forschungszentrum erwacht erst so langsam wieder zum Leben und ich beschließe, mich in die Teestube zu begeben und nachzusehen, ob schon Teile meiner Verwandtschaft auf den Beinen sind.

Bedauerlicherweise stoße ich nur auf den zerzausten Hugentobler. Der Professor sieht aus, als hätte er kaum geschlafen. Die grauen Augen in seinem sonnengegerbten Gesicht sind verquollen, seine Bewegungen fahrig.

»Guten Morgen«, begrüße ich ihn motiviert.

»Die Regierungstruppen haben Kokkadicholai eingenommen, einen wichtigen Stützpunkt der Rebellen im Osten«, spricht er mehr zu sich selbst als zu mir. »Angeblich sind die tamilischen Kämpfer unter Zurücklassung all ihrer Waffen geflohen.«

»Sagt das BBC World?«, frage ich ihn.

Er mustert mich erstaunt.

»Nein, der Regierungssender hat das gemeldet.«

»Stimmt es, dass Schütz' Laptop verschwunden ist?«, will ich wissen.

Er zuckt ein paar Millimeter zurück und mustert mich argwöhnisch. »Keine Ahnung. Ich hab ihn jedenfalls nicht.«

»Na schön«, lasse ich ihn in Ruhe und wende mich ab.

Er humpelt aus dem Raum hinaus, um sich mit einem Halbliterglas Fruchtsaft auf seinem geliebten Klappstuhl niederzulassen.

Ich dagegen marschiere an den Tresen, wo mich eine mollige, junge Einheimische fragt, was ich gerne zu trinken hätte.

Ich entscheide mich für Tee – wofür sonst? Das Kaffeetrinken habe ich aufgegeben in diesem Land und von Fruchtsaft bekomme ich Blähungen. Wenig später drückt mir die Frau ein heißes Glas in die Hand und ich überlege mir, ob ich mich zu Hugentobler an die frische Luft gesellen soll.

Ich setze mich dann aber doch lieber an einen der Tische im Innern des Raumes und puste in den Dampf, der aus meinem Teeglas aufsteigt. Als mir das zu langweilig wird, greife ich zu einer der herumliegenden sri-lankischen Zeitschriften. Ein knallig buntes Produkt, in dem ich naturgemäß kein einziges Wort deuten kann, das aber der Seitenaufteilung nach eine Fernsehzeitschrift sein könnte. Um Gottes willen! Fernsehen ist nun wirklich das Letzte, was ich vermisse.

Nach und nach betreten verschiedene Leute den Raum und lassen sich Säfte, Tee und höllisch scharfe, mit Zwiebeln und Chili gefüllte Teigküchlein reichen. Unter ihnen auch Pers Adrienne in weißen Leinenhosen und einem blau-grau gemusterten Hemd. Als sie bemerkt, dass ich sie freundlich anlächle, lässt sie sich mir gegenüber nieder. Ihre schwarzen Haare sind auch heute eine nicht zu bändigende Wirrnis, ein undurchdringliches Dickicht, ein spektakuläres Knäuel aus Locken und Spiralen, die ihr wie Korkenzieher um den Kopf wippen. So konfus ihre Haare, so glasklar und wach ihre Augen, die so blau sind wie ein sonnenbestrahlter Bergsee kurz vor einem Gewitter.

»Sagt dir der Name Titus Trüeb etwas?«, frage ich sie nach einem der angeblichen Schachpartner Schütz', die mir der junge Salis aufgezählt hat.

»Na klar!«, ereifert sie sich sofort. »Der mischelt hier für die Glückskette rum. Sein Name taucht immer wieder im Zusammenhang mit krummen Geschäften auf. Ein schmieriger, undurchsichtiger Typ, wenn du mich fragst.«

»Er ist Beamter?«

»Offiziell ist er Delegierter des Roten Kreuzes«, antwortet sie. »Letztlich hat er das von der Schweizer Bevölkerung für die Tsunamihilfe gespendete Geld zu verteilen. Wobei diese Hilfe auch heute, über zwei Jahre nach der Katastrophe im Dezember 2004, noch immer jämmerlich ineffizient abläuft.«

»Aha.«

»Die Geschichte der Schweizer Tsunamihilfe ist wirklich ein Hohn, Fred«, klärt sie mich auf. »Nicht weil es an Geld gemangelt hätte. Rund fünfzig Millionen Franken standen allein für Sri Lanka zur Verfügung. Als die Hilfsmaßnahmen drei Monate nach der Katastrophe endlich anliefen, waren von Schweizer Seite aber gerade mal eine Ethnologin und ein Betriebsökonom vor Ort. Wobei als Ziel der Bau von tausendfünfhundert Häusern angegeben worden war, stell dir das mal vor! Natürlich lief unter diesen Umständen zunächst gar nichts, woraufhin die Leuchten vom Auswärtigen Amt in Bern zusätzlich eine Politologin und eine Anglistin zur Unterstützung hierher sandten.«

»Keine Baufachleute?«, frage ich verwundert.

»Eben nicht!«, ärgert sie sich. »Als sich der Chefdelegierte des Roten Kreuzes immer heftiger über die lausigen Bedingungen beschwerte, entließ man ihn einfach. Das verursachte zwar ein leises Rascheln im Schweizer Blätterwald, änderte aber nichts an den Verhältnissen in Sri Lanka. Nach und nach tauchten zwar vereinzelte Baufachleute auf, aber ich schätze, dass auch heute erst rund zweihundert der geplanten tausendfünfhundert Häuser fertiggestellt sind.«

»Wahrlich kein Ruhmesblatt für unser Land und das IKRK«, sage ich.

»Es ist eine Schande. Ein Skandal! Empörend!«

»Und was hat dieser Trüeb dabei deiner Meinung nach falsch gemacht?«, frage ich weiter.

»Konkret ist es so, dass einem Projekt nur dann finanzielle Unterstützung zugesichert wird, wenn das Bauvorhaben bereits komplett ausgearbeitet ist. Das bedingt sowohl Bau- und Finanzierungspläne als auch Dutzende andere Urkunden. Zum Beispiel Nachweise, dass die künftigen Bewohner vor der Flutwelle überhaupt ein Haus besessen haben. Und dieses tatsächlich zerstört worden ist. Und wirklich alle Söhne ertrunken sind und so weiter.«

»Titus Trüeb entscheidet also, ob Gelder freigegeben werden?«, vergewissere ich mich noch einmal.

»Jawohl«, sagt Adrienne. »Und zwar selbstherrlich, ohne sich an die Vorgaben für die Gelderverteilung zu halten. In Unawatuna kursieren Gerüchte, dass die Verfahren mit Schmiergeld durchaus beeinflusst und beschleunigt werden können. Trüeb selbst residiert seit mittlerweile zwei Jahren im besten Haus des Ortes, leistet sich viel Personal und fliegt alle zwei Wochen erster Klasse in die Schweiz und zurück.«

»Woher weißt du das alles?«, frage ich sie erstaunt.

»Ich habe mich eingearbeitet«, meint sie bescheiden. »Außerdem habe ich wegen dieser Geschichte mittlerweile mit vielen Leuten in Unawatuna gesprochen.«

»Warum gebietet dem Kerl denn niemand Einhalt?«

»Ich bin ja dran. Aber es ist echt schwierig, mir läuft die Zeit davon.«

»Hast du Trüeb je persönlich gesprochen?«

»Ganz kurz nur. Er ließ mich nach der ersten kritischen Frage aus dem Haus werfen. Woher kennst du ihn denn?«

»Ich kenne ihn gar nicht«, erkläre ich ihr. »Ich weiß nur, dass er mit dem erschossenen Rainer Schütz Schach gespielt haben soll.«

Sie kräuselt ihre Stirn. »Vielleicht ist der ihm auf die Schliche gekommen und wurde darum beseitigt.«

Ich schaue sie an. Hoffentlich liegt sie falsch. Denn sonst stünde logischerweise auch sie auf der Abschussliste – und das wäre wirklich jammerschade.

»Es könnte doch sein, dass Schütz Beweise gegen Trüeb gesammelt hat. Oder nicht?«, beharrt sie auf ihrer Theorie.

»Warum sollte er dann mit ihm Schach spielen?«, wende ich ein.

»Eben deshalb! Um in sein Haus zu kommen. Lass ihn uns gemeinsam vorknöpfen, Fred!«

Ich weiß nicht so recht, ob mir die Idee gefällt. Adrienne ist blitzgescheit und wunderschön. Aber vernünftig und besonnen ist sie nicht.

»Du traust mir nicht, oder?«, errät sie meine Gedanken.

»Doch, natürlich«, winke ich ab.

»Ist es wegen des Kokains oder weil ich mit deinem Sohn schlafe?«, fragt sie mich.

»Weder noch«, beeile ich mich zu sagen. »Die Kokaingeschichte habe ich längst vergessen und Per tust du gut, das spüre ich.«

Kaum spricht man vom Teufel, taucht er auf. Per schlurft heran, er sieht aus, als käme er soeben aus einem Obdachlosenheim. Seine langen braunen Haare sind ungekämmt, aus dem zerknautschten Morgengesicht sprießen die Bartstoppeln. Ein senfgelbes Schlabber-T-Shirt hängt an ihm herunter, dazu trägt er speckige, beigefarbene Shorts und ausgelatschte Sandalen. Er gähnt, gibt seiner Freundin einen flüchtigen Kuss auf die Wange und lässt sich an ihrer Seite nieder.

»Hi Papa«, begrüßt er mich. »Und, hat gestern noch alles geklappt?«

»Hat es«, halte ich mich kurz. Ich hätte mich lieber noch eine Weile ungestört mit seiner Freundin unterhalten.

»Trüeb hat mit dem Mordopfer Schach gespielt«, berichtet Adrienne ihrem Liebling.

»Das spricht aber doch eher für Trüeb«, sagt mein Sohn.

Adrienne verzieht verwundert ihr feines Gesicht. »Wieso das denn?«

»Ach, nur so. Schachspieler haben bei mir eher ein vergeistigtes, harmloses Image. Im Gegensatz zu Rugbyspielern, meine ich. Zum Beispiel.«

Per realisiert selbst, dass er soeben Humbug erzählt, und kümmert sich infolgedessen denn auch lieber akribisch um seine Teigtasche.

»Dass du so was runterbringst am frühen Morgen«, wundere ich mich. »Mir kommen ob der Schärfe die Tränen.«

»Killt alle Bakterien«, quetscht er zwischen zwei Bissen hervor. »Und weckt die Lebensgeister.«

»Na dann«, sage ich zweifelnd.

»Knöpfen wir uns diesen Trüeb also vor, Fred?«, lässt Adrienne nicht locker. »Es ist höchste Zeit, dass ihm mal jemand auf die schmutzigen Finger klopft!«

»Ich muss erst mal mit Leonie besprechen, wie unser Programm aussieht«, ziehe ich mich aus der Affäre. »Eigentlich sind wir ja in den Ferien.«

»Du bist doch nie richtig in den Ferien, Papa«, lächelt mich Per an.

»Ist doch gut, wenn man weiß, was man will im Leben«, weist ihn Adrienne zurecht.

Ich sehe wieder einmal dunkle Wolken über der Beziehung der beiden heraufziehen. Verschiedener können zwei Menschen kaum sein. Auf der einen Seite der ruhige, gelassene, optimistische Per. Und auf der anderen Seite die permanent unter Strom stehende, nervöse Adrienne, in der ein Vulkan lodert, der jederzeit heftig und unkontrolliert auszubrechen droht.

»Weißt du das denn?«, will Per betont freundlich von ihr wissen.

»Ich denke ernsthaft und intensiv darüber nach, wohin mein Leben gehen soll«, entgegnet sie ihm. »Es macht mich manchmal wahnsinnig, es nicht zu wissen.«

»Ihr seid ja noch jung«, blicke ich weise in die Runde.

Per grinst, während Adrienne mich mit einem tiefen Blick aus ihren magnetischen Augen fixiert.

»Ich bin mir nicht sicher, ob das ein Vorteil ist, Fred«, meint sie ernst.

»Es ist einer!«, versichere ich ihr. »Bereits weit mehr als die Hälfte seines Lebens hinter sich zu haben, ist nicht gerade beruhigend. Und weniger Probleme als mit zwanzig hat man auch nicht. Nur neue.«

»Hättest ja nicht Polizist werden müssen, Papa«, schmatzt Per. »Dann hättest du wenigstens im Urlaub keine.«

»Ich bin doch nicht freiwillig in dieser Mordsache gelandet«, protestiere ich und beschließe rachsüchtig, morgen mit Pers Holder ans Meer zu fahren. Denn es erscheint mir tatsächlich keine ganz schlechte Idee zu sein, Trüeb einmal etwas intensiver zu befragen.

Gret muss einlenken

Gret gefiel die Idee nicht. Nur weil Lathan Uruthiramoorthy weiterhin stumm auf der Intensivstation lag, musste noch lange nicht zwingend seine ganze Familie in Haft genommen werden.

»Lathan kannte den Erstochenen«, versuchte Michael sie zu überzeugen. »Wir müssen endlich weiterkommen! Informelle Gespräche mit der Familie wie Samstagnacht im Spital oder gestern Nachmittag bei den Leuten zu Hause sind offensichtlich zwecklos. Einzelverhöre mit jedem Familienmitglied könnten dagegen wirklich etwas bewirken!«

»Mit welcher Begründung sollen wir die Leute denn festnehmen, Michael?«, hakte Gret nach und übersah geflissentlich die genervten Blicke der übrigen Kollegen.

»Verdunkelungsgefahr«, antwortete Michael sofort, »ein geradezu klassischer Fall.«

»Ich weiß nicht so recht«, zweifelte Gret, obwohl ihr klar war, dass sie mit ihrer Meinung quasi allein dastand und eigentlich alle gegen sich hatte.

Oder doch nicht? Glatzkopf Kollar äußerte sich nämlich unverhofft dahingehend, es reiche doch, wenn man nochmals einzeln mit den Leuten rede.

»Warum sollen sie unbedingt abgeführt werden wie Verbrecher?«, fragte er.

»Einschüchterungstaktik«, erklärte Michael. »Ich bin weiß Gott kein Hardliner, das wisst ihr genau. Aber etwas Druck scheint mir in diesem Fall durchaus angemessen. Die Uruthiramoorthys wissen irgendetwas, darauf könnte ich wetten.«

»Mit netten Sonntagsgesprächen verplempern wir nur unsere Zeit«, unterstützte ihn Bea.

Kollar signalisierte Gret achselzuckend, sie könne von seiner Seite keine weitere Unterstützung mehr erwarten. Von Bieri und Mario erhoffte sie sich sowieso nichts, die beiden dämmerten im Halbschlaf vor sich hin. Und Häberli war wieder einmal nicht da.

»Wir stehen unter Druck, Gret«, versuchte es Michael erneut. »Du hast die Sonntagszeitungen sicher gelesen.«

Sie nickte. Die Presse hatte den Fall zwar nur kurz abgehandelt, in den wenigen Zeilen aber doch herbe Kritik an der Arbeit der Abteilung geübt. Die *NZZ am Sonntag* hatte zudem genüsslich ausgeführt, dass die Tamilenszene für die Kantonspolizei offenbar ein Buch mit sieben Siegeln war. Was zwar absolut zutraf, den kantonalen Polizeivorstand Jucker aber dennoch nicht gerade glücklich gestimmt haben dürfte.

»Ich darf gar nicht daran denken, dass wir den Fall einfach der Stadtpolizei hätten überlassen können«, nörgelte Mario mit schläfriger Stimme.

Gret ärgerte sich maßlos über ihn. Warum quälte er sich überhaupt in den Sitzungssaal, wenn das alles war, was er beizutragen hatte?

»Du weißt doch genau, dass sogenannte ›komplexe Fälle‹ an die Kantonspolizei weitergegeben werden müssen! Das ist offiziell so geregelt«, fuhr sie ihn an.

»Sorry, aber was ist an diesem Fall denn komplex?«, widersprach Bea ihr sofort. »Ein Mord unter Tamilen, ein simpler Raubmord unter Umständen. Schwierig zu klären, zugegeben, aber wahnsinnig komplex ist das wirklich nicht, oder?«

»Ich bitte euch!«, ging Michael genervt dazwischen. »Der Fall liegt klipp und klar bei uns und wir wollen ihn doch gewiss alle lösen. Also, kassieren wir jetzt die Leute ein oder nicht?«

Gret realisierte, dass Michael sich soeben vor allem an sie direkt wandte. Und dass sie ihn jetzt wohl oder übel unterstützen musste.

»Aber nicht vom Arbeitsplatz oder der Schule weg«, insistierte sie. »Lass uns wenigstens warten, bis sie in die Mittagspause gehen.«

»Okay«, stimmte ihr Michael zu. »Teilen wir uns auf.«

Gret erhielt die jüngere Schwester, Bieri die ältere, Kollar den vierzehnjährigen Bruder Lathans. Michael übernahm den Familienvater und für Mario blieb die Mutter.

»Die kann ich aber wohl jetzt schon einsacken?«, fragte Mario unmotiviert. »Oder macht die auch Mittagspause?«

Michael bedachte ihn mit einem müden Blick aus seinen braunen Augen und erhob sich kommentarlos.

Gret tat es ihm nach und machte sich dann mit Mario zusammen auf den Weg in ihr gemeinsames Büro.

»Dir stinkt es im Moment gewaltig, oder?«, sprach sie ihren Kollegen an.

»Ich hatte letzte Nacht kaum Zeit, mich zu erholen«, rechtfertigte sich Mario. »Wir kamen erst um zwei Uhr morgens aus dem Spital und wenige Stunden später überprüfte ich bereits das Alibi von Lathans Eltern, was mich ungefähr fünf Stunden und so ziemlich jeden Nerv kostete! Und das an einem Sonntag, wohl gemerkt, an dem andere spazieren gehen.«

»Es regnete doch, Mario. Oder etwa nicht?«

»Na und?«

Er ließ sie einfach stehen und drückte sich in den Lift, dem gerade ein paar Kollegen von der *Spezialabteilung 2* entstiegen. Vermutlich floh er in das Personalrestaurant, um einen Kaffee zu trinken und bei unbeteiligten Kollegen seinen Frust abzulassen.

Gret verstand Mario nicht. Unregelmäßige Arbeitszeiten gehörten nun mal schlichtweg zu ihrem Job. Sie selbst war gestern Morgen auch nochmals in die *Seerose* gefahren. Hatte geklärt, wie Lathan zu seinem Fluchtauto gekommen war, und dem Oberkellner Fotos der gesamten Familie Uruthiramoorthy übergeben. Den Nachmittag hatte sie dann zwar zu Hause verbracht, aber dabei sämtliche Akten zu ihrem aktuellen Fall durchgearbeitet, inklusive des Obduktions- und Spurensicherungsberichts. Erst als ihr die Papiere über den Kopf gewachsen waren, hatte sie Zoé angerufen und ihre Freundin um sechs auf einen schnellen Kaffee in der

Rathausbar getroffen. Sie hatten sich über Männer und Bücher unterhalten. Mehr über Männer als über Bücher, Zoé hatte gerade ein schreckliches Date mit einem Typen hinter sich, den sie über das Internet kennengelernt hatte.

Gret hatte ihr im Gegenzug von ihrer Begegnung mit Felix berichtet und ihrer Befürchtung Ausdruck gegeben, er sei wohl doch zu feige, um mit einer Polizistin auszugehen.

Zoé hatte ihr geraten, ihm noch zwei Tage Galgenfrist einzuräumen, falls er ihr wirklich gefalle. Interessante Männer seien derart rar, da müsse man manchmal Nachsicht üben. Sie selbst träfe bereits morgen den nächsten Kandidaten aus einem Chat. Gret hatte ihr viel Glück gewünscht und war zurück nach Hause gefahren, wo sie sich einen Salat zubereitete und sich anschließend mit einem Glas österreichischem Blauburgunder in ein Schaumbad gelegt hatte.

Das Telefon auf ihrem Schreibtisch klingelte. Es war der Oberkellner aus der *Seerose.*

»Eine Kellnerin, die erst heute Morgen wieder Schicht hatte, ist sich sicher, dass sie Ihren Toten zusammen mit einem mittelalten tamilischen Mann bedient hat«, sagte er. »Vor rund zehn Tagen, an einem Nachmittag.«

»Könnte es sich bei dem Mann um eine der Personen handeln, deren Fotos ich Ihnen am Sonntag gegeben habe?«

»Um den Vater, ja«, sagte der Oberkellner.

Das Familienoberhaupt der Uruthiramoorthys also. Wahrscheinlich hatte Michael recht. Es wurde Zeit, die Leute etwas härter anzupacken.

Staub fischt im Trüben

Verasinghe parkt den Jeep direkt vor dem imposanten, auf einem Hügel im Grünen stehenden Gebäude, zu dem uns Adrienne dirigiert hat. Ich bezweifle inzwischen ein wenig, ob die Idee, zu Titus Trüeb zu fahren, wirklich so gut war. Aber Adrienne hatte dieses Vorhaben fanatisch verteidigt und Verasinghe war klaglos damit einverstanden. Deshalb stehen wir nun also hier in der Mittagsglut und begehren Einlass.

»Wir suchen Herrn Trüeb«, spreche ich auf Englisch in eine Gegensprechanlage.

Sofort kommt die Frage, wer wir denn seien.

»Police«, verkündet Verasinghe knapp. »Please open the door!«

Es dauert ein wenig, doch dann höre ich einen Schlüsselbund klimpern und einen Riegel klappern.

Ein alter, weißhaariger Mann in einem beigefarbenen Leinenanzug stößt die zweiflüglige schwere Eisentüre auf.

»Mister Trüeb is expecting you«, sagt er förmlich und hinkt vor uns her über einen Kiesweg auf die hölzerne Veranda zu.

Ich registriere sorgfältig zurechtgestutzte Bananenstauden, zwei aufgeklappte Liegestühle, einen Teich, in dem orangefarbene Kois umherschwimmen, das blank polierte Emblem des Roten Kreuzes über der Tür sowie eine angenehme Kühle im Haus – offensichtlich ist der Luxusschuppen klimatisiert. Zwei westlich aussehende Frauen hämmern in einem Büro im Parterre bei offener Tür konzentriert auf Computertastaturen herum. Der Herr des Hauses erscheint schließlich in Shorts, Sandalen und einem abgetragenen, rosafarbenen Hemd. Als sein Blick auf die gute Adrienne fällt, zuckt sein faltiges, unsympathisch wirkendes Gesicht zusammen, als bisse er in eine Zitrone. Ich vermute, dass ihn einzig Verasinghes Uniform daran hindert, uns auf direktem Weg wieder hinauszuwerfen.

»Sie sind von der Polizei?«, fragt er skeptisch, während wir immer noch mitten im Gang herumstehen.

»Ich bin Hauptmann Fred Staub von der Zürcher Kantonspolizei und mache hier Ferien«, kläre ich ihn auf. »Dieser Mann«, zeige ich auf Verasinghe, »arbeitet dagegen als Chefinspektor für die einheimische Polizei und untersucht offiziell den Mord an Ihrem Schachpartner Rainer Schütz. Ich helfe ihm dabei, inoffiziell.«

»Offiziell, inoffiziell!«, höhnt er. »Was soll der Unsinn?«

»Sie wissen bereits, dass Rainer Schütz tot ist?«, ignoriere ich seinen Einwurf.

Trüeb verwirft theatralisch die Hände: »Muss ich wirklich mit Ihnen sprechen?«

Ich schiele genervt hinüber zu Verasinghe.

Er begreift sofort, was gefragt ist, und erklärt Trüeb in einfachen Worten, dass er uns jetzt entweder in einen netten Salon führen kann, um alle erdenklichen Fragen, die uns gerade in den Sinn kommen, freundlich zu beantworten. Oder dass er andernfalls auf den nächsten Posten abgeführt werde, wo er dieselben Fragen in einem wanzenverseuchten Loch zu hören bekomme. Zur Unterstützung dieser schlichten Botschaft hält Verasinghe Trüeb seine klobige, golden leuchtende Polizeimarke vor und nestelt gewichtig an seinem Funkgerät herum.

»Does your boss really know what you're doing?«, versucht es Trüeb noch mal.

Doch als ihn Verasinghe daraufhin nur grimmig anblickt, gibt er nach und führt uns in ein Zimmer, in dem kistenweise Akten und ein paar geflochtene Korbsessel herumstehen.

»Wo waren Sie am vergangenen Freitagnachmittag um sechzehn Uhr?«, falle ich gleich mit der Tür ins Haus, nachdem wir uns niedergelassen haben.

»Sind Sie komplett verrückt?«, fährt Trüeb auf. »Verdächtigen Sie mich etwa, das Attentat auf Rainer verübt zu haben?«

»Woher wissen Sie überhaupt von dem Vorfall?«, frage ich. »Ich bezweifle, dass die Zeitungen darüber berichtet haben.«

»Haben Sie schon mal von der Erfindung des Telefons gehört?«

»Wer genau hat Sie informiert?«

Trüeb steht kurz davor, uns doch aus dem Haus zu werfen, das spüre ich.

Er reißt sich aber zusammen und brummt schließlich unwillig: »Riccardo Salis.«

Der Jüngling, der inzwischen längst mit den Kugeln aus Schütz' Körper in Zürich Kloten gelandet sein müsste. Unplausibel klingt das nicht. Immerhin weiß ich nur dank Salis von den Schachtreffen. Auch wenn er nichts von einem Telefonat erwähnt hat.

»Was sagen Sie zu den Gerüchten, dass es bei der Verteilung von Hilfsgeldern für Tsunamiopfer nicht mit rechten Dingen zugeht, Herr Trüeb?«, mischt sich Adrienne plötzlich ein.

Ich habe mich schon gewundert, wie lange sie sich zurückgehalten hat.

Allerdings hätte sie das ruhig noch ein paar verfluchte Minuten länger tun können. Denn Trüeb schlägt mit seiner Faust auf den Tisch, dass er wackelt, und raunzt dann mich an: »Wer zum Teufel ist diese penetrante Klugscheißerin? Erzählen Sie mir nicht, das Püppchen sei auch Polizistin, dazu ist sie nun wirklich zu behämmert!«

»Also, ich bitte Sie«, sagt Adrienne indigniert.

Ich überlege mir kurz, ob ich Trüeb die Wahrheit beichten soll. Nämlich dass die junge Frau meine Schwiegertochter ist. Oder es zumindest eines Tages werden könnte.

Aber ich merke, dass ich heute keine Lust auf große Erklärungen habe.

»Genau. Was sagen Sie zu diesen Gerüchten?«, karre ich deswegen einfach nach.

»Sie haben wohl nicht mehr alle Tassen im Schrank!«, tobt er los, schnellt hoch und tritt gegen den Stuhl, der eben noch unter seinem Hintern stand. Das Möbel knallt wenige Zentimeter neben Adrienne an die Wand.

»Wüten Sie nur«, sagt Adrienne gelassen. »Das nützt Ihnen gar nichts. Ich habe genügend Beweise, dass Sie ein Ganove sind!«

»Steck sie dir in deinen flachen Arsch, du arme Irre!«

In der Folge entwickelt sich ein hysterisches Gekeife, in dessen inhaltlichem Zentrum Adriennes Beispiele für Trübs angeblich unsaubere Machenschaften stehen. Der reagiert, indem er auf das Mädchen zustürmt, um ihr eine herunterzuhauen. Ich werfe mich entschlossen dazwischen und halte ihn fest, wobei mich Verasinghe gottlob unterstützt.

»Du durchgeknalltes Miststück! Das sind übelste Verleumdungen von Missgünstigen, auf die du in deiner Naivität reingefallen bist, und sonst gar nichts!«, schäumt Trüeb trotz meines eisenharten Griffs weiter.

»Du korrupter Beamtenarsch«, kontert Adrienne unbeeindruckt. »Ich werde dich hochgehen lassen, die Presse in der Schweiz …«

»Halt jetzt einfach mal die Klappe!«, fordere ich sie auf. Und Trüeb brülle ich ins Ohr: »Das Gleiche gilt auch für Sie! Schluss jetzt! Fertig ! Aus! Ruhe!«

Tatsächlich halten beide kurz inne.

»So, und jetzt bitte hinsetzen, durchatmen und weiterhin ganz still bleiben!«, nutze ich die Gelegenheit für weitere Kommandos.

In diesem Moment betritt der weißhaarige alte Hausdiener den Raum mit einer dampfenden Kanne Tee und ein paar Gläsern. Offenbar hat man das Abflauen des Wütens auch außerhalb der Pforten dieses Raumes mitbekommen.

»Beruhigungstee hoffentlich«, knurre ich mit bösem Blick auf die beiden Streithähne.

Aber die zwei scheinen ihr Pulver glücklicherweise weitgehend verschossen zu haben. Zumindest vorerst.

»Versuchen wir es nochmals in Ruhe«, sage ich, nachdem alle ein paar Schlucke getrunken haben. »Ich muss Sie leider auf diese Gerüchte ansprechen, Herr Trüeb. Aber ich gebe Ihnen gerne die Möglichkeit, sie zu entkräften.«

»Wie gütig von Ihnen.«

»Es sollen hier Leute auf unlautere Art und Weise zu Geld gekommen sein. Wie stehen Sie dazu?«

»Was glauben Sie, wo Sie gerade sind, Staub?«, seufzt Trüeb und starrt mich an. »In einem von Bürgerkrieg und Naturkatastrophen gebeutelten Land!«, gibt er sich die Antwort gleich selbst. »Auf einer gottverlassenen, von korrupten Politikern und übergeschnappten Geistlichen heruntergewirtschafteten Insel, in der es von Gaunern, Krüppeln und Bettlern nur so wimmelt. Wo Fünfjährige in der Kleiderfabrik schuften und Zwölfjährige im Bordell! In einem Land, in dem zweiundsiebzig Prozent der Leute unter der Armutsgrenze leben und den ganzen lieben langen Tag darüber nachdenken, wie sie ihre beschissene Lage verbessern könnten, und sei es auch nur ein bisschen. Natürlich versuchen sie, uns nach Strich und Faden zu bescheißen! Wer sollte es ihnen verübeln? Der Tsunami hat Häuser weggespült, die nie existierten, und Kinder ertränkt, die nie geboren wurden. Klar! Natürlich! Logisch!«

»Sie hatten und haben Spendengeld zu verteilen«, rede ich, bereits etwas weniger forsch, dazwischen.

»So ist es. Wobei die konkreten Anträge von einer einheimischen Schwesterorganisation kommen, die, unter uns gesagt, tatsächlich nicht immer ganz koscher arbeitet. Wir prüfen die Anträge hier nach bestem Wissen und Gewissen, aber mit viel zu wenig Personal. Die Aufgabe ist unglaublich anspruchsvoll und schwierig. Sie können meinen Job gerne mal eine Woche lang machen, wenn Sie glauben, es besser zu können!«

»Das behauptet ja niemand«, verteidige ich mich. »Wir haben lediglich gefragt, ob in Bezug auf die Tsunamihilfe einiges schief gelaufen ist.«

»Einiges ist ganz entsetzlich krumm gelaufen, mein Lieber. Ich wäre der Letzte, der das bestritte. Was mir das Fräulein dort drüben aber unterstellt, ist, dass ich mich persönlich an diesen Geldern bereichert habe. Und das ist einfach eine Frechheit!«

Ich bemerke aus dem Augenwinkel heraus gerade noch rechtzeitig, dass Adrienne tief Luft holt, um Trüeb Contra zu geben. Mit einem unmissverständlichen Handzeichen gebe ich ihr zu verstehen, dass sie gefälligst weiter die Klappe halten soll.

Wortlos stößt sie die eingeatmete Luft wieder aus und setzt einen schmollenden Blick auf. Das ist mir aber egal – Hauptsache, sie schweigt.

»Wie oft ist Rainer Schütz denn zum Schachspielen zu Ihnen gekommen?«, wende ich mich dem eigentlich interessanten Thema zu. »Und woher kennen Sie ihn überhaupt?«

»Muss ich das beantworten?«

Trüeb scheint nun, nachdem er sich seinen Unmut von der Seele geredet hat, entschlossen, uns das Leben wieder schwer zu machen.

»Nein«, sage ich. »Aber Sie würden mir damit eine große Freude machen. Schließlich versuche ich nur, den Mord an einem Landsmann aufzuklären.«

»Indem Sie mich fragen, woher ich ihn kenne?«

Ich reagiere einfach gar nicht.

»Ich lernte Rainer bei einem Empfang auf der Botschaft kennen«, beginnt er widerborstig zu erzählen. »Umgeben von Dutzenden von Zeugen übrigens. Zufällig kamen wir aufs Schachspielen zu sprechen. Wie sich herausstellte, spielten wir beide leidenschaftlich gern. Wir trafen uns drei Mal in den vergangenen zwei Monaten. Er kam jeweils abends hierher und legte anschließend noch einen freien Tag am Strand ein, bevor er nach Hamawella zurückfuhr.«

»Spielte er gut?«

»Teuflisch gut«, seufzt Titus Trüeb. »Ein einziges Mal gelang es mir, ihm ein Remis abzutrotzen.«

»Wissen Sie, ob er außer Ihnen auch mit anderen Leuten Schach gespielt hat?«

Die Frage löst bei Trüeb ein längeres Stirnrunzeln aus.

»Nun?«

»Es gibt da einen steinreichen Deutschen namens Müller, der in der Gegend von Haputale eine Teeplantage führt. Und dann spielte er noch mit einem hohen Militär.«

Von Müller hat mir Salis schon erzählt. Aber dass General Premadasa ebenfalls Schütz' Schachgegner gewesen sein könnte, hatte ich bislang ignoriert.

»Kennen Sie die beiden?«

»Ich habe schon gegen sie gespielt«, räumt Trüeb ein. »Müller kennt sich hier im Land ausgezeichnet aus und hat mir zu einigen guten Kontakten verholfen.«

»Zu Premadasa zum Beispiel?«

»Zum Beispiel zu General Premadasa«, bestätigt Trüeb. »Ein wirklich herausragender Spieler übrigens, genau wie Schütz.«

So langsam beginnt mir der Kopf zu rauchen, trotz der unangenehmen Kälte der Klimaanlage, die mir in die Knochen kriecht. Schütz, Trüeb, ein Deutscher namens Müller aus Haputale, wo mich Michael wegen eines in Zürich getöteten Tamilen hinschickt, sowie Premadasa, der Schütz' Leiche abtransportiert hat – sie alle kennen sich offenbar.

Ein paar Zufälle zu viel für meinen Geschmack.

Ich verwerfe hilflos meine Hände, irgendwie bin ich mit meinem Latein am Ende. Verasinghe betrachtet mich verwundert. Da das Gespräch auf Schweizerdeutsch abläuft, bekommt er leider überhaupt nichts davon mit. Ich muss ihn nachher dringend auf den neuesten Stand bringen.

»Wissen Sie zufällig, ob Premadasa Schütz' Laptop an sich genommen hat?«, fällt mir doch noch eine Frage ein.

»Träumen Sie? Ich habe den General seit Wochen nicht mehr gesehen. Woher soll ich wissen, was er treibt?«

»Haben Sie mit Schütz über Ihre Arbeit gesprochen?«

»Logisch«, meint Trüeb. »Ich habe geflucht über das Chaos hier, den Druck, die Ansprüche, die Schnorrerei, die haltlosen Verdächtigungen.«

Dabei wirft er Adrienne einen giftigen Blick zu, aber sie lässt sich zum Glück nicht provozieren.

»Rainer wiederum klagte über karrieregeile Wissenschaftler, die einzig neue Forschungsgelder im Auge hätten und ansonsten nicht über ihren Bauchnabel hinaussähen«, fährt Trüeb fort.

»Hat er Namen erwähnt?«

»Keine, die mir in Erinnerung geblieben wären.«

»Hugentobler?«, versuche ich es.

»Der Mücken-Professor? Den bezeichnete er mal als verschroben, aber genial.«

»Haben Sie irgendeine Idee – und sei sie auch noch so abwegig –, wer Rainer Schütz erschossen haben könnte?«

»Nein, zum Teufel! Aber ich war es ganz gewiss nicht!«

Daraufhin folgt betretenes Schweigen. Verasinghe schlürft an seinem Tee und Adrienne wippt nervös mit ihrem Fuß auf und ab.

»Die Probleme hinsichtlich der Tsunamihilfe interessieren mich nur marginal. Aber vielleicht setzen Sie sich doch mal mit der jungen Frau hier zusammen und versuchen gemeinsam, all die offensichtlichen Missverständnisse auszuräumen«, schlage ich friedensbewegt vor.

»Nein danke!«, lehnt Trüeb in angewidertem Tonfall ab.

Adrienne kann es daraufhin leider nicht lassen, ihm nochmals zu versichern, dass sie weiterrecherchieren werde, bis sie ihn kriege.

»Wo war die denn an jenem Freitagnachmittag?«, giftet Trüeb erbost.

Ich beschließe aufzubrechen, bevor sich die beiden erneut an die Gurgel gehen.

Trüeb hält sich gar nicht erst lange mit einer Verabschiedung auf. Er verschwindet einfach eine Treppe hinauf und knallt irgendwo eine Tür zu.

Ich verlasse sein Haus vollkommen ratlos und sehne mich plötzlich nach den Mitarbeitern meiner Abteilung in Zürich. Nach Michael und Gret. Sie könnten mir helfen. Aber sie sind nun einmal leider nicht greifbar im Augenblick.

Stattdessen gebe ich Verasinghe noch auf der Straße vor Trüebs Haus eine Zusammenfassung des Gesprächs, mit der mein Kollege jedoch nichts anfangen kann. Dafür weist er mich darauf hin, dass wir nicht einmal herausgefunden haben, wo Trüeb zur Tatzeit war.

Wo er recht hat, hat er recht: Ich vergesse bereits die elementarsten Dinge! Es muss an der Hitze liegen oder an den verfluchten Malariaprophylaxen, die ich nach dem Frühstück eingeworfen habe.

Ich klingle also erneut. Nach einem längeren Disput und der treuherzigen Versicherung, dass man Herrn Trüeb ganz bestimmt nicht mehr zu holen bräuchte, lässt man uns schließlich nochmals auf das Gelände.

Wir befragen sowohl die zwei Frauen an ihren Computern als auch den greisen Hausdiener. Alle drei behaupten übereinstimmend, Trüeb sei an dem fraglichen Freitagnachmittag mit einem gecharterten Boot die Küste entlanggefahren. Vermutlich habe er sich einen Überblick über die Hilfsmaßnahmen verschaffen oder nachsehen wollen, ob der neue Golfplatz in Beruwela schon spielbereit sei.

Ich gerate fast in Versuchung, mir Trüeb nochmals vorzunehmen.

Aber Verasinghe winkt ab: »Er rennt uns doch nicht weg, oder?«

»Nein«, stimme ich ihm zu. »Fahren wir zurück. Ich muss dringend nachdenken!«

»Die Geschichte stinkt«, meint Verasinghe und Adrienne nickt zustimmend. »Schütz' Tod muss mit der Schachspielerei zu tun haben. Oder mit seinen Schachfreunden.«

»Aber warum?«, frage ich resigniert. »Warum denn nur?«

»Wir werden es erfahren.«

»Ich sollte am Sonntag zurückfliegen«, jammere ich weiter.

Das betrübt nun auch Verasinghe. Zusammen mit Adrienne klettert er missmutig in seinen Jeep und wartet mit traurigen Augen, bis ich am Straßenrand meine Muratti zu Ende geraucht habe.

In diesem Moment wird mir bewusst, dass ich meinen srilankischen Kollegen auf keinen Fall hängen lassen werde. Notfalls muss Zürich warten.

Ich trete den Zigarettenstummel in dem braunroten Staub aus, steige in den Jeep und klopfe Verasinghe aufmunternd auf die Schultern. Er braust los. Nicht zurück auf die N17, die uns schnell wieder in die Berge führen würde, sondern auf die Küstenstraße N2 Richtung Matara. Verasinghe muss bei Verwandten noch ein paar Holzkisten mir unbekannten Inhalts abladen.

Der Verkehr ist wie stets halsbrecherisch, die löchrige Straße von unzähligen Buden und Kiosken gesäumt, in denen Zigaretten, Kleider, Plastikspielzeug, Ledertaschen und Tand jeder Art feilgeboten werden. Talpe, Koggala, Ahangama, Midigama. In schneller Folge wechseln sich wuselige Ortschaften ab, die fließend ineinander überzugehen scheinen. Dass man im Dorfzentrum ist, merkt man einzig daran, dass die Häuser etwas größer werden. Allerdings wirken sogar die Behausungen der Wohlhabenderen teilweise extrem heruntergekommen. Die Fassaden sind fleckig vom Monsunregen, überall blättert Farbe ab. Sobald man aus den Ortszentren herauskommt, werden die Wohnstätten niedriger und kleiner, die Wände bestehen oft nur noch aus ungebrannten Lehmziegeln und die Dächer aus ausgebleichten Palmblättern oder rostigem Wellblech.

Den Kontrapunkt zu den ärmlichen Hütten bilden gelegentlich auftauchende Touristenhotels und protzige Edelerholungsheime von internationalen Firmen und staatlichen Organisationen. Herausgeputzte, dem Meer zugewandte Luxusbauten, die angesichts der Behausungen der einfachen Bevölkerung wie ein Hohn wirken.

Als wir in Matara anhalten, um zu tanken, werden wir sofort von Wanderhändlern umzingelt, die vom Strand heraneilen und vom Willen beseelt sind, mir und Adrienne irgendwelchen Ramsch aufzuschwatzen. Aus unerschöpflichen Säcken werden Brief- und Handtaschen gezaubert, glitzernde Ketten, bunte Seidentücher, mit gerösteten Nüssen gefüllte Plastiktüten, lederne Gürtel und hölzerne Elefanten in allen Größen. Die Händler sind endlos verhandlungsbereit und lassen sich weder durch völliges Ignorieren noch durch lautes Neinsagen abschütteln. Nicht einmal der Anblick von Verasinghes Polizeiuniform bringt sie zur Räson. Wir bleiben standhaft und kaufen nichts. Denn der Erwerb einer der feilgebotenen Waren würde zwar einem einzelnen Händler die nächsten paar Tage versüßen, aber nichts an der ganzen Situation ändern.

»Schrecklich, diese Armut«, sagt Adrienne, nachdem wir wieder Fahrt aufgenommen haben.

»Wir sind schon unheimlich verwöhnt«, stimme ich ihr zu.

»Umso wichtiger, dass wir helfen«, entgegnet sie ernst.

Ich nicke vieldeutig in der Hoffnung, dass sie nicht von Neuem mit Trüeb anfängt.

Aber sie tut es doch, wenn auch anders als befürchtet: »Entschuldige, Fred. Ich wollte Trüeb nur ein wenig aus der Reserve locken.«

»Das hast du wahrlich geschafft«, schmunzle ich.

»Auch wenn er sich bestens geschlagen hat: Ein unsympathisches, arrogantes Arschloch ist er trotzdem, oder?«

Ich denke eine Weile nach und sage dann: »Das ist er.«

Ein umgekippter Ochsenkarren blockiert die linke Fahrspur. Ich klammere mich in Erwartung eines filmreifen Bremsmanövers schon am Armaturenbrett fest, aber Verasinghe drückt lediglich gleichmütig auf die Hupe und weicht bei vollem Tempo auf eine Fläche neben der Straße aus. Wir holpern über Schlaglöcher und ein paar aus dem Boden ragende Röhren und knallen fast in einen uns entgegenschlingernden Bus. Verasinghe muss noch weiter nach links ausweichen, überfährt zum Trocknen ausgelegte Nüsse und mäht Sträucher nieder. Ein paar aufgeregt gackernde Hühner können sich in letzter Sekunde retten. Nach einer Zeit, die mir wie eine halbe Ewigkeit vorkommt, findet mein Kollege schließlich zurück auf die Straße. Stur blickt er geradeaus, als wäre nichts geschehen.

»Warum fahren Sie wie ein Lebensmüder?«, keucht ihm Adrienne von hinten ins Ohr.

»Hä?«

Verasinghe blickt sie verständnislos im Rückspiegel an und drückt dann auf die Hupe, um einen gemütlich dahintuckernden Traktor an den Straßenrand zu scheuchen.

Gret riecht Lunte

Das Mädchen tat ihr leid. Janani Uruthiramoorthy saß vornübergebeugt auf ihrem Stuhl und heulte wie ein Schlosshund. Gret hatte ihr hart zugesetzt, das wusste sie. Aber sie brauchten jetzt einfach einen Fortschritt. Denn der Rest der Familie Uruthiramoorthy schwieg so eisern wie ihr ältester Sohn Lathan, der immer noch im Koma dahindämmerte.

»Ich habe nichts getan!«, wimmerte das Mädchen.

Gret schämte sich ein wenig. Sie war sich sicher, dass Janani tatsächlich nichts verbrochen hatte und nur möglichst schnell wieder in die Schule wollte. Aber sie war sich ebenso sicher, dass Janani mehr wusste, als sie bisher ausgesagt hatte.

»Das weiß ich«, reagierte sie verständnisvoll. »Aber ich kann dich nicht gehen lassen, bevor du mir gesagt hast, woher dein Vater und dein Bruder Lathan den ermordeten Rexon Nadesapilay kennen.«

Schluchzen. Verzweiflung. Hilflosigkeit. Aber kein Protest gegen ihre Aussage, dass sich die Männer gekannt hatten.

Gret war zwar angespannt – sie redete schon über eine Stunde unentwegt auf die Schülerin ein –, aber dennoch ziemlich glücklich. Felix hatte sich bei ihr gemeldet und per SMS angefragt, ob sie kommenden Freitag mit ihm essen gehen würde, was sie nach einer fünfstündigen Wartefrist freudig bejaht hatte. Nicht dass sie jetzt blind auf Wolke sieben geschwebt hätte. Aber ein Date war immerhin ein Date und ein Zeichen dafür, dass auch die Frau in ihr noch lebte. Und er gefiel ihr durchaus, der Kinomann, mehr zumindest als jeder andere, der ihr in den vergangenen Wochen über den Weg gelaufen war.

Sie blickte auf ihre Swatch. 13.26 Uhr. Sollte sie Janani ziehen lassen oder sich stattdessen bemühen, einen Haftbefehl genehmigt zu bekommen? Sie neigte zu Ersterem, auch wenn Michaels Idee, die ganze Familie in U-Haft zu nehmen und jede Person einzeln zu bearbeiten, rückblickend sicher richtig gewesen war. Während Lathans Vater sofort nach einem Anwalt geschrien hatte, waren ihnen die übrigen Mitglieder der Familie bislang ganz auf sich allein gestellt ausgeliefert. Gut, man hatte sie allerdings auch nicht explizit auf die Möglichkeit aufmerksam gemacht, einen Rechtsbeistand hinzuziehen zu können.

»Dein Bruder liegt im Koma, Janani«, nahm Gret einen neuen Anlauf. »Vielleicht stirbt er und wir wissen nicht mal warum. Das kann dir doch nicht einfach egal sein!«

Neue Sturzbäche liefen über das hübsche, dunkle Gesicht.

»Lathan wollte heiraten«, hörte Gret Janani schließlich ganz leise murmeln.

»Was?«

»Lathan wollte heiraten!«, wiederholte das Mädchen etwas lauter und fügte trotzig hinzu: »Das heißt, mein Vater wollte es. Ein Mädchen aus Sri Lanka.«

Gret triumphierte innerlich. Endlich eine Information! Sie dachte fieberhaft darüber nach, wie sie weiter vorgehen sollte. Das Mädchen auf gar keinen Fall einschüchtern. Sanft vorgehen. Ganz vorsichtig am Ball bleiben.

»Hat das auch etwas mit Rexon zu tun?«, flüsterte sie schon fast.

Janani schüttelte ihre schwarzen Haare und biss sich in den Handrücken, so sehr, dass die Abdrücke ihrer Zähne zu sehen waren.

»Rexon wollte das nicht.«

Gret erstarrte. Sie stand möglicherweise vor dem entscheidenden Durchbruch. Atemlos wartete sie darauf, dass Janani weitersprach.

Die hörte unverhofft auf zu weinen und blickte ihr forschend ins Gesicht. Gret begann instinktiv, wohlwollend zu lächeln. Und offensichtlich gefiel Janani, was sie sah.

»Meine Eltern regten sich unglaublich über diesen Rexon auf«, erzählte sie weiter. »Das Mädchen, Vidya, war Lathan seit vielen Jahren fest versprochen.«

»Kannte der sie denn?«

»Ein wenig«, antwortete Janani ausweichend. »Ich glaube, dass Rexon diese Vidya geliebt hat und hierherkam, um sie freizukaufen.«

Gret traute ihren Ohren nicht.

»Das war seine einzige Möglichkeit«, erklärte Janani. »Meinen Vater mit Geld von der Idee dieser Zwangsheirat abzubringen.«

Gret atmete aus. Die junge Frau vor ihr hatte es ausgesprochen, das verpönte Wort, das Tabu, den Begriff, den niemand hören wollte in der Schweiz: Zwangsheirat.

Mittelalter und Barbarei, fügte Gret im Geiste hinzu. Sie hatte während der Zeit, als sie noch in Basel tätig war, unter anderem auch drei Monate bei der Fremdenpolizei gearbeitet und kannte das leidige Thema. Es trieb ihr, ungeachtet aller Toleranz fremden Kulturen gegenüber, die Zornesröte ins Gesicht.

Zwangsheirat. Importbräute. Ehrenmorde.

Erst kürzlich hatte sie eine Studie der Lausanner Stiftung *Surgir* gelesen, in welcher Hunderte von Zwangsheiraten dokumentiert waren und von einer großen Dunkelziffer, sprich mehreren Tausend Fällen jährlich, die Rede war. Gret erinnerte sich daran, dass allein ihre Basler Fremdenpolizeieinheit in Dutzenden von Fällen ermittelt hatte – meist ergebnislos. Im Fadenkreuz der Fahnder hatten dabei neben Kurden, Türken und Kosovo-Albanern mehrfach auch Tamilen gestanden. Zwanzig bis dreißig Prozent der in der Schweiz lebenden Tamilen suchten sich einen Ehepartner aus ihrer alten Heimat, beziehungsweise ließen sich ihre Ehen dort arrangieren. Das behauptete zumindest die Studie.

»Rexon Nadesapilay wollte die für Lathan vorgesehene Frau, Vidya, freikaufen?«, hakte Gret nach.

»Verrückt, nicht?«

»Weißt du, um welche Summe es ging?«

»Nein.«

»Wurde das Geld je übergeben?«

»Da bin ich wirklich überfragt«, schüttelte Janani ihren Kopf. »Ich war ja nicht die Empfängerin.«

»Aber du müsstest doch etwas mitgekriegt haben.«

»Wissen Sie überhaupt, was es in unserer Kultur bedeutet, seine Familie zu verraten?«, schleuderte ihr die junge Frau entgegen.

»Erzähl es mir«, forderte Gret sie auf.

Janani verdrehte nur die Augen.

»Ich werde es keinem weitersagen«, versprach Gret. »Wir könnten von weiß Gott wem von diesem geplanten oder durchgeführten Freikauf erfahren haben. Sicher wissen verschiedene Leute von der Geschichte, oder etwa nicht?«

Janani nickte: »Sogar die *Tigers* haben nach einem Prozentsatz des Geldes geschrien.«

»Vertreter der LTTE?«

Gret fragte sich, wohin dieses Gespräch noch führen würde. Und ob sich die junge Janani mit ihren Aussagen nicht in ernsthafte Schwierigkeiten brachte.

Diese sagte verächtlich: »Eine Erpresserbande, sonst nichts.«

»Hatte die Schlägerei vor dem *Riff Raff* kürzlich etwas mit diesem Freikauf zu tun?«

»Es ging um die Höhe des Geldes«, bestätigte Janani auch das. »Mein Vater wollte mehr. Einer meiner Onkel bat ihn, Vernunft anzunehmen. Aufgeklärtere Landsleute verdammten die ganze Idee der arrangierten Heiraten, worauf sie von Fundis wie meinem Vater des Verrats an ihrem Volk bezichtigt wurden. Die Sympathisanten der *Tigers* redeten wie immer nur nach deren Mund. Und Lathan selbst wusste längst nicht mehr, was er wollte. Ein Wort gab das andere, über Jahre angehäufte Animositäten brachen durch. Das Ganze artete völlig aus: Freunde unserer Familie gegen den fanatischen Wellayake-Clan, Bergland-Tamilen gegen Leute aus Jaffna, Modernisten gegen Hindu-Fanatiker und so weiter. Aber der Funke, der alles zur Explosion brachte, war dieser Rexon mit seinen Dollars, die angeblich im Hotelsafe auf meinen Vater warteten.«

»Heilige Scheiße«, entfuhr es Gret. Sie wollte immer noch nicht glauben, was sie da hörte.

»Ich liebe meinen Bruder, aber Lathan ist ein Feigling«, äußerte sich Janani hart. »Zu blöd, um hier ein Mädchen zu finden und unserem allmächtigen Vater mal zu widersprechen und Nein zu sagen.«

»Ich stelle mir das auch sehr schwierig vor.«

»Das ist es«, räumte Janani ein. »Aber es muss eines Tages einfach sein, wenn man selbstständig werden will. Lathan hat niemals auch nur ansatzweise aufgemuckt. Na ja, er kam halt erst hierher, als er fast schon erwachsen war.«

»Du offensichtlich nicht«, sagte Gret.

»Ich lebe hier, seit ich acht bin. Ich bin Tamilin und stolz darauf. Aber gleichzeitig fühle ich mich hier zu Hause. Ich ging in Zürich zur Schule, habe viele Schweizer Freundinnen und mache im Sommer die Matura, wenn alles klappt. Ich habe keine Lust, mir vorschreiben zu lassen, was ich zu tun und zu lassen, oder gar, wen ich zu heiraten habe. Auch nicht von meinem Vater.«

»Hey, du hast wirklich Mut, Janani! Das meine ich ernst. Wenn ich dir irgendwie mal behilflich sein kann, lass es mich wissen.«

»Wie geht's Lathan denn?«, wollte die junge Frau wissen.

»Seine Chancen stehen gut«, antwortete Gret. »Die Ärzte halten ihn nur noch künstlich im Koma, um den Heilungsverlauf positiv zu beeinflussen. Lathans Hirnströme sind aber soweit normal. Ich denke, er kommt wieder auf die Beine.«

»Und ins Gefängnis, oder?«

»Nur wenn er Rexon erstochen hat«, meinte Gret.

»Das hat er nicht!«, rief Janani bestimmt. »Auf keinen Fall, glauben Sie mir!«

»Wer dann?«

Janani strich sich ihre langen Haare hinter das Ohr. »Keine Ahnung. Aber niemand aus unserer Familie, da bin ich mir sicher. Was hätte es uns gebracht?«

»Vielleicht war Lathan eifersüchtig?«

»Er kannte seine Braut doch gar nicht richtig!«

»In seiner Ehre verletzt?«

»Er ist ein ganz schüchterner, bescheidener Mensch. Und er steht leider voll und ganz im mächtigen Schatten unseres Vaters.«

»Kann der es gewesen sein?«

Janani schüttelte den Kopf: »Er ist zwar ein übler Patriarch. Aber einen Mord würde er niemals begehen, nein, das widerspräche seinen Überzeugungen fundamental. Er hat uns auch niemals geschlagen oder so.«

»Wir müssen herausfinden, wo Rexons Geld geblieben ist«, sagte Gret.

»Da kann ich Ihnen leider nicht weiterhelfen. Aber darf ich jetzt wieder in die Schule? Heute Nachmittag steht eine Lateinprüfung an, für die ich sehr viel gebüffelt habe.«

Gret dachte nach. »Lass mich erst mal überlegen, wie wir am klügsten verschleiern, dass du uns Informationen gegeben hast«, meinte sie dann.

»Verhaftet doch mal ein paar dieser Blutsauger, die ständig Geld für den Krieg aus den Leuten pressen«, schlug ihr das Mädchen vor.

Gret staunte Bauklötze ob deren Verwandlung in der vergangenen halben Stunde: von einem zitternden Elendshäufchen in eine selbstbewusste junge Frau. Janani würde ihren Weg machen – mit oder ohne Familie.

»Wen genau sollen wir denn deiner Meinung nach verhaften?«, fragte Gret unsicher.

»Darf ich zu meiner Prüfung?«, kam sofort die Gegenfrage.

Gret bejahte nach ein paar Sekunden.

Janani nannte ihr drei Namen.

»Sollen wir dich irgendwie beschützen?«, erkundigte sich Gret daraufhin besorgt.

»Das kann ich selbst«, behauptete Janani forsch. »Ich muss nur hier raus!«

»Okay«, sagte Gret. »Wir lassen dich in zwei Stunden ziehen, gleichzeitig mit deinen Geschwistern und deiner Mutter.«

»Das wird knapp«, wandte Janani ein. »Die Prüfung ist um zwei.«

»Ich fahre dich hin«, versprach ihr Gret. »Ich spreche sofort mit meinem Chef und dem Team und komme dann schnellstmöglich zu dir zurück. Brauchst du etwas in der Zwischenzeit?«

»Eine Zeitung?«

»Ich sorge dafür, dass dir eine gebracht wird«, sagte Gret und hetzte aufgewühlt aus dem Raum. Vor der Tür zog sie unmittelbar ihr Natel aus der Tasche und kontaktierte Michael.

»Ich hab's!«, frohlockte sie. »Ich weiß jetzt endlich, um was es in diesem Fall geht.«

»Super, endlich!«, entgegnete ihr Michael erleichtert und forderte sie auf, sofort zu ihm ins Büro zu kommen.

»Schon unterwegs«, beendete Gret das Gespräch und machte sich auf den Weg.

Vielleicht war der Fall bis Freitag bereits erledigt, sodass sie sich wieder auf ihr Privatleben konzentrieren konnte?

Mein Gott, Frau!, lachte Gret über sich selbst. Häng die Erwartungen bitte tief! Und freu dich einfach auf ein entspannendes Eukalyptusbad nach dem Date bei dir zu Hause.

Staub überfrisst sich

Strichs Anruf plärrt mitten in das große Fressgelage hinein, das Verasinghes Frau Lakmini für uns veranstaltet. Seit unserem Eintreffen in deren kleinem, aber pingelig sauberem Haus werden wir systematisch gemästet: Curryhühner in Kokosmilch, Nudeln mit Erbsen, Rindfleisch mit Paprika, Leber mit Nüssen, Linsen, Süßkartoffeln, Auberginen, verschiedene andere Gemüse, Mangos, Papayas. Sobald der Nahrungsberg auf unseren Tellern auf unter zehn Zentimeter Höhe fällt, schöpft Lakmini sofort nach.

Das Hauptproblem ist allerdings nicht die gewaltige Fülle an Speisen, sondern dass sie allesamt so fantastisch schmecken, dass man einfach immer weiterisst. Mit der rechten Hand, wie es hier Brauch ist, und auf einem flauschigen Teppich auf dem Boden sitzend.

Als mein Natel nicht aufhört zu klingeln, muss ich mich entscheiden, ob ich es nun mit der klebrigen Rechten oder der eigentlich unsauberen, traditionell zum Hinternputzen reservierten Linken aus meiner Hosentasche klauben soll.

»Muss das jetzt sein?«, stört Leonie diesen komplizierten Denkprozess.

»Was kann ich dafür?«, rechtfertige ich mich, rutsche ein paar Meter zur Seite und greife mein Mobiltelefon dann entschlossen mit der Linken. Denn ich putze mir den Hintern zu Hause üblicherweise mit der recyclingpapierbewehrten Rechten, mit der ich hier im Essen rumknete.

»Ja«, knurre ich in mein Natel und begebe mich ins Nebenzimmer, um ungestört telefonieren zu können.

»Ah, der Kollege Staub, welche Freude!«, vernehme ich Ralf Strich vom *Kriminaltechnischen Dienst.* Seine Stimme klingt gequetscht. Ich könnte schwören, dass auch er beim Essen ist. Vermutlich vertilgt er gleichzeitig Schokoriegel und Chips. Beidhändig wahrscheinlich.

»Schön, dass Sie anrufen«, begrüße ich ihn. »Ich genieße gerade ein herausragendes Curry. Aber gut. Sie wollen mir zweifellos etwas zu den Kugeln beziehungsweise zu der verwendeten Waffe verraten?«

Nun schmatzt er wirklich, ich bin mir ganz sicher.

»Essen Sie auch gerade?«, frage ich.

»Verzeihen Sie mir, Staub, aber ich musste heute aufs Mittagessen verzichten und behelfe mir gerade mit ein paar Bananen«, lacht er. »Aber zur Sache: Die Kugeln, die mir gebracht wurden, stammen eindeutig aus einem G22. Ein eher selten anzutreffendes englisches Scharfschützengewehr der Firma Accuracy mit einem Zielfernrohr der deutschen Hensoldt AG. Zweiunddreißig-Millimeter-Geschosse. Anfangsgeschwindigkeit 880 bis 900 Meter pro Sekunde. Von Fachleuten zielsicher auf bis zu sechshundert Metern verwendbar.«

»Und von Amateuren?«

»Zwei- bis dreihundert Meter, wenn sie Talent haben«, sagt er undeutlich.

»Kämpfen Sie immer noch mit diesen Bananen?«

»Ich habe noch ein Stück Zitronentorte gefunden, stellen Sie sich vor«, erklärt er. »Sonst kann ich Ihnen leider nicht viel sagen zu diesem Gewehr. In der Schweiz wurde in den vergangenen dreizehn Jahren keine solche Waffe verkauft. Zumindest nicht offiziell.«

»Aha«, äußere ich mich und überlege. »Übrigens, Strich, wir haben hier Bananen, die grün sind und trotzdem reif schmecken. Viel besser als alle, die es bei uns gibt.«

»Wie schön, Staub! Ich beneide Sie. Aber vielleicht interessiert Sie noch, dass die GSG 9 solche Gewehre benutzt.«

»Die Deutschen?«, staune ich.

»Die deutsche Spezialeinheit, jawohl«, bestätigt er mir.

»Na großartig! Besten Dank! War wirklich nett, mit Ihnen zu plaudern.«

»Das Vergnügen war ganz meinerseits. Genießen Sie sowohl das Festmahl als auch Ihre Ferien!«

»Ich versuch's«, sage ich und verabschiede mich.

Ich habe nichts anderes erwartet. Der Todesschütze konnte Schütz nicht einfach mit irgendeinem Allerweltsgewehr niederstrecken. Nein, er brauchte ein Spezialgewehr, um ein bisschen Thrill in diesen Fall zu bringen. Nicht dass wir uns auf der Suche nach ihm womöglich langweilen.

Klar ist, dass Strichs Erkenntnisse den deutschen Schachguru Müller mitten in das Fadenkreuz meiner Spekulationen rücken. Deutscher Mann – deutsche Optikfirma – deutsche Spezialeinheit. Unendlich dürftig dieser Gedankengang, zugegeben. Aber etwas Besseres habe ich derzeit noch nicht.

Morgen werde ich mir diesen Müller jedenfalls einmal vorknöpfen, denn ich muss sowieso nach Haputale: einerseits, um die Familie des in Zürich erstochenen Tamilen aufzusuchen; und andererseits, um am Perron zu stehen und zuzusehen, wie der Rest meiner Familie mit dem Dampfzug in die Teeberge entschwindet.

Ich kehre zu dem Gelage zurück und stelle fest, dass unterdessen auch die Gefräßigsten von uns geschlagen in den Seilen hängen. Einzig Anna stochert noch auf ihrem Teller herum. Ohne allerdings wirklich zu essen. Es sieht vielmehr so aus, als seziere sie im Halbschlaf irgendwelche Mücken.

Lakmini begrüßt mich freudig wie einen seit Jahren verschollen geglaubten Heimkehrer und häuft mir ungefragt eine neue Portion Curryhuhn auf meinen Teller, mit der man halb Somalia durch den Tag gebracht hätte. Ich winke lachend ab, aber sie lässt sich nicht beirren und schiebt auch noch ein paar gekochte Auberginen und zwei Suppenkellen gelben Linsenbrei nach.

»You want another beer?«, fragt sie mich, das *Lions Lager* schon in der Hand haltend.

Ich verneine und bitte sie um Tee. Das Bier verkommt dennoch nicht: Per greift dankbar zu und leert es in wenigen Schlucken, wobei ein leises Gurgeln ertönt. Fehlt nur noch, dass er rülpst. Aber in Adriennes Gesellschaft getraut er sich das glücklicherweise nicht.

»Es ging um die Kugeln«, informiere ich Verasinghe über Schüsseln und Töpfe hinweg. »Wir kennen jetzt das Fabrikat des Gewehrs.«

Er schüttelt zustimmend den Kopf und betrachtet mich neugierig.

»Ich erzähle es dir später«, sage ich und genehmige mir nochmals einen Bissen dieses Teufelshuhns, das unglaublich gut schmeckt – ultrascharf und süßlich mild zugleich.

Zu meinem Bedauern passt leider nicht mehr in meinen Magen. Ich japse nach Luft, öffne den obersten Knopf meiner Hose und atme drei Mal tief durch. Ein gefährlich klingendes Grollen dringt aus meinem Bauch, während mir der Schweiß von der Stirn läuft. Hoffentlich sterbe ich nicht an Überfütterung. Oder an einem Hirnschlag. Mir scheint, sämtliches Blut in meinem Kopf ist längst in Richtung Verdauungstrakt abgesackt.

Ich blicke verunsichert um mich und stelle fest, dass kein Mensch mein Leiden beachtet. Tochter Anna unterhält sich angeregt mit Verasinghes neunjähriger Tochter. Sie scherzt und lacht und wird von der Kleinen nach allen Regeln der Kunst ausgekitzelt. Adrienne debattiert mit Verasinghe und seinen Söhnen über die jüngste Politik des Landes. Leonie löchert Lakmini in Sachen Rezepte für all die Speisen, die wir in den letzten Stunden genießen durften. Und Per hängt satt und zufrieden in den bequemen Kissen und betrachtet schweigend die leere Bierflasche in seiner Hand. Vermutlich sinniert er darüber, wie er am einfachsten in den Besitz einer weiteren vollen gelangen könnte.

Ein italienischer Espresso, das wär's jetzt, überlege ich.

Aber so gastfreundlich Verasinghes auch sind – starken Kaffee führen sie wohl nicht. Ich frage gar nicht erst danach, um sie nicht in Verlegenheit zu bringen.

Stattdessen höre ich erneut ein drohendes Rumpeln in meinen Eingeweiden und betrachte gedankenverloren meinen Teller. Er ist zwischenzeitlich leer gegessen – wider jegliche Vernunft.

»Willst du wirklich nicht mit nach Kandy?«, wendet sich Anna unverhofft an mich. »Die Stadt ist lebendig und farbenfroh, die Tempelanlage wirklich beeindruckend. Der Zahn des Religionsstifters Siddharta Gautama ist die heiligste buddhistische Reliquie des Landes, den sollte man eigentlich gesehen haben, Papa.«

»Wenn ich mir alte Zähne ansehen will, kann ich mir auch deine Milchzähne anschauen, die sicher noch in irgendeinem Schächtelchen bei uns im Keller liegen«, entgegne ich ihr. »Im Ernst: Du weißt doch, dass ich die Reise nicht richtig genießen könnte mit dem steten Gedanken im Hinterkopf, dass ich mich eigentlich um anderes kümmern müsste. Ich kann doch eventuell später noch nachkommen.«

»So schnell bist du wirklich nicht mehr in diesem Land«, erhält Anna Unterstützung von ihrem Halbbruder Per. »Du solltest die Gelegenheit nutzen, wenigstens ein paar Sehenswürdigkeiten zu genießen!«

»Seit wann stehst du denn auf Sehenswürdigkeiten, Sohn?«, höhne ich.

»Du neigst dazu, mich zu unterschätzen, Papa. Mein Horizont geht weit über meinen Beruf hinaus.«

»Beruf?«, wundere ich mich.

»Ach, lasst ihn doch«, kommt mir Leonie überraschend zu Hilfe. »Ihr kennt euren Meister doch, er ist halt nun mal mit Leib und Seele Polizist!«

»Ist ja okay«, gähnt Per.

Bevor er weiterreden kann, schrillt mein Natel plötzlich erneut. Ich Trottel habe vergessen, es nach Strichs Anruf auszuschalten.

»Seht ihr, er kann wirklich nicht anders«, spöttelt Leonie.

Ich ziehe das Gerät aus meiner Hosentasche.

»Staub im Urlaub!«, melde ich mich.

»Fredy, ich bin's. Sorry, dass ich dich störe«, vernehme ich Michael aus Zürich. »Aber ich muss dich dringend über die aktuelle Entwicklung in unserem Fall informieren, bevor du die Familie dieses Rexon Nadesapilay besuchst.«

»Schon gut«, gebe ich mich großmütig. »Erst mal vielen Dank für den Bericht aus der Ballistik. Strich hat mir das Wichtigste bereits durchgegeben.«

»Keine Ursache. Hoffentlich hilft es dir irgendwie. Ich habe das Gutachten bereits nach Deutschland weitergeleitet und gefragt, ob dort zufällig ein solches Gewehr vermisst wird. Allerdings glaube ich kaum, dass dabei viel herauskommen wird.«

»Mal sehen. Zumindest bringt uns das Gewehr auf neue Ideen«, sage ich und erkundige mich dann, was es in Zürich Neues gibt.

»Der erstochene Rexon ist nach Zürich gereist, um eine Zwangsheirat zu verhindern«, erzählt Michael. »Das Mädchen, das er liebt, sollte offenbar einem Thalwiler Tamilen zugeschanzt werden. Rexon reiste mit zwanzigtausend Dollar in bar in die Schweiz, um dessen Familie zur Besinnung zu bringen.«

»Oha!«

»Das Geld sollte er am Sonntagabend in Thalwil persönlich übergeben. Doch dort ist er aber nie angekommen. Das schwört nicht nur das Familienoberhaupt, das er bestechen wollte, sondern es hat ihn auch sonst kein Mensch dort gesehen.«

»Das Geld wurde ihm abgenommen?«

»Es sieht so aus. Laut dem Portier des Hotels *Leoneck*, wo der Ermordete wohnte, ließ er sich am frühen Abend den Tresor öffnen und entnahm ihm ein dickes Kuvert. Wir vermuten, dass sich darin das Geld befand. Gefunden haben wir es bisher nirgends.«

»Wohin ging er mit den Dollars?«, hake ich nach.

»Das wissen wir noch nicht. Bis jetzt ist nur klar, dass er das Hotel um sechs verließ und seine Leiche morgens um fünf hinter dem Kino *Riff Raff* gefunden wurde. Erstochen wurde er aber definitiv nicht dort. Wo, ist uns leider ebenfalls unbekannt.«

»Gibt es Verdächtige?«

»Dutzende«, seufzt Michael. »Die Geschichte des geplanten Freikaufs sickerte scheinbar tief in die Tamilenszene ein. So wortkarg sie sich uns gegenüber geben, so geschwätzig sind sie offenbar untereinander.«

»Soll ich Rexons Familie trotzdem noch einen Besuch abstatten?«, will ich wissen.

»Wenn du die Zeit findest? Uns interessiert vor allem die junge Frau, um die sich die ganze Geschichte dreht. Vidya Talimpalam heißt sie, ich gebe dir ihren Namen nachher per SMS durch.«

»Okay«, sage ich. »Ich wollte morgen sowieso in diese Gegend. Wissen die Leute dort schon von dem Todesfall?«

»Rexons Verwandte wurden von der örtlichen Polizei informiert.«

»Na, immerhin«, sage ich. »Ich werde sehen, was ich tun kann.«

»Und bei euch? Kommt ihr denn voran?«, will Michael wissen.

»Bis Sonntag werden wir wohl kaum am Ziel sein«, meine ich düster.

»Du wirst deine Kommandantenstelle aber wohl antreten nächsten Montag, oder?«

Ich lasse seine Frage unbeantwortet.

»Fredy!«, nimmt er mich ins Gebet. »Regierungsrat Jucker, die Fraktionsvorsitzenden der Kantonalparteien und sämtliche Abteilungsleiter und Kader erwarten dich um acht Uhr dreißig in unserem Presseraum, um dir zum Amtsantritt das Pfötchen zu schütteln! Sie werden dich kreuzigen, wenn du nicht auftauchst!«

»Ich weiß, ich weiß«, nörgle ich.

»Also, dann bis Montag«, verabschiedet sich Michael mahnend. »Und vermassle diesen Termin bloß nicht! Ich melde mich wieder.«

»Bis bald«, sage ich und drücke die Austaste.

Das fehlt mir gerade noch: An meinem ersten Arbeitstag nach dem Urlaub mit Jetlag und von Malariamitteln bleierner Birne in die selbstzufriedenen Fratzen unserer Politprominenz zu lächeln!

Da esse ich lieber noch etwas von diesem Curryhuhn. Auch auf die Gefahr hin, dass mir dabei der Dünndarm reißt.

Mario langweilt sich

Einmal mehr saßen sie an den schäbigen Pulten in ihrem drögen Sitzungssaal. Wie viele Stunden seines Lebens hatte er schon in diesem trostlosen Raum verbracht, dessen einziger Schmuck aus ein paar nackten Glühbirnen, einigen vergilbten Fahndungsplakaten und einem großen Rauchverbotsschild bestand? Mario vermutete, dass die Zahl in die Tausende ging.

Michael war gerade dabei, auf einer Tafel die wenigen Fakten, über die sie in ihrem aktuellen Fall verfügten, in einem Schaubild in Beziehung zueinander zu setzen. Neben ihm entflammte der alte Häberli eine seiner stinkenden Gauloises.

»Was wissen wir mit Sicherheit?«, fragte Michael in die Runde. »Was wissen wir mit großer Wahrscheinlichkeit? Was vermuten wir?«

»Vor neunzehn Tagen kam Rexon Nadesapilay mit einer Maschine der *Emirates* über Dubai in die Schweiz. Er stieg im Hotel *Leoneck* ab und nahm Kontakt zu ortsansässigen Tamilen, insbesondere zu der Familie Uruthiramoorthy auf«, begann Gret. »Er rief sie nachweislich drei Mal zu Hause in Thalwil an und traf den Familienvater dann in der *Seerose.*«

Michael kritzelte etwas auf die Tafel. Mario machte sich gar nicht erst die Mühe hinzusehen.

»Am Sonntagabend vor einer Woche besuchte er im *Riff Raff* einen Filmnachmittag, ließ sich später an der Rezeption seines Hotels ein Kuvert aus dem Hoteltresor geben und verschwand«, fuhr Gret fort. »Nachts um fünf fand ein Anwohner seine Leiche im Hinterhof des Kinos.«

»Okay. Und weiter?«

»Wir fahren in die *Seerose,* weil wir in Rexons Zimmer eine Visitenkarte dieses Lokals finden, und zeigen das Foto des Ermordeten vor.«

Grets und Michaels Worte wirkten auf Mario wie Baldrian, bis der Redefluss plötzlich verstummte.

»Mario?«

»Ja?«

Er riss sich aus seinem Dämmerzustand und bemerkte, dass alle Augen auf ihn gerichtet waren. Wovon war zuletzt bloß die Rede gewesen?

»Wir verfolgten den Mann und er krachte in eine Asphaltiermaschine«, orakelte er ins Blaue.

»Ob die Einvernahme von Mutter Uruthiramoorthy etwas gebracht hat, habe ich gefragt«, sagte Michael unwillig.

»Äh, nein«, stotterte er. »Sie macht wohl wirklich nur den Haushalt.«

Michael ließ es stirnrunzelnd dabei bewenden.

»Die jüngere Tochter der Uruthiramoorthys erzählte mir gestern, dass Rexon offenbar ein tamilisches Mädchen freikaufen wollte, das dem verunfallten Lathan versprochen war«, ergriff stattdessen Gret wieder das Wort.

»Sind wir sicher, dass die Kleine uns die Wahrheit sagte?«, äußerte sich Häberli unverhofft. »Oder gefiel uns einfach, was sie erzählte?«

Der Rest der Truppe betrachtete den alten Mann verwundert. Er trug heute eine hellbraune wollene Strickjacke über einem rot-grau-blau gemusterten Baumwollhemd und drückte wie zur Betonung seiner Bemerkung die Gauloise in seinen Fingern in den Aschenbecher. Ein metallenes Etwas, bei dem die Asche per Knopfdruck zum Verschwinden gebracht werden konnte.

»Wie meinst du das?«, fragte ihn Gret irritiert. »Ich denke schon, dass Janani mir die Wahrheit gesagt hat. Ich musste sie dafür lange bearbeiten.«

»Schon gut«, beschwichtigte Michael sie.

»Es macht auch Sinn«, sprach Gret weiter. »Rexon nahm Kontakt zu Jananis Vater auf und wollte ihm am Sonntag wohl das Geld übergeben.«

»Reine Vermutung«, unkte Häberli leise.

Aber er wurde von den anderen nicht beachtet. Zu Recht, wie Mario fand. Der Mann erschien kaum je zu einer Sitzung und wollte sich jetzt profilieren. Es reichte doch, dass er ständig alles verqualmte, zum Teufel!

»Was wissen wir noch?«, fuhr Michael fort.

»Vater Uruthiramoorthy hat letztendlich bestätigt, dass er Rexon getroffen hat. Und auch, dass Lathan bald diese Vidya heiraten sollte«, sagte Kollar. »Nicht allerdings, dass ihm Rexon Geld übergeben wollte.«

»Wahrscheinlich schämt er sich«, meinte Mario, mehr um wach zu bleiben, als um etwas Signifikantes beizutragen.

»Für mich ist der Sohn Uruthiramoorthy weiterhin stark tatverdächtig«, erklärte Michael. »Wenn wir nur beweisen könnten, dass Rexon am Sonntag nach Thalwil gefahren ist.«

»Oder der vermaledeite Lathan endlich aus dem Koma erwachen würde«, fügte Bea an.

»Was planen wir als Nächstes, Boss?«, fragte Häberli und hängte sich eine weitere Gauloise in den Mundwinkel.

»Wir müssen herausfinden, wo Rexon getötet wurde. Wohin er vom *Leoneck* aus ging an jenem Sonntag. Wer alles von der geplanten Geldübergabe wusste. Wir brauchen mehr über die Uruthiramoorthys und deren Umfeld. Mehr über diese Vidya. Mehr über Rexon.«

»Letztere Punkte übernimmt Staub, oder?«, erkundigte sich Gret.

»Er hat es versprochen«, bestätigte Michael. »Kümmern wir uns also um den Zürcher Teil! Wissen alle, was sie zu tun haben?«

Mario wusste es nicht. Aber man würde es ihm gewiss bald erklären.

Staub windet sich in Krämpfen

Ich erbreche mich, ich habe Dünnschiss, mir ist kotzübel. Zum wiederholten Mal in den vergangenen zwölf Stunden hänge ich über der Toilettenschüssel in einem Kabuff neben unserem Zimmer und würge gelbgrünen Schleim heraus, der nach Curry stinkt. Schweißüberströmt und mit Magensäure in Gaumen und Nase.

Anna wartet gütigerweise vor der Tür, um zu sehen, ob ich die nächste Brechattacke überlebe.

»Geht's, Papa?«, ruft sie zu mir herein.

»Nein!«, keuche ich. »Es geht nicht.«

Noch einmal krampft sich mein Magen zusammen, Gallensaft spritzt aus meinem Mund.

Nie mehr werde ich etwas anderes essen, als ich es von zu Hause gewohnt bin! Und nie mehr werde ich in die beschissene Dritte Welt fliegen! Ich will zu Hause auf meinem Sofa liegen und zum Fenster hinausgucken, wie langweilig das auch immer sein mag. Aber, wie gesagt, vor allem nie wieder etwas essen. Okay – vielleicht versuche ich mich irgendwann noch einmal an einem Züri-Geschnetzelten, falls ich je wieder so etwas wie Essgelüste verspüren sollte.

Ich atme tief durch, meine Eingeweide scheinen sich endlich etwas beruhigt zu haben. Ich wasche mir das Gesicht und taumle aus dem Bad hinaus.

Anna, die ihre schwarzen Haare heute hochgesteckt hat, betrachtet mich mit einer Mischung aus Sorge und unterdrücktem Amüsement.

»Ich habe hier ein Imodium und ein Motilium für dich«, sagt sie. »Das eine hilft gegen Durchfall, das andere gegen Übelkeit. Schluck die beiden Tabletten, die sollten helfen.«

»Nein. Ich hasse Medikamente. Die nützen ohnehin nichts«, ätze ich besserwisserisch. »Wenn ich schon sterbe, dann wenigstens ohne Chemie in mir.«

»Sei nicht albern, Papa. Du hast eine kleine Magenverstimmung, das gibt sich wieder.«

»Klein?«, empöre ich mich. »Was geschieht denn bei einer großen Magenverstimmung?«

»So schlimm kann es nicht sein«, beharrt sie auf ihrer Verharmlosungsstrategie. »Wir haben alle ungefähr das Gleiche gegessen, aber außer dir hat niemand Beschwerden.«

Fehlt nur noch, dass sie mich als Simulant und Hypochonder betitelt.

»Ich bringe dich zurück ins Bett«, sagt sie etwas liebevoller und sieht mir anschließend dabei zu, wie ich geschlagen unter das Moskitonetz krieche. Sie stellt eine Kanne Tee auf den Nachttisch und einen Kübel mit etwas Wasser neben das Bett. In einer Stunde will sie wieder nach mir sehen.

Ich liege mit offenen Augen auf dem Rücken und starre an die Decke. Mein Bauch rotiert, ich fühle mich schwach. Leonie, Per und Adrienne haben ihre Reise nach Kandy vorerst storniert und sind mit Tschaggat zu irgendeinem nahe gelegenen Wasserfall gefahren. Hoffentlich werden sie nicht von Krokodilen attackiert. Und ich nicht von dem Gecko angefallen, der über mir an der Decke klebt und mich beaugapfelt wie einen im Todeskampf zappelnden Käfer. Das blöde Vieh nervt mich heute besonders – wie alles andere auch.

Ich schließe die Augen und versuche zu schlafen.

Aber mir geistert der Fall Rainer Schütz unentwegt durch mein angeschlagenes Hirn. Wir wissen nach wie vor gar nichts, stelle ich fest. Annas Kollege wurde auf offener Straße mit einem G22 erschossen. Außerdem spielte er mit diversen Leuten Schach. Na und? Motiv schleierhaft. Täter unbekannt. Faktenlage bescheiden. Fortschritte in galaktischer Ferne. Ein paar Gerüchte, sonst nichts: Schütz' Laptop soll verschwunden sein, der Mann selbst ein gutes Gedächtnis und Sympathien für den Befreiungskampf der Tamilen gehabt haben. Warum aber spielte er dann mit einem srilankischen General wie Premadasa Schach?

Ich spüre eine neue Übelkeitswelle heranrollen. Herrgott noch mal, was soll ich denn noch alles erbrechen? Viel kann wirklich nicht mehr in mir sein!

Anna kommt wie versprochen und greift sich den Plastikkübel, um ihn in der Toilette auszuleeren.

»Nimm jetzt endlich diese Tabletten«, fordert sie mich auf, als sie zurückkommt.

»Nein«, gebe ich mich stur. »Ich hasse Tabletten!«

»Willst du in Pelmadulla im Spital enden?«, fragt sie mich. »Nun, von mir aus! Vielleicht ist das Bett neben Jürg Deiss ja wieder frei.«

»Na schön«, resigniere ich. »Gib her!«

Ich spüle die Pillen mit einem Schluck Tee hinunter und deute vielsagend auf den Gecko an der Decke.

»Ein Hemidactylus brookii parvimaculatus«, erklärt sie. »Eine Unterart des Afrikanischen Hausgeckos.«

»Habt ihr mich etwa nach Afrika gekarrt, ohne dass ich es bemerkt hätte?«, unke ich.

»Unterarten des Afrikanischen Hausgeckos gibt's an ganz unterschiedlichen Orten der Welt, Papa. Hier zum Beispiel, aber auch in Mittelamerika.«

»Wie schön.«

Nach einer Weile erkundige ich mich, wie es denn Jürg Deiss eigentlich geht.

»Besser, er ist inzwischen transportfähig. Die *Rega* wird ihn in den nächsten Tagen in die Schweiz ausfliegen.«

»Scheiße, Anna, ich fühle mich wirklich schlecht.«

»Tut mir wirklich leid, Papa«, umarmt sie mich tröstend. »Magenprobleme sind sehr unangenehm. Ich weiß das, denn ich habe mir auch schon Salmonellen und Lamblien eingefangen. Aber lebensgefährlich ist das alles nicht. Außerdem bist du von medizinischen Fachkräften geradezu umzingelt.«

»Von Mückendoktoren«, wende ich ein.

»Tschaggat ist Tropenmediziner, einer der besten!«, erinnert sie mich mit Nachdruck.

In diesem Moment klopft es an die Tür. Noch bevor wir reagieren können, drückt sich auch schon Hugentobler in das Zimmer.

»Muss ich jetzt auch noch einen Gentest machen?«, frage ich ihn emotionslos.

Er betrachtet mich entgeistert. »Wie kommen Sie denn darauf?«

»Nur so«, sage ich. »Ich bin vermutlich nicht mehr ganz bei Sinnen.«

»Die Rebellen sollen versucht haben, mit Schnellbooten den Hafen von Colombo anzugreifen«, labert er ungefragt auf Anna und mich ein. »So wie sie es im Herbst mit jenem in Galle getan haben. Die sri-lankische Marine konnte sie erst im letzten Moment stoppen.«

»Ich bin krank«, versuche ich ihn zu verjagen.

»Sagen Ihnen die Herren Premadasa und Müller etwas, Herr Staub?«, überhört er mein Jammern geflissentlich.

»Schachpartner von Schütz«, informiere ich ihn.

»Das ist schon klar«, meint er zerstreut.

Ich wundere mich. Weiß Hugentobler mehr als ich? Und was genau will er von mir? Aber bevor ich mir weitere Gedanken machen kann, wird mir schwarz vor Augen.

Hoffentlich helfen Annas Tabletten wirklich. Ich muss wieder auf die Beine kommen, denn ich will zu diesem Müller. Und zwar möglichst schnell.

Mario kann auch nichts dafür

Die Siebzigerjahre-Wohnblocks oberhalb des Bahnhofs wirkten in dem diffusen Licht des dunklen Hochnebeltages abweisend und wie von grauer Watte umgeben. In der Ferne ratterte dumpf ein Presslufthammer, es roch nach Red Bull und Moder.

Thalwil mag seine schönen Seiten haben, dachte Mario, im Sommer vielleicht, und in Eigentumswohnungen mit Seeblick. Aber die Gegend hier wirkte doch eher frostig.

Michael und Gret fuhren vor, in einem der üblichen Volvos der Kapo. Kein übler Anblick, die beiden, musste sich Mario eingestehen, als seine beiden Kollegen aus dem Auto stiegen. Gret trug eine offenbar neu gekaufte, dunkelblaue Lederjacke, die ihr unglaublich gut stand. Und Michael hatte seinen eleganten hellbraunen Kaschmirmantel an, der heute dezent nach einem Männerparfum duftete.

Neidhart fragte ihn nach Fortschritten.

»Keinerlei Spuren. Rein gar nichts, Michael. Beim besten Willen nicht«, sagte Mario zerknirscht.

Bea, die neben ihm stand und in ihrer knallroten Daunenjacke aussah wie ein aufgeblähtes Bonbon auf zwei Stelzen, pflichtete ihm sofort bei: »Strichs Leute haben den Block wirklich komplett auseinandergenommen. Ebenso die gesamte Umgebung, um nicht zu sagen halb Thalwil. Sie fanden Blut von zerquetschten Mücken, totgeschlagenen Spinnen, verwundeten Katzen und überfahrenen Mäusen. Auch Straußenblut erstaunlicherweise. Aber keine Spur von Rexon. Es sieht ehrlich gesagt nicht danach aus, als ob er je hier gewesen ist.«

»Straußenblut?«, wunderte sich Michael.

»Diese Riesenvögel aus Afrika«, erklärte ihm Mario. »Entsprechende Steaks werden im *Denner* an der Gotthardstrasse verhökert. Vermutlich tropfte ein Transportbehälter.«

»Was ist mit der Verwandtschaft der Uruthiramoorthys im anderen Block?«, erkundigte sich Michael.

»Auch nichts. Strichs Leute durchsuchen außerdem weitere drei Wohnungen, fünf Autos und ein Wohnmobil.«

»Und?«

»Bisher nichts, auch nicht an den jeweiligen Arbeitsplätzen der Familienmitglieder. Keinerlei Blut- oder sonstige Spuren von Rexon, kein großes Messer, keine Dollarnoten – rein gar nichts.«

Mario sah, dass Michael enttäuscht war. Sein Vorgesetzter betrachtete ihn, als ob er persönlich Schuld an diesem dünnen Ergebnis habe. Hätten Gret oder Kollar dasselbe zum Besten gegeben, wäre ihnen sicher eine stehende Ovation für einen besonders gelungenen Vortrag entgegengebrandet.

Na ja, egal. Er hätte gern Aufbauenderes berichtet. Aber das gaben Strichs kriminaltechnische Untersuchungen nun mal nicht her. Da konnten sie noch so lange dumm in der Kälte herumstehen. Mario verstand ohnehin nicht, weshalb sich Michael und Gret überhaupt nach Thalwil bemüht hatten. Wahrscheinlich war ihnen im Büro einfach die Decke auf den Kopf gefallen.

»Haben wir denn endlich Kontoeinsicht?«, versuchte es Bea mit einem Ablenkungsmanöver.

»Jawohl, seit zwei Stunden, dank John Häberli«, sprang Michael darauf an. »Keine auffallenden Bewegungen. Insbesondere keine größeren Einzahlungen in letzter Zeit, weder in Dollar noch in Franken noch in Rupien. Die Konten der Leute sehen so brav aus, dass es fast schon unheimlich ist.«

Ein Moped knatterte vorbei und in weiter Ferne bimmelte eine Glocke. Gret stand etwas abseits und ließ ihre Arme kreisen, wobei sie hörbar tief ein- und ausatmete. Der Dampf vor ihrem Mund ließ keinen Zweifel daran offen, dass es wirklich schweinekalt war.

Mario betrachtete das Schauspiel verwundert.

»Hat Staub etwas in Erfahrung gebracht?«, fragte er Michael, ohne den Blick von Gret abzuwenden.

»Noch nicht. Er liegt derzeit mit einer Magenverstimmung im Bett.«

»Was ist mit diesen Knilchen von Tamilentigern?«, wollte Bea wissen.

»Die Einzigen, die redeten, waren deren Anwälte«, erklärte Michael. »Die dafür äußerst laut und aggressiv. Wir mussten die Leute wohl oder übel laufen lassen. Leider!«

»Wir ahnen also, weshalb Rexon Nadesapilay um die Ecke gebracht wurde, aber nicht wo und von wem«, fasste Mario die Situation zusammen.

Zu seiner eigenen Überraschung erntete er ausnahmsweise reihum Zustimmung.

»Genau. Wo zum Teufel wurde er getötet?«, überlegte Bea. »Hier ja offenbar nicht. Aber wo verflixt noch mal sonst?«

»Kollar und Bieri haben Rexon auf der Videoaufzeichnung einer Überwachungskamera im Hauptbahnhof eindeutig identifiziert«, berichtete Michael. »Er nahm am Sonntag um zwanzig nach sechs die Rolltreppe von der großen Halle runter zu den Gleisen 21 bis 24. Leider fahren von dort aus Züge in praktisch jedes verfluchte Dorf des gesamten Kantons, nur nicht nach Thalwil.«

»Ein Jammer«, kommentierte Mario und schielte erneut zu Gret hinüber, die inzwischen eine Übung zum Besten gab, bei der es darum zu gehen schien, sich vornüber zu lehnen, bis man sich das Rückgrat brach.

»Die Kamera unten auf den Gleisen war zum fraglichen Zeitpunkt leider gerade in Revision«, fuhr Michael zerknirscht fort. »Die Aufzeichnungen der anderen hat Bieri bereits zigmal hin- und hergespult. Ohne Resultat. Aber er schaut sie derzeit nochmals durch.«

»Rexon könnte den Perron auch bis auf die Höhe des Sihlquais vorgelaufen und da links abgebogen sein«, spekulierte Bea. »Dann käme er mit der S2, der S8 oder der S24 nach Thalwil.«

»Hier war er aber nicht. Oder hab ich euch vorhin falsch verstanden?«, reagierte Michael etwas barsch.

Bea mimte sofort die Beleidigte.

»Vielleicht ging er auch nur runter, um einzukaufen oder etwas zu essen«, überlegte Mario.

Michael stieg nicht darauf ein.

»Häberli hört sich um, ob in letzter Zeit irgendwo eine größere Menge Dollars aufgetaucht ist«, sagte er stattdessen. »Bieri kümmert sich um die Kameras, Kollar sorgt dafür, dass das Bild des Toten heute Abend nochmals wirklich groß in den Nachrichten gezeigt wird. Ich selbst suche nachher Strich, vielleicht hat er doch noch irgendwas. Sonst brauchen wir einen Geistesblitz. Denn Rexon kann nicht einfach wie vom Erdboden verschluckt gewesen sein. Irgendwohin muss er vom Bahnhof aus gegangen, irgendwo umgebracht worden sein.«

»Ich sehe noch ein ganz anderes Problem«, sagte Gret, die sich inzwischen wieder zu ihnen gesellt hatte, leise.

»Ja?«, richteten sich alle Augen auf sie.

»Lassen wir mal außer Acht, wo der Täter Rexon niedergestochen hat. Warum deponiert er die Leiche ausgerechnet hinter dem *Riff Raff?*«

Betretenes Schweigen.

»Weil er den Verdacht gezielt auf die Tamilengemeinschaft oder einen bestimmten Tamilen lenken will«, sprach Gret weiter. »Je länger ich an diesem Punkt rumhirne, desto eher komme ich zu dem Schluss, dass das eigentlich nur eins bedeuten kann.«

Mario verstand wieder einmal nicht, worauf seine schlaue Bürokollegin hinauswollte. Aber immerhin schien ihr diesmal auch Bea nicht folgen zu können.

Nur einer begriff sofort, was Gret meinte: Michael.

»Dass der Täter vielleicht gar kein Tamile ist«, resümierte er.

»Genau darauf läuft es hinaus«, nickte ihm Gret zu.

»Unsinn«, protestierte Bea sofort. »Wer sollte denn sonst von der geplanten Geldübergabe gewusst haben?«

Auch Mario winkte ab. Gret war zwar klug, aber deshalb noch lange nicht unfehlbar. Er war sich ganz sicher, dass ein

Tamile Rexon erstochen hatte, etwas anderes kam einfach nicht infrage.

»Sprich die Idee ja nicht laut aus«, fuhr Bea, die offenbar genauso dachte, eindringlich fort. »Damit begeisterst du höchstens die Multikulti-Fanatiker von der linken Presse.«

»Ich meine ja nur«, sagte Gret in entschuldigendem Ton.

»Dein Gedanke ist ausgezeichnet, Gret«, nahm Michael sie aber sofort in Schutz. »Zumindest ist er es wert, dass wir noch mal etwas intensiver über ihn nachdenken.«

Bea verzog ihr Gesicht und Gret gönnte ihr ein verkniffenes Lächeln.

Michael übersah das alles geflissentlich.

»Können wir hier noch was tun?«, blickte er sich fragend um.

»Ich glaube kaum«, antwortete Mario. »Die Kriminaltechniker werden demnächst ebenfalls abziehen, haben sie vorhin gesagt.«

»Kann man hier irgendwo einen Kaffee trinken?«, erkundigte sich Michael.

»Ich kenne das *Grottebach,* ein gutbürgerliches Lokal mit Seeblick, in dem sie ganz anständige Cappuccinos machen«, meinte Bea versöhnlich. »Nicht weit von hier.«

»Gehen wir«, sagte Michael.

In solchen Augenblicken fand Mario seinen neuen Chef gar nicht mehr so übel. Besonders im Vergleich zu Staub.

Staub sieht Löwen

Es ist Freitag, kurz vor Mittag, und Haputale erweist sich als schnuckeliges kleines Dorf auf einem luftigen Grat. Ein paar Häuser und Hütten, ein farbenfroher Blumen- und Gemüsemarkt und ein prächtiger Bahnhof, der dem Baustil nach noch von den Engländern erstellt wurde. Der Blick Richtung Süden, hinunter ins Tiefland, ist angeblich beeindruckend. Leider wird er heute durch dichten Nebel beeinträchtigt.

Ich friere. Einerseits bin ich immer noch von dieser Mageninfektion geschwächt – meine Gedärme beruhigten sich erst gestern – und andererseits ist es ungewohnt kalt hier auf rund tausendvierhundert Metern Höhe.

Ich betrete eine Teestube an der Hauptkreuzung des Ortes, lasse mich an einem wackligen Holztisch nieder und bestelle einen Tee. Realisiere, dass Annas Theorie – je größer die Kälte, desto weniger Insekten – eine Mär ohne jede Grundlage ist: Noch nie habe ich irgendwo mehr Fliegen gesehen als in diesem düsteren Schuppen. Die ganze Decke ist schwarz davon, die Viecher kitzeln mich im Nacken und krabbeln über meine Arme, als sei ich ein Haufen Dung. Sie zu verscheuchen ist vollkommen zwecklos. Jeder Versuch endet damit, dass sich kurzzeitig eine schwarze, brummende Wolke in die Luft erhebt, nur um sich Sekundenbruchteile später wieder auf mir niederzulassen.

Ich mag Fliegen nicht. Sie stehen auf meiner persönlichen Liste der meistgehassten Insekten direkt hinter Mücken, Wanzen und Wespen.

Ich hätte um elf mit meiner Familie in den Zug nach Kandy steigen sollen, denke ich. Stattdessen hocke ich jetzt allein in diesem muffigen Fliegenparadies und ersehne Verasinghes Rückkehr. Der strolcht gerade zusammen mit seinem hinkenden Kollegen durch das Dorf und versucht herauszufinden, wo die Nadesapilays zu finden sind.

Michael in Ehren, aber eigentlich habe ich nicht die geringste Lust, mich um den Clan seines erstochenen Tamilen zu kümmern. Ich würde lieber gleich zu diesem dubiosen Müller fahren. Und Kommandant der Kantonspolizei will ich auch nicht werden, zum Teufel! Warum nur habe ich mich während der Ermittlungen in dem Fall des erschossenen Fernsehmoderators Schneider zu dieser Selbstmordübung überreden lassen?

Ich lasse meinen Tee stehen, werfe einen zerfledderten, miefigen Zehnrupienschein auf den Tisch und flüchte mich ins Freie.

Regen hat eingesetzt, es tropft aus dem tiefgrauen Himmel auf mein Haupt. Einen Regenschirm habe ich natürlich nicht dabei, ebenso wenig wie eine Regenjacke oder Gummistiefel. Über die Hauptstraße schießt braunes Wasser, von dem Wellblechdach der Teestube strömt ein Sturzbach. Der ganze Ort wirkt feucht, klamm und verwaist. Ratlos stehe ich vor dem Fliegenlokal und halte nach meinen beiden einheimischen Kollegen Ausschau. Leider vergeblich.

Dann höre ich von weiter weg ein tiefes Röhren. Ich fokussiere den Punkt, an dem die Straße hinter einem Lagerschuppen verschwindet, und sehe kurz darauf ein mächtiges Gefährt um die Ecke tuckern.

Es ist ein Militärlastwagen. Der Fahrer starrt konzentriert auf die Straße vor ihm, Gischt spritzt zur Seite. Auf dem Beifahrersitz glaube ich einen Weißen mit einem Schnauz im Gesicht zu erkennen. Hugentobler? Ich bin mir nicht sicher. Aber warum sollte der Professor und Klappstuhlfan gerade heute durch Haputale fahren, wenn ich auch hier bin? Noch dazu in einem Fahrzeug, das eindeutig der Armee zuzuordnen ist?

Ich starre dem Lkw nach, bis er im Dunst verschwunden ist. Es war nicht Hugentobler, rede ich mir ein. Oder doch? Seit er mich vor drei Tagen kurz in meinem Krankenlager besucht hat, habe ich ihn nicht mehr gesehen. Aber da hatte ich merkwürdigerweise kurz das Gefühl, er wisse irgendetwas, was für mich in Bezug auf Rainer Schütz interessant sein könnte.

Was zur Hölle ist hier los?

Nichts, beruhige ich mich. Zumindest nichts Dramatisches. Hugentobler darf letztendlich herumfahren, wo er will. Das Forschungszentrum liegt nahe, eine andere Straße zwischen den Siedlungen in den Bergen gibt es nicht, und Autostopp ist hier gang und gäbe.

Trotzdem beschleicht mich plötzlich ein sehr ungutes Gefühl. Ob in diesem Wagen Hugentobler war oder nicht: Irgendetwas braut sich zusammen, ich spüre es. Etwas sehr Bedrohliches.

Jemand stupst mich sanft in den Rücken. Ich zucke zusammen, als hätte mich der Sensenmann gestreift. Aber es ist nur Verasinghe, der mir breit lachend einen Regenhut aus Stroh in die Hand drückt und mich auffordert mitzukommen.

»What a terrible weather«, nörgle ich.

Aber Verasinghe meint nur lapidar, das ändere sich hier sehr rasch: In zehn Minuten scheine gewiss schon wieder die Sonne.

So ist es dann auch tatsächlich. Der Nieselregen hört auf einen Schlag auf, just in dem Moment, als wir bei Rexons Eltern vorfahren.

Es wird ein bedrückender Besuch. Die Leute wirken total eingeschüchtert, ganz offensichtlich fürchten sie sich vor den Polizeiuniformen meiner Kollegen. Die Nadesapilays sind Bergland-Tamilen, Nachfahren der Teesklaven, welche die Engländer Anfang des zwanzigsten Jahrhunderts aus Indien herübergeschifft haben, um die äußerst arbeitsintensiven Teeplantagen zu bewirtschaften. Und sie sind ganz offensichtlich bitterarm. Das Mobiliar ist karg, der Fernseher vor dem zerschlissenen Sofa uralt.

Wir erfahren von ihnen kaum mehr, als dass ihr Sohn Rexon auf einer nahen Plantage gearbeitet hat. Auf alle Fragen, wer diese Vidya sei, wieso Rexon in die Schweiz gereist sei und woher er das Geld dafür gehabt habe, ernten wir nur hilfloses Kopfnicken.

Nach längerem Nachbohren finden wir immerhin heraus, dass der ermordete Rexon zwei Schwestern hat. Die eine ist verheiratet in Badulla, die andere arbeitet in einer großen Teefabrik in Nuwara Elya. Außerdem gibt es noch einen Bruder, der vor einem halben Jahr als Matrose auf einem taiwanesischen Frachter angeheuert hat und seither nur noch per Briefpost präsent ist. Man zeigt uns auf hartnäckiges Drängen hin ein paar seiner Schreiben. Post von Rexon gibt es hingegen nicht.

»Sie misstrauen der Polizei total«, sagt Verasinghe, als wir die Hütte wieder verlassen haben.

»Zu Recht?«

»Nein. Im Bergland ist es bisher eigentlich kaum zu nennenswerten Übergriffen auf die tamilische Minderheit gekommen.«

»Was heißt ›kaum‹?«

»Nun ja, Kriminelle gibt es natürlich auch hier. Und vielleicht sogar den einen oder anderen größenwahnsinnigen Polizisten, der seine Privilegien missbraucht«, räumt er ein. »Wie überall.«

Ich widerspreche ihm nicht.

»Unser Polizeikorps besteht ausschließlich aus Singhalesen, das hat die Provinzregierung vor Jahren so bestimmt. Idiotischerweise, denn dadurch haben wir keinerlei Zugang zu den Tamilen mehr. Verbrechen an ihnen können kaum noch geklärt werden. Die Leute leben in einem schutzlosen Zustand. Teilweise auch selbst verschuldet. Aber ich kann schon verstehen, dass sie uns fürchten.«

»Warum flüchten sie nicht in den Norden?«

»In den Krieg?«, fragt Verasinghe lakonisch.

»Nach Indien?«

»Dies hier ist ihre Heimat, trotz allem. Außerdem mangelt es den meisten an Geld.«

»Nur Rexon nicht«, werfe ich ein.

»Das ist in der Tat sehr seltsam«, bestätigt mir mein Kollege und blickt nochmals zu der ärmlichen Unterkunft zurück. »Vielleicht sollten wir weitere Erkundigungen einziehen.«

»Nein«, winke ich ab. »Fahren wir zu Müller!«

Verasinghe schüttelt zustimmend den Kopf, bleibt neben dem Jeep aber noch eine Weile stehen und streckt seine Knollennase in den Wind. Vermutlich versucht er zu erschnüffeln, wie lange es noch dauert bis zum nächsten Platzregen.

Ich nutze die Gelegenheit, mir eine Muratti anzustecken und die anmutige Landschaft zu bewundern. Jetzt, bei Sonnenschein, erkenne ich erst, wie schön die Gegend ist. Sanfte grüne Hügel, einer hinter dem anderen, so weit das Auge reicht. Bis zu den Gipfeln bepflanzt mit Tee. Darüber der tiefblaue Himmel, durchsetzt mit weiß leuchtenden und schnell vorbeiziehenden Wolken.

»Müllers Land«, deutet Verasinghe nach Westen. »Seiner Teekooperation gehören viele, viele Quadratkilometer. Er ist ein sehr einflussreicher Mann, wir sollten behutsam vorgehen.«

»Das tun wir doch immer«, bin ich überzeugt und trete den Muratti-Stummel aus.

»Er weiß ganz sicher, dass wir kommen«, sagt Verasinghe und steigt in den Jeep.

»Umso besser«, gebe ich zurück und wuchte mich auf den Beifahrersitz.

Der Kollege mit dem steifen Bein kraxelt erstaunlich behände auf den Rücksitz. Ich glaube nicht, dass ich den Mann bislang auch nur einen einzigen Satz habe reden hören. Verasinghe ist nun weiß Gott selbst alles andere als geschwätzig. Aber im Vergleich zu seinem Mitarbeiter sprudelt es geradezu wasserfallartig aus ihm heraus.

»Na, dann los!«, ermuntere ich ihn und er drückt aufs Gas. Meine Haare sind immer noch leicht feucht vom Regen, die Fenster stehen weit offen. Hoffentlich rast mein Kollege nicht wieder wie ein Verrückter, eine Erkältung wäre jetzt wirklich das Letzte, was ich gebrauchen könnte.

Verasinghe hält sich tatsächlich zurück. Nicht meiner ergrauten Haarpracht wegen, sondern weil das Sträßchen in einem wirklich lamentablen Zustand ist: steil und kurvig, von Spurrinnen und knietiefen Wasserpfützen durchsetzt. Mein alter Toyota würde die abenteuerliche Strecke jedenfalls nicht schaffen, so viel ist sicher.

Wir schaukeln gerade eine weitere Anhöhe hinauf, nehmen den Scheitelpunkt mit Vollgas – und schrecken entsetzt zusammen. Noch ehe ich erkennen kann, was genau sich da vor uns befindet, steigt Verasinghe bereits beherzt in die Eisen.

Eine Straßensperre hält uns auf – und zwar eine vom Feinsten: über die Fahrbahn gezogene Nagelbretter, dahinter eine tückische Kurve. Nur Verasinghes rasche Reaktion verhindert, dass wir in den Abgrund stürzen.

Der Jeep kommt mit blockierten Rädern wenige Zentimeter vor dem ersten Nagelbrett zum Stehen. Verasinghe flucht wie ein Rohrspatz. Ich registriere erst jetzt, dass der schwere Militärlastwagen, der mir vorhin in Haputale auffiel, etwas von uns entfernt am bergseitigen Straßenrand steht. Dann rennen Soldaten auf uns zu und umstellen unseren Jeep.

»Was soll denn das?«, frage ich besorgt.

Die Soldaten zielen geradewegs auf unsere Köpfe. Ich habe wirklich Angst und bin mir vollkommen bewusst, dass wir keine Chance hätten, unser Leben zu retten, falls ihm jetzt jemand ein Ende machen wollte.

Doch noch fällt kein Schuss.

»Aussteigen!«, brüllt jemand in unser Auto. Sind das etwa Straßenräuber oder gar die verdammten Rebellen? Nein, für mich sehen die Übeltäter wie ganz normale Militärs aus. Und sie benehmen sich auch so: rüpelhaft, stumpfsinnig, rücksichtslos. Mein Pass wird eingezogen, den Protesten Verasinghes zum Trotz. Noch immer zielen mehrere Soldaten direkt auf unsere Köpfe.

Sie wollen uns nur Angst einjagen, rede ich mir ein. Wenige hundert Meter von Müllers Villa entfernt. Kein Zufall vermutlich. Vielleicht warten die Soldaten nur auf eine falsche Bewegung von uns, um endlich abzudrücken. Ich getraue mich jedenfalls kaum noch zu atmen.

Minutenlang stehen wir da, mitten auf der Straße. Ich schiele immer wieder zu dem Lastwagen hinüber und suche nach dem Weißen, den ich vorhin auf dem Beifahrersitz gesehen zu haben glaube. Aber entweder habe ich mich getäuscht oder der Mann zeigt sich absichtlich nicht.

Wir werden abgetastet, die Pistolen von Verasinghe und dessen Kollege beschlagnahmt. Hinter dem Militärlaster wird aufgeregt diskutiert, ich glaube, dabei auch Hugentoblers Stimme wahrzunehmen. Dann das Knistern von Funkgeräten – und ein Schuss.

Bitte nicht, ich will noch nicht sterben! Nicht auf einer verfluchten Teeplantage! Wo sonst? Egal, finde ich. Hauptsache nicht hier! Und vor allem nicht jetzt.

Der Schuss ging aus Versehen los, stellt sich heraus. Ein junger Soldat entschuldigt sich bei seinem Kameraden und mit einem um Verständnis heischenden Blick irgendwie auch bei uns. Endlich kommt ein Offizier und gibt mir missmutig meinen Pass zurück. Wortlos bedeutet er uns weiterzufahren. Mit ruhigen Bewegungen steigen wir in den Jeep, und nachdem die Nagelbretter aus dem Weg geräumt sind und Verasinghe den Motor angelassen hat, rollen wir ganz behutsam aus dem Blickfeld der Soldaten. Niemand von uns schaut zurück.

Verasinghes Kollege flüstert etwas.

»Ja, hätte wohl ein Verkehrsunfall werden sollen«, gibt ihm Verasinghe zu meinem Entsetzen recht.

»Bist du dir da sicher?«, frage ich ihn ungläubig.

»Du hast die Kurve hinter den Nagelbrettern gesehen«, antwortet er mir. »Oder?«

Immer noch schockiert stellen wir unseren Jeep fünf Minuten später vor die Einfahrt zu Müllers Reich. Wir lassen uns ein paar Sekunden Zeit mit dem Aussteigen, sehen letztlich aber keine Alternative dazu. Die Straße ist hier zu Ende und eine andere als die, auf der wir gekommen sind, gibt es nicht.

Ich spüre, dass wir beobachtet werden, rede mir aber ein, dass man uns längst hätte erschießen können, wenn man tatsächlich gewollt hätte.

»Let's go«, ermuntert mich Verasinghe und steigt entschlossen aus dem Wagen.

Wir tun es ihm nach und schauen ehrfürchtig zu der Villa auf, die über unseren Köpfen in den Himmel ragt. War Trüebs Residenz in Unawatuna beeindruckend, so ist Müllers Kolonialvilla schlichtweg monumental. Das Gebäude ist furchterregend groß: Allein die in dezentem Ocker gestrichene Veranda weist die Fläche zweier Tennisplätze auf. Dahinter erhebt sich dunkel ein mehrstöckiger Bau aus Holz, der mit mächtigen Balkonen bestückt ist. Auf dem Giebel flattert die sri-lankische Fahne mit ihrem schwertschwingenden Löwen im Wind.

Ich komme mir sehr, sehr klein vor. Wie ein schäbiger Winzling, der froh sein muss, dass ihm aus einer der oberen Etagen kein Küchenabfall auf den Kopf geworfen wird.

Ein rund zwei Meter hoher stabiler Eisenzaun umgibt das Gelände.

»Seht, da!«, fuchtelt Verasinghe plötzlich aufgeregt herum und deutet auf ein paar dichte Büsche an einem Hang neben dem Haus.

Erst erkenne ich gar nichts, aber dann zucke ich zusammen.

Löwen. Drei Löwen liegen dort im Schatten, ganz ohne Zweifel, ein Männchen und zwei Weibchen.

Ich will hier weg, zum Teufel! Ich will nach Hause.

»Willkommen!«, dringt plötzlich eine Stimme durch meine Angst.

Der Mann, der die Treppe herunter auf uns zukommt und uns freundlich die Hand zum Gruß entgegenstreckt, ist kein kleiner Lakai, sondern ohne Zweifel Egon Müller selbst. Eher klein, rundlich, mit einem rostroten Bärtchen und einem im Grunde ziemlich sympathischen Lächeln im Gesicht. Ganz der Typ Stimmungskanone. Das scheußlich bunte Hawaiihemd passt bestens zu ihm.

»Titus Trüeb hat schon angedeutet, ich dürfe mit Besuch rechnen«, sagt er entspannt, als kämen wir soeben von einer Massagestunde in einem Wellnesshotel. »Bitte kommen Sie doch rein!«

»Sind Sie verantwortlich für die Schweinerei auf der Straße?«, fauche ich ihn an.

»Die Jungs von der Armee?«, sagt er locker. »Sie sind manchmal etwas übereifrig, bitte entschuldigen Sie! Natürlich bekommen Sie Ihre Waffen sofort zurück. Eigentlich sollen die Burschen nur unerwünschte Besucher fernhalten. Wissen Sie, in dieser Gegend treibt sich allerhand seltsames Volk herum. Aber bitte treten Sie doch ein.«

»Die Löwen?«, deute ich den Hang hinauf.

»Hugo und sein Harem?«, lacht er. »Die sind absolut zahm, ich lasse sie mit den Kindern meiner Angestellten spielen.«

Ich presse zweifelnd meine Augenlider zusammen.

»Kleiner Scherz«, grinst Müller. »Sehen Sie den Zaun? Der sorgt dafür, dass die Prachtviecher brav in ihrem Abschnitt bleiben. So, und jetzt kommen Sie bitte!«

Ich muss mich überwinden und auch die Kollegen wirken nicht gerade euphorisch. Aber schließlich folgen wir Müller doch ins Haus. Dort werden wir in einen Salon geführt, der voller prächtiger alter Möbel und Bilder ist.

»Schön hier«, sage ich anerkennend.

»Nicht wahr?«, strahlt Müller. Dann fragt er mich pfiffig lächelnd: »Tee oder Kaffee?«

Ich werfe ihm einen misstrauischen Blick zu.

»Die Kaffeeröstung stammt aus dem äthiopischen Hochland, die Maschine ist eine echte Lavazzo aus Italien«, fügt er erklärend hinzu.

»In diesem Fall gerne«, freue ich mich.

Müller klatscht vergnügt in die Hände, worauf eine zarte, junge Schönheit in einem himmelblauen Sari hereinschwebt, der er entsprechende Anweisungen ins Ohr flüstert.

»Bitte setzen Sie sich doch«, meint er dann.

Ich lasse mich wie Verasinghe und Kollege Steifbein in einen der mit geblümtem Stoff überzogenen, schweren Sessel fallen und bewundere eine mannshohe, goldfarbene Buddhastatue in der Ecke sowie eine Reihe prächtiger, aber unheimlicher Masken an der gegenüberliegenden Wand.

»Ziemlich gruselig«, bemerke ich.

»Aber äußerst wertvoll«, belehrt mich Müller. »Antike Sanni-Masken aus Kaduruholz, die beim Teufelstanz verwendet wurden. Angeblich, um Krankheiten zu vertreiben.«

»Aha«, sage ich zweifelnd und stelle mir vor, wie Anna mit einem dieser Ungetüme auf dem Kopf vor meinem Krankenlager herumgetänzelt hätte. Da waren mir ihre Tabletten von Imodium bis Bioflorin letztlich doch noch lieber. Immerhin hält mein Darm seit gestern dicht.

»Was Sie hier sehen, ist natürlich nur ein kleiner Teil meiner Sammlung. Man könnte ein Museum machen aus der Hütte«, prahlt Müller weiter. »Nur würden mir dann ständig Leute über die Füße latschen und das wäre doch etwas unangenehm.«

»Ja, eben.«

»Vielleicht erlauben Sie mir, Ihnen einen kurzen Überblick über meine Aktivitäten in dieser Ecke der Insel zu geben. Wie Ihnen möglicherweise bereits bekannt ist, habe ich …«

»Spielen Sie Schach?«, unterbreche ich ihn, bevor er sich richtig warmgelaufen hat. Denn allmählich habe ich mich von dem Schock auf der Herfahrt wieder erholt und der dauergrinsende Müller geht mir bereits enorm auf die Nerven.

Verdutzt blickt er mich an.

»Kennen Sie Rainer Schütz?«, frage ich weiter.

»Na, klar«, bestätigt mir Müller. »Ich habe den Jungen ja schließlich erschossen!«

Ich erblasse.

Verasinghe greift reflexartig zu dem Holster an seiner Hüfte, wo seine Pistole leider nicht mehr steckt.

»Kleiner Scherz, meine Herren«, amüsiert sich Müller königlich und fügt hinzu: »Ich mochte den guten Rainer wirklich sehr gern, auch wenn er im Spiel leider kaum zu bezwingen war. Ich hätte ihm niemals etwas angetan. Welch ein tragisches Unglück! Dieses Land geht in der Tat langsam vor die Hunde. Wenn Ausländer selbst im bis dato sicheren Bergland ...«

»Besitzen Sie ein Gewehr?«, unterbreche ich ihn erneut.

»Natürlich, mehrere sogar. Wollen Sie sie sehen?«

»Wenn's nicht zu viel der Mühe ist.«

Die himmelblaue Fee kommt zurück und serviert uns, zuckersüß lächelnd, in feinstem Porzellan den gewünschten Kaffee.

»Genießen Sie ihn«, meint Müller gönnerhaft. Dann verliert er sich in einem historischen Exkurs: »Ich versuche, hier Gutes zu tun. Sehen Sie, die Geschichte des Teeanbaus in diesem Land ist leider nicht ganz frei von Irritationen und Missverständnissen. Um nicht zu sagen, unsere englischen Freunde ...«

Müllers Kaffee schmeckt. Hervorragend sogar. Mag sich der Mann von mir aus weiter in höchsten Tönen selbst loben – Hauptsache, er hat noch mehr von diesem Gebräu. Ich nicke anerkennend zu Verasinghe hinüber, der meine Begeisterung allerdings nicht zu teilen scheint. Bei jedem Schluck verzieht er säuerlich das Gesicht. Als er verstohlen auf seine Uhr deutet, beschließe ich, Müllers Geplapper ein Ende zu machen. Das ist allerdings leichter gesagt als getan.

»... beschäftigen hier zeitweise über zweihundertfünfzig Leute, denen wir anständige Löhne weit über dem Landesniveau zahlen, die sogar im Krankheitsfall weiter Geld bekommen, die ...«

»Sie wollten uns Ihre Gewehre zeigen«, bringe ich ihn wieder auf die richtige Spur.

»Ach ja«, meint er irritiert und klatscht erneut nach der jungen Frau in Himmelblau.

Die riecht nach Vanille und räumt mit Umsicht das Kaffeegedeck weg, wobei sie die ganze Zeit fröhlich vor sich hin strahlt.

»Eine tolle junge Frau«, kommentiere ich ihren Eifer.

»Vidya? Auf jeden Fall! Sie ist eine wahre Perle!«

»Wie, sagten Sie, heißt das Mädchen?«, stottere ich.

»Vidya Talimpalam«, antwortet Müller unbeschwert. »Sie arbeitet hier schon zwei Jahre zu meiner vollsten Zufriedenheit. Ihre Ausbildung genoss sie übrigens zum Teil in der Schweiz. Die Hotelfachschule *Belvoir* in Zürich ist Ihnen sicher ein Begriff.«

»Sagt Ihnen der Name Rexon Nadesapilay etwas?«, falle ich ihm einmal mehr rüde ins Wort.

Ich bin perplex, denn was ich hier gerade zu hören bekomme, sprengt schlichtweg jeden Rahmen: Die Frau, die der in Zürich erstochene Rexon vor der Zwangsheirat retten wollte, arbeitet bei dem fidelen Herrn Müller als Servierdame! Ich kann es kaum fassen.

»Rexon? Na klar, der ist hier Vorarbeiter. Ein sehr, sehr loyaler Mitarbeiter, der aber leider nicht mehr von einem Besuch Ihres schönen Landes zurückgekehrt ist. Schade, denn ...«

»Der Mann wurde erstochen!«, brülle ich ihn entnervt an.

Müller verzieht sein rundliches Gesicht, als habe er in einen sauren Apfel gebissen.

»Ach herrje, das ist aber unschön! Ich dachte immer, die gute, alte Schweiz sei geradezu ein Paradebeispiel in puncto Sicherheit.«

Vidya hat sich in die Küche zurückgezogen und ich sitze auf meinem Sessel und höre Müllers Worte wie durch einen Vorhang an mein Ohr plätschern.

Wir kamen hierher, um in der Mordsache Rainer Schütz weiterzuermitteln. Und stoßen unfassbarerweise auf neue Erkenntnisse hinsichtlich des Tamilenmordes in Zürich. Gut möglich, dass mein Hirn schwer gelitten hat unter der Hitze, dem Dünnschiss oder all den Mücken und Fliegen. Aber im Moment bin ich einfach völlig überfordert und schlichtweg nicht in der Lage, die überraschenden Informationen in meinem Kopf zu ordnen, um etwaige Zusammenhänge zu erkennen.

Ich bleibe sprachlos und bin heilfroh, als Verasinghe beginnt, sich in das Gespräch einzubringen.

»Wer ist denn eigentlich offiziell Kommandant der Truppe, die Sie bewacht?«, fragt er interessiert.

Müller betrachtet ihn verwundert. »Nun, General Premadasa natürlich, ein feiner Schachkollege und enger Freund von mir. Der Name ist Ihnen sicher bekannt.«

»Natürlich«, erwidert Verasinghe mürrisch.

»Ist Ihnen nicht wohl, Hauptmann Staub?«, wendet sich Müller an mich. »Der Kaffee war wohl doch etwas zu stark, verzeihen Sie mir!«

»Ihr Kaffee schmeckt hervorragend«, wiegle ich ab. »Mir schlägt allerdings auf den Magen, was ich hier alles zu hören bekomme.«

»Wovon sprechen Sie?«, fragt er naiv.

Ich könnte ihm eine scheuern. Aber vermutlich würde ich dann den Löwen zum Fraß vorgeworfen. Dennoch kann ich mich nur mit Mühe beherrschen.

»Meine Kollegen von der Spezialabteilung *Besondere Verfahren* in Zürich glauben, dass Ihr Mitarbeiter Rexon nach Zürich geflogen ist, um zu verhindern, dass Ihre überaus anmutige Servierkraft mit einem Tamilen in der Schweiz zwangsverheiratet wird.«

»Genau so war das auch, lieber Herr Staub«, bestätigt mir Müller. »Sehen Sie, ich wollte Vidya nicht verlieren. Und auch wenn mir die Leute in der Schweiz nachhaltig nichts hätten anhaben können, so wollte ich die Angelegenheit doch in Anstand und Würde aus der Welt schaffen. Schließlich genieße ich hier in der Gegend einen, wie ich glaube, sehr, sehr guten Ruf.«

»Das Mädchen ist Ihre Freundin? Liebhaberin?«, entsetze ich mich.

Müller schweigt ausnahmsweise und kratzt sich nur vieldeutig an seinem Bärtchen.

Ich spüre, wie ich in die alte Schwere zurückfalle. Das arme Kind. Der Altersunterschied muss mindestens zwanzig Jahre betragen. Widerlich. Wenn auch nicht strafbar – leider. Denn achtzehn dürfte die Kleine schon sein.

»Ihre Gewehre?«, äußert sich Verasinghe verhalten.

»Sind Sie sicher, dass alles in Ordnung ist?«, ignoriert ihn Müller, indem er mir weiter ins Gesicht starrt.

Ich spare mir eine Antwort und zünde mir stattdessen eine Muratti an. Ob ich das in diesem musealen Raum überhaupt darf, kümmert mich in diesem Moment kein bisschen.

Müller scheint es egal zu sein. Er klatscht nur ungerührt in die Hände, woraufhin sofort Vidya hereinschwebt und einen Aschenbecher vor mich stellt.

»Did you know Rexon?«, frage ich sie direkt.

»Sure. He was working here«, antwortet sie höflich, entschwindet aber sofort wieder, bevor ich sie weiter bearbeiten kann.

»Spielen Sie zufälligerweise Schach?«, will Müller von mir wissen.

»Zum Teufel, nein! Ich trainiere meine grauen Zellen mit konkreteren Problemen.«

»Mit Golfspielen vielleicht?«

»Mit ungelösten Mordfällen.«

»Haha. War ein kleiner Scherz von mir«, klopft sich Müller auf die Schenkel. »Obwohl Golf natürlich auch ein sehr faszinierendes Spiel ist.«

»Klar. Ungemein«, gähne ich ihn an.

»Sicher kennen Sie nur wenige unaufgeklärte Verbrechen«, wechselt er das Thema. »Sie sollen ja echt gut sein, wie ich höre. Das Rätsel um diesen Wirrkopf mit dem Schwert und die Lottogeschichte haben Sie jedenfalls souverän gelöst.«

Das Arschloch weiß einfach alles von mir. Genau wie der verfluchte General Premadasa. Ich komme mir vor wie eine

Marionette, die hilflos an unsichtbaren Fäden zappelt. Außerdem bin ich mir nicht sicher, ob man mich hier nicht gezielt in die Irre führt. Denn was weiß ich, ob die Schönheit in Blau wirklich die gesuchte Vidya ist?

Müller spielt seit zig Minuten den liebenswerten Clown – vielleicht hält er uns einfach zum Narren. Auf jeden Fall glaube ich unter all seiner aufgesetzten Fröhlichkeit noch etwas anderes wahrzunehmen. Verunsicherung? Nervosität?

»Ist es nun möglich, Ihre Gewehre zu besichtigen, oder nicht?«, bringe ich mich wieder in das Gespräch ein.

»Aber bitte, sehr gerne!«, tönt es frohgemut zurück. »Wie Sie sehen werden, besitze ich eine recht beeindruckende Sammlung von Schießprügeln aus allen erdenklichen Epochen.«

Ich hieve mich aus dem Sessel und Verasinghe und sein Kollege tun es mir nach. Müller watschelt uns dauerschwafelnd voran durch einen schachbrettartig mit Marmorsteinen ausgelegten Gang, bis wir zu einer mit schweren Schlössern gesicherten eisernen Tür gelangen. Als der Hausherr sie öffnet, strömt uns warme, trockene Luft entgegen. Wir betreten ein in den Berg geschlagenes Gewölbe, das beleuchtet und offensichtlich auch ausreichend belüftet ist. Dennoch wirkt die Szenerie unheimlich, wir werfen lange Schatten unter den Glühbirnen. Den Gedanken, dass das Licht ausgehen und zufällig die Tür ins Schloss fallen könnte, empfinde ich als äußerst unangenehm.

Die Waffenkammer entpuppt sich als wahre Fundgrube. Müller besitzt alles, von einem uralten englischen Karabiner bis hin zu russischen Panzerfäusten. Schön abgestaubt und dekorativ ausgestellt.

»Prachtvoll«, murmle ich beeindruckt und fasse eine Glasvitrine ins Auge, die voller Gewehre hängt.

»Mein Sohn hat viel Freude an alten Knarren«, sagt Müller und überrumpelt mich damit ein weiteres Mal.

»Sie haben einen Sohn?«

»Genau wie Sie, lieber Herr Staub«, entgegnet er mir. »Ich glaube, die beiden sind sogar ungefähr im gleichen Alter.

Nicht immer einfach, diese jungen Leute, besonders mein Frank, der …«

»Können Sie mir sagen, was für Gewehre das sind?«, übergehe ich sein Geschwätz und deute auf den Glaskasten.

»Oje«, seufzt er theatralisch. »Da bin ich überfragt! Ich kenne nur einen Teil der Waffen. Die zweite von links etwa ist eine russische AK 74 Draganov, das daneben könnte eine Remington 700 sein. Das ganz rechts ist wohl ein britisches G22, daneben erkennen Sie sicher das schweizerische Sturmgewehr 90, und ganz hinten …«

Ein G22. Mir stockt kurz der Atem. Was läuft hier eigentlich ab? Strich hat doch gesagt, das Gewehr sei außerordentlich selten. Und ausgerechnet Müller soll zufälligerweise eins besitzen? Versucht er zu testen, wie viel wir bereits wissen?

Ich atme ein paarmal tief durch und frage dann: »Darf ich diese Schätze mal aus der Nähe betrachten?«

Müller schließt den Glaskasten, ohne zu zögern, auf und bedeutet mir mit einer großzügigen Geste, ich möge mich bedienen.

Gerade noch rechtzeitig realisiere ich, dass es unklug wäre, sofort nach dem G22 zu greifen, und betrachte mir daher zuerst einmal ein paar der historischeren Schießeisen.

»Alle einsatzbereit«, murmle ich.

»Wie gesagt, mein Frank ist geradezu ein kleiner Waffenfetischist«, lacht Müller. »Ein seltsames Hobby, das finde ich auch. Aber Sie wissen ja, wie das ist mit Kindern, man kann ihnen einfach nichts abschlagen.«

Inzwischen bin ich zu dem G22 vorgerückt. Ich hebe es aus der Verankerung und rieche unauffällig daran. Mehr als den Geruch frischen Fettes kann ich nicht feststellen. Wüsste ich nicht von den wahnsinnigen Militärs sowie von den Löwen im Garten, würde ich das Teil beschlagnahmen und ballistisch untersuchen lassen.

»Ein seltenes Gewehr«, sage ich in unverfänglichem Ton. »Wie haben Sie denn das beschaffen können?«

»Sie kennen das Fabrikat?«, wundert sich Müller und greift sich nachdenklich in die roten Härchen an seinem Kinn.

»Die Kollegen von der deutschen GSG 9 verwenden es«, erkläre ich leidenschaftslos. »Ich persönlich hatte nur mal auf einer Fortbildung damit zu tun.«

»GSG 9?«, gibt er sich naiv.

Ich stelle die Waffe kommentarlos zurück in die Vitrine und begutachte anstandshalber noch unser Schweizer Sturmgewehr 90. Sofort werden schlechte Erinnerungen in mir wach. Denn wie fast jeder Schweizer habe ich dieses schwere, klobige Monstrum wochen- und monatelang kreuz und quer durch das Land geschleppt. Im Rahmen idiotischer Märsche und überflüssiger Übungen, wie sie unsere Milizarmee so sehr liebt. Bis vor Kurzem musste dort jedermann mitmachen, der nicht offensichtlich behindert war. Ich habe mit diesem Gewehr sinnlos Munition verschossen, es hundert Mal geputzt und tausend Mal verflucht – genau wie den ganzen anderen Militärklimbim auch.

Vidyas helle Stimme hallt zu uns in die Kammer herunter. Müller entschuldigt sich und lässt uns allein mit seinen Waffen zurück.

Ich überlege mir ernsthaft, ob wir ihm nicht besser sofort folgen sollten – diese Katakomben sind mir unheimlich. Aber Verasinghe greift sofort nach dem G22. Wie ich riecht er aufmerksam daran und runzelt dann seine Stirn.

»Vor Kurzem neu eingefettet«, hält er fest und gibt es an seinem Kollegen weiter. Dann schnüffelt er an ein paar anderen Gewehren herum und meint in süffisantem Ton: »Nicht neu eingefettet!«

»Seht ihr irgendwo Munition?«, erkundige ich mich. »Dann könnten wir uns im Zweifelsfall wenigstens verteidigen.«

»Gute Idee«, findet Verasinghe.

Gemeinsam durchsuchen wir die Kammer, finden aber nur weitere gut gepflegte, aber ungeladene Schusswaffen.

»Das war zu befürchten«, klage ich.

»Zu viele Leute wissen, wo wir hinwollten, deshalb wird uns nichts passieren«, versucht mich Verasinghe zu beruhigen. »Allerdings«, gibt er nach kurzem Zögern zu, »General Premadasas Einfluss reicht weit. Er ist durchaus in der Lage, einem das Leben schwer zu machen, wenn er will.«

»Was haltet ihr von der ganzen Scheiße?«, frage ich meine sri-lankischen Kollegen. »Habt ihr überhaupt mitbekommen, was mir Müller alles erzählt hat?«

»Im großen Ganzen schon«, meint Verasinghe. »Zumindest dass die junge Frau diese Vidya ist, um die sich in Zürich gerade alles dreht.«

»Es kann doch kein Zufall sein, dass wir die ausgerechnet hier finden«, überlege ich, der Verzweiflung nah. »Gemeinsam mit einem Gewehr der Marke, mit der Rainer Schütz erschossen wurde.«

»Vielleicht hängen die Morde zusammen«, äußert sich Verasinghes Kollege überraschend.

»Ja, aber das ist doch einfach nicht möglich!«, versuche ich standhaft, mögliche Realitäten zu ignorieren.

Plötzlich fahre ich entsetzt zusammen. Auf dem Gang sind wie aus dem Nichts Schritte zu hören. Schwere Schritte von mehreren Leuten.

Ich sehe meine Kollegen an und spüre, wie mich die Angst überkommt.

Gret freut sich

Gret schlenderte über den Markt am Helvetiaplatz und betrachtete das große Arbeiterdenkmal. Eine in Stein gehauene Proletarierfamilie, gesichtslos und gerade deshalb so nachhaltig prägnant. Wie ihr Michael einmal erzählt hatte, hatten dem schwermütigen Schöpfer des Werks, Karl Geiser, italienische Passanten Pate gestanden. Das 1964 auf dem Platz eingeweihte Denkmal sei nach einem Modell gestaltet worden, da sich Geiser bereits 1957 umgebracht habe. Ein begnadeter Künstler, der mit der Welt tragischerweise nicht zurechtgekommen war. Einer von so vielen.

Gret hatte durchaus Sympathien für schwermütige Künstler. Allerdings drängte es sie nach etlichen Negativerfahrungen nicht mehr danach, mit einem von ihnen zusammenleben zu wollen. Kunstinteresse musste sein. Aber auch eine gewisse Verwurzelung in der Realität und gleichzeitig Distanz zu sich selbst.

Felix entsprach diesen Anforderungen wenigstens auf den ersten Blick. Und Interesse zeigte er auch. Er hatte sich gestern extra nochmals gemeldet, um ihr mitzuteilen, wohin er mit ihr zum Essen wollte. Ins *LaSalle.* Zweifellos eine gute Wahl, musste Gret zugeben: marktfrische Leckereien in einem trendigen Glaswürfel mitten in der großen Halle, die auch Kulturinstitutionen wie den *Schiffbau,* eine Filiale des *Schauspielhauses,* und den renommierten Jazzklub *Moods* beherbergte.

Soweit sie wusste, war das Lokal ziemlich teuer. Sie deutete das als gutes Zeichen und freute sich mehr auf das Essen, als sie eigentlich wollte. Ärgerlich war nur, dass sie so schlecht geschlafen hatte. Sicher sah sie alles andere als blütenfrisch aus. Immerhin dauerte es noch ein paar Stunden bis zum Abend, denn es war erst halb neun morgens. Und da sie sich vorgenommen hatte, es heute einmal ruhig angehen zu lassen, standen die Chancen nicht schlecht, dass sie sich von dieser verkorksten Nacht noch ein wenig erholen würde.

Das ganze Ermittlungsteam steckte in einer Sackgasse: keine Spur von dem Geld, keinerlei Fortschritte bei der Suche nach dem Tatort, null Hinweise, wo sich der erstochene Rexon vor seiner Ermordung aufgehalten hatte.

Der leichte Nieselregen, noch auf dem Weg zum Helvetiaplatz ihr ungeliebter Begleiter, hatte inzwischen aufgehört und kraftlosen Sonnenstrahlen Platz gemacht. Trotzdem hielt sich der Menschenandrang auf dem Markt im Rahmen, wie immer in den Wintermonaten. Die Markthändler hinter ihren Verkaufsständen voller Wintergemüse, Wurstwaren, Käse und Blumen trugen dicke Daunenjacken und zum Teil sogar Handschuhe. Gret testete ein paar Sorten Käse und erstand schließlich zweihundertfünfzig Gramm Canestrato, ein lange haltbares Schafmilchprodukt aus Italien, das ihr besonders gut mundete.

Sie dachte an Fred Staub, ihren in Sri Lanka weilenden Exchef, den sie so sehr mochte. Zwar war der Mann weder sonderlich freundlich noch ausgeglichen noch übermäßig interessiert an aktuellem Zeitgeschehen. Dafür war er jedoch grundsolide, in jeder Hinsicht unbestechlich und hundertprozentig loyal gegenüber allen, die er mochte.

Ihr gegenüber zum Beispiel. Dass sie ihm gefiel, darüber bestand kein Zweifel. Zu gewissen Zeiten hatte sie ernsthaft bedauert, dass er verheiratet war. Und er hatte damit gehadert, dass er siebzehn Jahre älter war als sie.

Gret hatte ihm dringend abgeraten, den Kommandantenposten zu übernehmen. Ihm fehlte dazu ihrer Meinung nach mehr oder weniger alles: Opportunismus, diplomatisches Geschick, Spaß an Sitzungen, Fähigkeit zum Kadavergehorsam. Was natürlich alles für ihn sprach. Bis vor Kurzem war er für sie jedenfalls der spannendste Mann gewesen, den sie in dieser für sie so fremden Stadt kennengelernt hatte.

Gret konsultierte ihre Uhr: zehn vor neun. Dann war es jetzt zwanzig nach eins in Sri Lanka. Vermutlich saß Fred gerade beim Essen – er ließ den Lunch nur sehr selten und überaus ungern ausfallen. Sie überlegte sich, ob sie im nahen *Cafe Casablanca* einen Tee einnehmen sollte, entschied sich dann aber dagegen. Vielleicht brauchte man sie im Büro doch.

Gemütlich streifte sie nochmals über den Markt. Auch verschiedene Tamilen boten Köstlichkeiten feil – zumindest meinte Gret, ein paar der Gesichter zu kennen. Aber ganz sicher war sie sich nicht.

Ihr eigener Gedanke, dass jemand, der gar kein Tamile war, den Verdacht bewusst auf diese Volksgruppe lenken wollte, hatte ihr die ganze Nacht über keine Ruhe gelassen. Den Schleier über der Frage, wie um Himmels willen denn ein Nichttamile von der bevorstehenden Geldübergabe gewusst haben sollte, hatte sie aber nicht lüften können. Sie hatte von der Operation ja auch nur zufällig erfahren – durch eine mutige junge Frau nach einem stundenlangen Verhör.

Der vor ihr und Mario geflüchtete Lathan dämmerte immer noch im Koma vor sich hin, der Vater der Familie Uruthiramoorthy schmorte weiter in Untersuchungshaft. Letzteres war Grets Ansicht nach gänzlich umsonst. Sie war sich sicher, dass der Mann von nichts wusste, was den Mord betraf. Und die traurige Geschichte der geplanten Zwangsheirat, beziehungsweise deren Verhinderung mit Bestechungsdollars, hatte Tochter Janani längst für ihn gestanden.

Fred Staub war heute Morgen zu der Familie des Ermordeten gefahren – vielleicht kam wenigstens er endlich an neue Informationen. Denn es wurde allmählich Zeit, dass sie einen Durchbruch erzielten.

Staub lernt zu lügen

Die Schritte kommen näher. Dem Hall nach zu urteilen, der sich an den Wänden bricht, ist ein ganzes Bataillon auf dem Weg zu uns.

Mir ist äußerst unwohl, auch wenn ich zu wissen glaube, wer da nächstens um die Ecke kommt.

Und richtig: Müller ist es tatsächlich nicht, stelle ich selbstzufrieden fest, als die erste Person in mein Blickfeld gerät. Allerdings handelt es sich auch nicht um Hugentobler, wie ich vermutet habe. Stattdessen schreitet uns der ordenbehängte General Premadasa mit einem halben Dutzend Soldaten entgegen, die sich sofort an der Tür aufbauen und grimmig in eine unbestimmte Ferne blicken.

Auch Premadasa schaut stur an uns vorbei und stolziert stirnrunzelnd von einer Ecke in die andere. Ab und zu schnaubt er angewidert auf wie ein Pony, dem das Gemüse nicht schmeckt, das man ihm zu essen gibt.

»Guten Tag, was liegt denn an?«, versuche ich, dem Theater ein Ende zu machen.

Der General baut sich sofort direkt vor mir auf. Seine Mütze reicht mir nur knapp bis zum Halsansatz, weswegen er sich ein Stück zurücklehnen muss, um mir besser ins Gesicht starren zu können.

»Was habe ich Ihnen gesagt?«, schnauzt er mich in enormer Lautstärke an.

Ich beschließe, mir vorerst jeglichen Kommentar zu verkneifen. Zumindest so lange, bis mir einer einfällt.

»Sie sollen Ihre schmutzigen imperialistischen Finger von der Sache lassen!«, schreit er weiter. »Nur ein bisschen Respekt vor unserem Land, ist das denn zu viel verlangt? Wofür halten Sie sich eigentlich?«

Ich blicke unbeteiligt an ihm vorbei auf die Vitrine mit den Gewehren.

»Und ihr zwei!«, wendet er sich wutschnaubend an Verasinghe und dessen hinkenden Helfer. »Was fällt euch denn eigentlich ein? Ihr Dorftrottel seid ab sofort eurer Ämter enthoben! Normalerweise sollte man euch standrechtlich erschießen lassen!«

Auch die Kollegen ziehen es vor, das Gewitter widerstandslos über sich ergehen zu lassen.

»Was glaubt ihr, wer ihr seid?«, pfeift der General sie weiter an. »Lakaien im Dienste eines ausländischen Polizisten, der offensichtlich nicht mehr ganz bei Sinnen ist!«

Verasinghe und sein Kollege blicken schuldbewusst zu Boden.

»Landesverräter!«, tobt der General weiter, während er sich zu seinen Leuten umdreht. »Führt die beiden ab, mit denen befasse ich mich später.«

Zwei der Soldaten treten entschlossen vor und schubsen Verasinghe und Kollege Steifbein unsanft in Richtung Tür.

»Ich bitte Sie!«, versuche ich einzuschreiten.

Aber Premadasa brüllt, ich solle die Klappe halten und mich nicht von der Stelle rühren.

Hilflos muss ich mit ansehen, wie meine sri-lankischen Kollegen aus der Kammer eskortiert werden. Ich mache mir ernsthaft Sorgen um sie. Wird in diesem Land eigentlich gefoltert? Gelesen habe ich so etwas nirgends, aber was heißt das schon? Ich müsste Tschaggat fragen. Oder Adrienne, die wüsste das sicher.

Jetzt drückt sich auch noch Müller an den verbliebenen Soldaten vorbei in die Waffenkammer. Er betrachtet mich mit einem Ausdruck der Verzweiflung.

»Sie müssen die Sache auf sich beruhen lassen, lieber Staub!«, sagt er in fast flehendem Tonfall. »Glauben Sie mir, bitte! Sie wissen nicht, worauf Sie sich einlassen.«

»Ich will, dass meine beiden Kollegen umgehend freigelassen werden und wir drei zusammen sicher zurückfahren können«, entgegne ich störrisch.

Müller schüttelt nur verständnislos den Kopf.

»Ich könnte Sie wegen Spionage ins Gefängnis werfen lassen«, schäumt Premadasa. »Oder des Landes verweisen!«

Fast hätte ich gesagt, dass ich dieses beschissene Land ohnehin bis obenhin satt hätte. Aber ich kann es mir zum Glück verkneifen und versuche es stattdessen mit einem Appell an seine Vernunft.

»Sie müssen verstehen, dass es mich beschäftigt, wenn ein Freund meiner Tochter auf offener Straße erschossen wird.«

»Nonsens!«, schnaubt er. »Ich habe Ihnen doch erklärt, dass es die verdammten Rebellen waren.«

»Und wenn ich das nicht glauben kann?«

»Dann waren es trotzdem die verdammten Rebellen, geht das nicht in Ihren Dickschädel? Es gibt keine Alternative dazu!«

»So ist es, Staub«, unterstützt ihn Müller.

»Obendrein geht ihr verfluchten Schweizer mir gewaltig auf die Nerven mit euren offenen Sympathien für die Verbrecher der LTTE«, poltert Premadasa weiter. »Die USA, Kanada und die EU haben die Organisation längst als Terrorgruppe eingestuft. Nur Ihr reiches, kleines, opportunistisches Land noch nicht!«

»Solche Dinge fallen nun aber wirklich nicht in meine Zuständigkeit, General!«

»Genauso wenig wie die Ermittlungen bezüglich dieses Mordfalls bei Ihnen zu Hause, verdammt!«, wütet Premadasa. »Sie hätten sich ohne Wenn und Aber offiziell an die zuständigen Behörden wenden müssen.«

»Hab ich ja«, wende ich ein. »Chief Inspector Verasinghe schien mir der geeignete Mann.«

»Bullshit«, kommentiert Premadasa nur.

»Lassen Sie die Kollegen ziehen. Sie haben nichts Unrechtes getan. Wenn schon, war ich es, der Mist gebaut hat«, beteuere ich treuherzig.

Aber Premadasa schimpft ungerührt weiter: »Ich will, dass Sie unverzüglich aus diesem Land verschwinden, mitsamt Ihrer ganzen Familie!«

»Wir gehen ja!«, beruhige ich ihn. »Am Sonntag ist es so weit, 17.25 Uhr ab Colombo. Ich würde mir nur gerne noch ein paar Sehenswürdigkeiten anschauen. Den faszinierenden heiligen Zahn zum Beispiel. Meine Familie ist deswegen schon in Kandy, ich wollte eigentlich heute noch nachkommen.«

»Stellen Sie niemandem mehr Fragen, Hauptmann Staub«, rät er mir. »In diesem Land gibt es sehr viele Verkehrsunfälle, wie Ihnen vielleicht bekannt ist.«

»Allerdings«, bemerke ich.

Im Geiste spiele ich schon einmal die nächsten Maßnahmen durch, die ich ergreifen werde, sobald ich hier raus bin: Ich brauche Verstärkung, ich muss unsere Botschaft informieren, ich benötige eine Schusswaffe, ich sollte einen sicheren Unterschlupf finden, ich muss Verasinghe aus den Klauen von Premadasa pauken.

Aber auf gar keinen Fall werde ich vor diesen Schurken den Schwanz einziehen – niemals!

»Was machen wir mit ihm?«, fragt Premadasa seinen Spezi Müller.

Dieser hat seine Ulknudelambitionen längst abgelegt und wirkt leicht verwirrt.

»Ich muss Sie dringend bitten, sich Ihre restlichen Tage auf der Insel vollständig auf die Sehenswürdigkeiten zu konzentrieren«, wendet er sich an mich. »Ich war relativ offen zu Ihnen, das müssen Sie zugeben. Mehr kann ich Ihnen beim besten Willen nicht sagen, so leid es mir tut. Denken Sie in Ruhe über meine Worte nach.«

»Das werde ich.«

»Hauen Sie einfach ab!«, schreit der General.

Das muss er mir nicht zweimal sagen. Die Frage ist nur, wie ich hier wegkomme. Ich erkundige mich schüchtern, wie ich denn ohne meine Kollegen und ihren Jeep den Rückzug antreten solle.

»Wir können Sie nach Kandy fahren«, antwortet Premadasa nach kurzer Überlegung. »In welchem Hotel logiert Ihre Verwandtschaft denn?«

Ich zögere und bezweifle stark, ob es klug ist, ihm den Aufenthaltsort meiner Familie mitzuteilen. Andererseits könnte Premadasa das sicher auch so herausfinden.

»Im *Chaaya Citadel*«, sage ich daher wahrheitsgemäß.

»Ein nettes Haus«, meint Müller anerkennend, »direkt am Mahaweli-Fluss.«

»Aha.«

»Verschwinden Sie endlich!«, brummt Premadasa unwirsch und scheucht mich aus der Tür hinaus.

»Aber gerne«, versichere ich treuherzig.

Ich bedauere, dass mir keine Gelegenheit mehr bleibt, nochmals mit Müller zu sprechen. Denn wäre es sein Wille gewesen, hätten die Militärs mich umgebracht, dessen bin ich mir sicher. Offenbar aber ist der Deutsche nicht der kaltblütige Killer, nach dem ich suche. Vielleicht könnte ich sogar noch mehr von ihm erfahren? Denn er sieht aus, als hätte er mehr als genug von der ganzen Geschichte – die ich im Übrigen nach wie vor nicht durchschaue.

Aber ehe ich mich versehe, marschiere ich von Soldaten flankiert zurück durch den Keller und das Haus, direkt zu einem Armeejeep.

»Get in«, wird mir befohlen.

Ich befolge die Anweisung umgehend. Meine Reisetasche liegt bereits auf dem Rücksitz, der Motor wird gestartet und wir brausen los. Weder Müller noch Premadasa machen sich die Mühe, sich von mir zu verabschieden. Meine Gesellschaft besteht aus zwei blutjungen Soldaten, die offensichtlich die Anweisung haben, nicht mit mir zu sprechen.

Hoffentlich bringen sie mich wirklich nach Kandy zu meiner Familie.

Mario friert jämmerlich

Der Hinweis kam am Samstagmorgen von einem pensionierten Architekten aus Wollerau, der mit seinem Appenzeller Sennenhund am Hüttnersee spazieren ging. Es war einer von vielen Tipps. Allerdings einer, der sich schnell als Kleinod unter all dem Tand herausstellte, der nach einer weiteren Ausstrahlung von Rexons Porträt auf *Tele Züri* auf die Kantonspolizei herabgeregnet war. Denn bereits am Abend war klar, dass die leer geräumte Brieftasche und die Blutreste an dem Klappmesser, welches der Sennenhund unter einem Weidengestrüpp am See ausgescharrt hatte, Rexon gehörten – das Tier hatte möglicherweise den Tatort entdeckt.

Alle von *Besondere Verfahren,* die nicht aus zwingenden Gründen verhindert waren, standen im Licht der Scheinwerfer um den Fundort herum, froren jämmerlich und beobachteten Strichs Leute vom *Kriminaltechnischen Dienst* bei ihrer Arbeit. Der Moorboden war zwar gefroren, aber brüchig. Dementsprechend mühselig gestaltete sich die Suche nach weiteren Blutspuren oder anderen Hinweisen auf einen Kampf.

Mario war sich sicher, dass Rexon hier erstochen worden war, denn der Tatort war schlichtweg ideal: sichtgeschützt durch Büsche und Schilf sowie fernab jeder menschlichen Behausung. Gret war absolut seiner Meinung. Bea, die emsig mit ihrer sattsam bekannten roten Thermoskanne Kaffee verteilte und dadurch Sympathiepunkte sammelte, nicht. Häberli war wieder einmal unauffindbar geblieben und Michael wirkte heute seltsam abwesend.

»Habt ihr endlich etwas gefunden?«, wandte sich Mario an Strich, der in seiner dicken Daunenjacke und den Moonboots aussah wie ein Marsmensch.

»Wir arbeiten daran«, meinte dieser frohgemut. »Wie du sicher erkennst, ist das Gelände nicht gerade ideal, um schnell zu Ergebnissen zu kommen.«

Mario seufzte und realisierte, dass Michael mit finsterer Miene abseits stand. Hatten ihn womöglich die Informationen von Staub frustriert? Oder hatte er einfach wieder einmal zu viel getrunken am Vorabend? Gerüchte, dass sich der hübsche Michael ab und zu gehörig einen hinter die Binde goss, zirkulierten seit Jahren.

Mario konnte die Abstürze seines Chefs ebenso wenig verstehen wie die Tatsache, dass dessen Vorgänger offenbar in Sri Lanka herumschnüffelte, statt einfach seine Ferien zu genießen.

Gut, Staub hatte ein paar völlig überraschende Details zur Ermittlung beitragen können. Zum Beispiel, dass Rexon gar nicht im Sinn gehabt hatte, diese ominöse Vidya zu heiraten. Und woher das viele Geld stammte, mit welchem der Tamile in Zürich unterwegs war.

»Nehmen wir mal an, Rexon wurde tatsächlich hier ermordet«, sprach ihn Gret an. »Wie um Himmels willen ist er dann bloß hierher geraten?«

»Warte doch erst mal ab, ob dies überhaupt der Tatort ist«, riet ihr Bea ungefragt. »Die Stelle ist ideal, um die Brieftasche und das Messer zu entsorgen, mehr nicht. Wäre der Boden momentan nicht gefroren, wäre alles im Moor versunken. Aber das heißt noch längst nicht zwangsläufig, dass Rexon auch hier kaltgemacht wurde.«

»Anstatt einfach nur sinnlos zu frieren, können wir ja wohl ein paar Gedankenspiele anstellen, oder nicht?«, pampte Gret sie an.

»Finde ich auch«, unterstützte Mario seine Bürokollegin eilfertig. »Rexon muss jedenfalls mit dem Auto gekommen sein. Das Kaff ist zwar auch mit öffentlichen Verkehrsmitteln erreichbar, aber nur sehr umständlich mit einem Bus ab Richterswil.«

»Rexon hatte aber kein Auto«, wandte Bea ein.

»Er kam ja auch nicht allein. Der Mörder hat ihn gefahren«, belehrte sie Mario.

Gret nickte zustimmend.

»Wieso aber sollte er mit jemandem, den er nicht kannte, ausgerechnet an diesen abgelegenen, kleinen See fahren?«, spann sie den Faden weiter.

»Er kannte seinen Chauffeur«, sagte Mario bestimmt.

»Richtig!«, nickte Gret erneut.

»Alles blasse Theorie«, blaffte Bea. »Wartet doch erst mal ab, ob Strich überhaupt was findet.«

»Das mit dem Auto ist auf jeden Fall klar, immerhin musste der Mörder Rexons Leiche ja wieder abtransportieren, um sie hinter das *Riff Raff* zu schaffen«, ignorierte Mario sie.

Gret nickte abermals, etwas geistesabwesend, wie ihm schien. Mit einem seltsam zufriedenen Gesichtsausdruck allerdings.

»Was haltet ihr eigentlich von Staubs Erkenntnissen in Sri Lanka?«, wechselte Bea das Thema.

»Durchaus wertvoll«, meinte Mario, »auch wenn ich mich nur wundern kann, dass Staub da drüben überhaupt ermittelt. Hoffentlich geht das mal glatt! Am Schluss benötigt er womöglich noch unsere Hilfe.«

Er bemerkte, dass Gret leicht errötete. Hatte der Alte etwa bereits nach ihr geschrien? Das wäre ja wohl unerhört!

»Also, ich würde schon nach Sri Lanka fliegen, wenn man mich ließe«, äußerte sich Gret tatsächlich. »Obwohl …«

»Da wäre Staub sicher ganz enorm begeistert«, rutschte es Mario salopp heraus.

»Was willst du denn damit sagen?«, beäugte Gret ihn misstrauisch.

»Nun, ähm, ihr seid doch immer bestens miteinander ausgekommen«, stotterte Mario hilflos und ärgerte sich wieder einmal über seine Unsicherheit.

Noch mehr nervte ihn allerdings die Geheimniskrämerei seiner Kollegin. Als ob ihn Staubs Gefühlslage im fernen Asien interessiert hätte! Solange niemand auf die Idee kam, ihn, Mario, in den Dschungel zu entsenden, war ihm die Situation des Alten doch völlig egal. Aber Michael, Gret und

Staub hatten schon immer ein verschworenes Triumvirat gebildet, das hochnäsig über dem normalen Polizistenpöbel thronte und immer ein bisschen mehr wusste als der Rest. Augenscheinlich ging es nach Staubs Beförderung genauso weiter.

Egal. Lange würde er sich nicht mehr ärgern.

Mario blickte sich um. Viel war im Dunkel außerhalb des Scheinwerferlichts nicht zu erkennen – weit entfernt auf einem Hügel ein paar Häuser und sonst nichts. Bisher hatte er fälschlicherweise immer gedacht, der Ort Hütten gehöre zum Kanton Schwyz. Tatsächlich lag die Gemeinde aber am äußersten Rand des Kantons Zürich und wies als einzige Attraktion den idyllisch gelegenen See auf, der im Sommer ein beliebtes Badeziel für Leute aus den benachbarten reichen Schwyzer Gemeinden war. Hütten selbst war jedoch ein Bauerndorf.

Bea kam auf ihn zu und offerierte ihm einen Kaffee aus ihrer Thermoskanne, den er dankend annahm.

»Kennst du die Sage von der Entstehung des Sees?«, fragte sie ihn.

Mario verneinte.

»Hier stand einst ein Brunnen, an dem sich die Pilger labten, bevor sie nach Einsiedeln weiterzogen«, schnatterte Bea drauflos. »Eines Abends erfrischte sich ein müder Wanderer an dem Wasser. Plötzlich aber stand ein Greis mit langem, fahlem Bart vor ihm und fragte ihn nach seinem Ziel.«

»Aha. Und weiter?«

Mario war sich keineswegs sicher, ob er wirklich Lust auf Beas Geschichte hatte. Aber andererseits nuckelte er gerade an ihrem Kaffee und wollte sie nicht unnötig vor den Kopf stoßen.

»Der Wandersmann erzählte, dass er nach Einsiedeln wolle, um der Schwarzen Maria eine Kerze zu stiften«, fuhr seine Kollegin fort. »Er hoffe, in zwei Tagen zurück an dem Brunnen zu sein. Der Alte lachte ihn aus und behauptete, dass der Wanderer dann keine Quelle mehr finden werde.

Und tatsächlich, als der Fremde zwei Tage später auf demselben Weg zurückkehrte, suchte er den Brunnen vergebens. Dafür lag dieser liebliche See vor ihm.«

Bea blickte Mario stolz an.

Er war im Begriff zu fragen, ob das schon alles gewesen sei, hielt es jedoch für klüger, diesen Impuls zu unterdrücken.

»Interessant, Bea«, heuchelte er stattdessen. »Davon habe ich nie gehört.«

»Das ist die Sage vom Hüttnersee, so war das.«

Mario war froh, dass in diesem Moment Strich herankeuchte. Trotz seiner dicken Bekleidung, die einem Polarforscher aller Ehren wert gewesen wäre, zitterte er vor Kälte.

»Und?«, fragte Mario den Kriminaltechniker. »Gibt's irgendwelche Neuigkeiten?«

»Nun, ich glaube, dass unser Klient tatsächlich hier getötet wurde. Blutspritzer gibt es jedenfalls. Ob sie von Rexon stammen, wissen wir natürlich erst morgen definitiv. Aber ich wüsste ehrlich gesagt nicht, von wem sonst.«

»Von einem Tier vielleicht?«

»Nein, Mario. Menschenblut ist es zweifellos, das steht fest.«

»Verflucht!«, entfuhr es Bea. »Das gibt's doch nicht!«

»Lasst uns nach Zeugen suchen. Irgendjemand muss etwas gesehen oder gehört haben«, schlug Gret vor. »Die Gegend ist derart ruhig und menschenleer, dass zumindest ein Auto hier auffallen müsste.«

»Möglich«, räumte Bea ein. »Machen wir also die Ochsentour durch das Dorf. Ich kann ja mal bei den Bauernhöfen dort drüben anfangen.«

»Michael?«, rief Gret ihrem Vorgesetzten zu, der daraufhin zu ihnen herüberkam.

Sie fasste zusammen, was Strich ihnen soeben berichtet hatte.

Michael zeigte sich weder überrascht noch sonderlich interessiert, war mit der geplanten Vorgehensweise aber einverstanden.

»Wir könnten Kollar und Bieri dabei ganz gut gebrauchen«, gab Mario nicht ganz uneigennützig zu bedenken – denn je mehr Leute mithalfen, desto schneller würde die Übung vorbei sein.

»Ruf sie an«, stimmte ihm Michael zu, »und versuche, Häberli aufzutreiben!«

»Okay, Chef«, antwortete Mario und klemmte sich ans Telefon.

Staub rüstet auf

Mitternacht ist vorbei, ich bin hundemüde und liege in einem nach Jasminblüten duftenden Bett. Vor dem Fenster zirpen Zikaden, und wenn ich mich konzentriere, kann ich auch den kleinen Fluss plätschern hören, der an unserem Hotel vorbeifließt. Leonie liegt neben mir und mich quält der Gedanke, dass ich bisher weder sie noch Anna darüber aufgeklärt habe, dass ich hier weiterermitteln will.

Aber mein Entschluss ist endgültig. Ich bleibe in diesem komplizierten Land, in dem alle ständig lächeln und trotzdem jedes Jahr Tausende gewaltsam ums Leben kommen. So lange, bis ich sowohl den Fall Rainer Schütz als auch jenen des ermordeten Rexon in Zürich aufgeklärt habe. Ich kann diese undurchsichtige Geschichte nicht einfach nur auf sich beruhen lassen.

Seit ich nach einer gespenstisch ruhigen Fahrt im *Chaaya Citadel* abgeliefert wurde, hat sich auch durchaus schon einiges getan. Insbesondere Annas Freund Tschaggat entpuppte sich als unerwartet starker Verbündeter.

»Lass mich ein paar Telefonate führen«, hatte er grimmig gesagt, nachdem er sich meine Geschichte angehört hatte. »General Premadasa ist keineswegs allmächtig, das kann ich dir versichern.«

Als er eine halbe Stunde später wieder zurückkam, berichtete er mir, dass er mit seinem Onkel gesprochen habe. Der pflege trotz seiner dreiundsiebzig Jahre immer noch beste Beziehungen zur obersten Militärführung des Landes und halte Premadasa seit Jahren für einen unfähigen Emporkömmling, den es zu stoppen galt. Falls ich es wünschte, stünden mir ab morgen früh rund um die Uhr fünf absolut loyale Unteroffiziere zur Verfügung.

Natürlich erklärte ich mich sofort mit seinem Vorschlag einverstanden und fand intuitiv, dass Anna den Mann unbedingt heiraten sollte. Tschaggat scheint mir der erste ihrer Freunde zu sein, der mehr als nur bunte Knete im Hirn hat und zudem auch noch den Vater seiner Auserwählten respektiert und unterstützt.

Leonie schläft ziemlich unruhig, bemerke ich. Sie wälzt sich schon wieder tief seufzend auf die andere Seite. Vielleicht spürt sie, dass ich momentan keinen Schlaf finde?

»Du fliegst nicht mit uns zurück, oder?«, überrascht sie mich plötzlich.

»Du bist wach?«

»Nein, Fred, ich halluziniere nur«, sagt sie ironisch. »Aber jetzt mal ernsthaft: Wie sehen deine Pläne aus?«

»Deine Vermutung trifft zu. Ich bleibe hier«, antworte ich nach ein paar Sekunden zaghaft. »Ist das schlimm?«

»Wenn du es überlebst, nicht.«

»Das ist ganz in meinem Sinn, glaub mir! Ich bin nahe dran zu begreifen, was hier ablief, das spüre ich. Außerdem kann ich unmöglich abreisen, bevor Verasinghe und sein Kollege wieder zu Hause und in Amt und Würden sind! Tschaggats Onkel hat ja scheinbar beste Beziehungen, er wird mir helfen.«

»Weiß Anna schon davon?«

»Ich hoffe, Tschaggat bringt es ihr bei.«

»Du bist schon eine Nummer, Fred Staub! Unmöglich eigentlich.«

»Ich weiß.«

»Solltest du am Montag nicht diesen Kommandantenposten antreten?«, trifft sie den eigentlich wunden Punkt.

Ich sage daraufhin gar nichts. Natürlich sollte ich das. Aber man kann nun einmal nicht alles haben im Leben. Und wozu soll man Dinge tun, die man nicht mal wirklich will?

»Du willst den Job ohnehin nicht, oder?«, durchschaut sie mich.

Ich bin immer wieder erstaunt, wie gut sie mich kennt.

»Na ja, die Geschichte hier ist eine gute Möglichkeit, mich vor ihm zu drücken«, räume ich ein.

»Du spinnst wirklich, Meister«, lacht Leonie rau.

»Tut mir ehrlich leid, dass du jetzt nicht Frau Kommandantin wirst.«

»Ach Quatsch, Fred, darauf pfeife ich. Du bist nun mal ein altes Frontschwein, damit habe ich mich längst abgefunden.«

»Alt stimmt«, erwidere ich. »Und dass ich ein Frontschwein bin, wohl auch. Sorry.«

»Unsinn. Räum hier mal richtig auf und sieh zu, dass du danach deinen alten Job wiederkriegst.«

»Na ja, das kann ich Michael und Gret wohl nicht antun. Aber vielleicht haben sie ja was anderes für mich. Sonst werde ich halt arbeitslos.«

»Um Gottes willen!«

»Privatdetektiv?«

»Schon besser«, meint sie. »Hauptsache, du verbringst nicht den ganzen Tag zu Hause.«

»Irgendwas wird sich schon ergeben, immerhin hatte ich in den letzten Jahren doch ein paar Erfolge vorzuweisen«, rede ich mir selbst Mut zu. »Und ich verspreche dir: In den nächsten Ferien fahren wir auf eine einsame Insel.«

»Und graben nach Knochen.«

»Genau.«

Sie kichert vergnügt. Ich weiß nicht, ob über mich, ihren eigenen Spruch mit den Knochen oder über die ganze absurde Situation.

Wir umarmen uns, bevor ich schließlich in einen unruhigen, von wirren Träumen zermarterten Schlaf falle.

Morgens um halb sechs sehe ich bereits wieder auf meine Speedmaster. Ich wälze mich ein paarmal hin und her und versuche, erneut einzuschlafen. Es geht aber definitiv nicht. So steige ich behutsam aus dem Bett und ziehe mich an.

Ich stolpere die Treppen hinunter in die verwaiste Lobby und mache im Morgengrauen einen ausgedehnten Spaziergang durch das erwachende Kandy. Bereits um 6.10 Uhr wird mir der erste Holzelefant nachgetragen, um 6.13 Uhr gerate ich beinahe unter einen Ochsenkarren und um 6.23 Uhr lasse ich mich zum Kauf einer Ledertasche zu einem Drittel ihres ursprünglichen Preises überreden. Um exakt 6.30 Uhr entdecke ich meine Verfolger. Zwei Männer, die betont lässig hinter mir herschlendern. Egal. Gegen einen Spaziergang und die Unterstützung der lokalen Ledertaschenindustrie gibt es wohl kaum etwas einzuwenden. Außerdem sollen in Bälde sowieso die Helfer von Tschaggats Onkel eintreffen, um für meine Sicherheit zu sorgen.

Ich schaue nach, ob es möglich ist, den Tempel mit der verfluchten Zahnreliquie zu betreten, werde aber von einem Wachposten abgewiesen. Durchaus freundlich erzählt der Mann mir ungefragt, dass dieses Heiligtum nachts geschlossen sei, seit die *Tamil Tigers* hier vor ein paar Jahren einen Sprengstoffanschlag verübt hätten.

»Aha«, gebe ich mich interessiert.

Dann gehe ich weiter und setze mich auf ein Mäuerchen am See. Vielleicht ist es ein schwerer Fehler hierzubleiben. Ich bin fremd in Sri Lanka und fühle mich wie auf einem anderen Planeten. Mir scheint, ich verstehe dieses Land jeden Tag weniger. Wie zum Teufel soll ich da einen Kriminalfall lösen? Eigentlich möchte ich nichts lieber, als in meinem eigenen Bett aufzuwachen, ins Büro zu fahren und bei einer Tasse anständigen Kaffees den *Tages-Anzeiger* durchzupflügen. Und im Anschluss mit Gret und Michael die anliegenden Fälle zu erörtern.

»Where do you come from?«, fragt mich ein aus dem Dunkel aufgetauchter magerer Junge mit weit hervorstehenden Zähnen.

Ich überlege mir die Antwort ernsthaft. Aber ich weiß es nicht. Von weit her irgendwie. Von zu weit vielleicht.

»From Germany?«, insistiert der Knabe.

Ich bejahe das der Einfachheit halber und gebe ihm zwei Rupien, woraufhin er sich zigmal bedankt. In diesem Moment schrillt wieder einmal mein Natel los. Ich fluche vernehmlich, gucke aber natürlich trotzdem auf das Display und erkenne, dass es Tochter Anna ist. Sie will wissen, wo ich stecke. Ich teile ihr mit, ich käme gleich zurück ins Hotel.

»Hugentobler ist verschwunden«, berichtet sie mir. »Seit gestern schon. Kein Mensch weiß, wo er steckt. Ich habe eben einen Anruf von seinen Kollegen erhalten und dachte, vielleicht interessiert dich das.«

»Das tut es selbstverständlich. Danke für die Information«, quittiere ich müde.

»Bis gleich«, verabschiedet sie sich.

Ich versuche, das Natel zurück in meine Hosentasche zu stopfen. Natürlich gelingt es mir nicht. Stattdessen fällt das Ding auf den rissigen Asphalt. Egal. Dann stecke ich es halt in die neu gekaufte Ledertasche. So hat sie immerhin irgendeinen Nutzen.

Voller wirrer Gedanken und widersprüchlicher Gefühle kehre ich zurück zum Frühstück mit meiner Familie. Ich bekomme kaum mit, worüber geredet wird, und verziehe mich bald auf mein Zimmer, um Michael in Zürich anzurufen.

Er lauscht meinen Ausführungen etwas unkonzentriert, wie mir scheint. Immerhin fragt er mit belegter Stimme mehrmals nach, ob er irgendetwas für mich tun könne. Und zwar so oft, bis ich ihn frage, ob er nicht ein paar Leute seiner Abteilung hierher schicken könne, vorzugsweise Gret. Diese Frage verschlägt ihm mehr oder weniger die Sprache, aber er verspricht, darüber nachzudenken.

Kaum habe ich aufgelegt, saust die wirre Adrienne in mein Zimmer, um mir in verschwörerischem Tonfall mitzuteilen, sie flöge nicht mit uns nach Zürich zurück, sondern bliebe in Sri Lanka. Es gäbe hier noch allerhand aufzudecken, sie könne so nicht nach Hause.

Ich betrachte sie erstaunt. Habe ich in ihr gar so etwas wie eine Geistesverwandte gefunden? Ich zögere, eigentlich wäre es mir lieber, sie würde wie die anderen in die sichere Schweiz entschwinden. Andererseits kann ich natürlich jegliche Art von Unterstützung gut gebrauchen.

»Ich bleibe auch hier«, kläre ich sie auf.

Adrienne strahlt mich an wie ein Maikäfer. Dann will sie wissen, ob ich Per schon informiert habe.

»Nö. Erst Leonie. Und du?«

»Auch nicht. Aber zu zweit schaffen wir es sicher«, meint sie und zieht mit einem zufriedenen Gesichtsausdruck ab.

Ich packe in der Folge ein wenig um: Natel, Pass, *Anti-Brumm*-Spray, zwei Garnituren Kleidung und andere lebensnotwendige Kleinigkeiten in die neue Ledertasche. Dreckige Wäsche, Reiseführer und weiteren überflüssigen Klimbim in den alten Reisekoffer, der mit Leonies Hilfe ohne mich nach Hause finden muss.

Gret stochert im Nebel herum

Gret hatte fünf Stunden geschlafen und kauerte um halb neun Uhr morgens bereits wieder am Hüttnersee. Gestern Nacht hatten sie um kurz vor zwei aufgegeben, noch weiter Leute zu befragen – es hatte ihnen schlicht niemand mehr die Tür geöffnet. Stattdessen waren ihr und Mario aus einem verwilderten Garten riesige kläffende Hunde entgegengestürmt, die sich nur mit Pfefferspray hatten abwehren lassen. Das anschließende Geheule war jämmerlich gewesen, die Tiere hatten ihr sehr leidgetan.

Sie richtete sich auf und ließ ihren Blick in die Umgebung schweifen. See und Moor lagen unter dichtem Nebel, die Konturen der nahe gelegenen Bauernhöfe waren kaum zu erkennen und auch die umherstreifenden Kollegen sah sie momentan nicht mehr. Sie rieb ihre Handschuhe gegeneinander und versuchte nochmals, die Ereignisse der letzten Zeit in einen logischen Zusammenhang zu bringen.

Klar schien, dass Rexon in die Schweiz geschickt worden war, um die Muse eines reichen, in Sri Lanka lebenden Deutschen freizukaufen, die mit einem in der Schweiz lebenden Tamilen zwangsverheiratet werden sollte. Rexon hatte sich mehrere Tage in Zürich aufgehalten und Kontakt zu der Familie Uruthiramoorthy aufgenommen, von der Müller sich gestört fühlte. Zumindest einmal, nämlich in der *Seerose,* hatte Rexon den Familienvater getroffen und bei der Filmvorführung am letzten Nachmittag vor seinem Tod dann auch den Rest der Familie. Am Abend desselben Tages war er mit seinen Dollars zum Zürcher Hauptbahnhof marschiert. Von da an konnte nur noch spekuliert werden.

Grets Meinung nach war Rexon, kurz nachdem ihn die Überwachungskamera im Hauptbahnhof das letzte Mal lebend gesichtet hatte, von seinem Mörder abgefangen, an den Hüttnersee gefahren und dann von hinten heimtückisch erstochen worden. Der unbekannte Täter hatte die Leiche anschließend zurück nach Zürich verfrachtet und sie hinter dem *Riff Raff* deponiert. Ohne Zweifel, um den Verdacht von sich abzulenken.

Die Frage war nur, wer dieser Unbekannte war.

Rexon musste ihn gekannt haben. Gut gekannt. Dass er in seinen wenigen Tagen in der Schweiz jemandem so nahegekommen war, erschien ihr aber unwahrscheinlich. Was im Endeffekt bedeutete, dass er seinen Mörder bereits von Sri Lanka her kennen musste.

Vielleicht sollte sie tatsächlich so schnell wie möglich nach Colombo fliegen. Staub war nahe an der Lösung, daran bestand für sie kein Zweifel. Und gemeinsam konnten sie es schaffen. Michael hatte sie gestern bereits scheu gefragt, was sie davon hielte, ihrem Exchef zu Hilfe zu eilen. Aber er hatte auch gleich hinzugefügt, er könne sie natürlich nicht offiziell ins Ausland schicken. Es sei allenfalls vorstellbar, dass sie zufälligerweise kurzfristig nach Sri Lanka in die Ferien fahre.

Gret seufzte. Zu jedem anderen Zeitpunkt in den vergangenen Monaten wäre sie wohl bereits im Flieger gesessen. Seit dem vergangenen Freitag sah das jedoch etwas anders aus. Der Abend mit Felix war wunderbar gewesen, entspannt und vergnüglich. Auch kribbelnd – es hatte wenig gefehlt, dass er im Bett geendet hätte. Aber das konnte ja noch werden. Bereits heute Abend wollten sie sich wiedersehen, Felix hatte Freikarten für ein Jazzkonzert im *Kaufleuten.* Wollte sie ihm dann wirklich mitteilen, dass sie für eine Weile außer Landes musste? Wenn sie sich nicht komplett irrte, würde Felix sehr enttäuscht sein. Und sie selbst auch.

Andererseits musste Rexons Tod einfach aufgeklärt werden. Dass jemand Leute erstach, ohne dafür zur Rechenschaft gezogen zu werden, war schlicht nicht hinzunehmen.

Gret blickte auf ihre Swatch. Sie rechnete aus, dass es in Sri Lanka 13.04 Uhr war, und wählte mit klammen Fingern Staubs Natelnummer.

Staub erwacht endlich

Ich sitze in Fahrtrichtung am Fenster Leonie gegenüber. Andersherum wäre mir auch recht gewesen. Aber meine Frau hatte darauf bestanden, dass ich wenigstens vom Zug aus noch etwas sehe von der Landschaft, was in ihren Augen beim Vorwärtsblicken deutlich besser geht.

Der arglose Per blättert neben seiner Mutter in einer englischen Sportzeitung herum, Adrienne sitzt aufgekratzt neben mir. Im Abteil nebenan unterhalten sich Anna und Tschaggat mit einem pensionierten Lehrer.

»Sagst du es ihm?«, flüstert mir Adrienne ins Ohr und macht eine Kopfbewegung in Richtung Per, sodass mich ihre Wuschelfrisur am Hals kitzelt.

»Was dich betrifft, musst du schon selber ran«, gebe ich gedämpft zurück.

Sie rümpft erst kurz ihre feine Nase, setzt dann aber ein so charmantes Lächeln auf, wie ich es noch nie bei ihr gesehen habe.

Aber bevor sie loslegen kann, trällert wieder einmal mein Natel los. Allgemeines Gestöhne im Abteil, als ich das Ding aus der neuen Ledertasche hervorkrame und einen Blick auf das Display werfe.

Ich erkenne die Nummer sofort und staune, nehme den Anruf aber sehr gerne entgegen. »Gret?«

»Hallo, Fred«, rauscht mir ihre sympathische Stimme entgegen. »Schön, dich wieder mal zu hören. Wo steckst du denn gerade?«

»Im Zug von Kandy nach Colombo«, antworte ich wahrheitsgemäß. »Und du?«

»Ich fröstle am Hüttnersee vor mich hin und bin eben zu dem Schluss gekommen, dass Rexons Mörder nur in Sri Lanka gefunden werden kann.«

»Wieso das denn?«, frage ich stirnrunzelnd.

Sie erläutert mir in der Folge ihre Theorie. Die leuchtet mir sofort ein – wie alles, was ich je von Gret zu hören bekommen habe.

»Willst du nicht herkommen? Ich könnte dich hier gut gebrauchen«, sage ich, als sie ihre Ausführung beendet hat. »Aber ich warne dich: Der Job ist gefährlich!«

Leonie mir gegenüber kräuselt ihre Stirn.

»Es ist Gret«, raune ich ihr zu.

»Ich überlege es mir«, vernehme ich deren Stimme aus dem Natel. »Ich würde eigentlich gerne, Michael hat auch nichts dagegen, im Gegenteil, aber …«

»Es muss nicht sein«, sage ich schnell. »Ich habe hier zwischenzeitlich überraschend Unterstützung gefunden. Aber du wärst schon eine große Hilfe, klar.«

In diesem Moment bricht die Verbindung ab.

»Hallo?«, versuche ich es ein paarmal, aber Grets Stimme kommt nicht wieder. Deshalb drücke ich die Austaste und lege das Natel zurück in meine Tasche.

»Will sie etwa herkommen?«, fragt mich Leonie zweifelnd.

»Sie überlegt es sich«, gebe ich zurück.

»Ich bleibe auf jeden Fall auch hier«, erklärt Adrienne in diesem Augenblick mit zuckersüßer Stimme.

Das verschlägt erst einmal allen die Sprache.

Wie meist fängt sich Leonie als Erste wieder.

»Ein richtiges Amazonenheer um dich herum, Fred«, spottet sie. »Anna, Gret, Adrienne. Das gefällt dir sicher. Agent Staub und seine Engel.«

Ich lasse das unkommentiert und betrachte lieber meinen Sohn Per, der wieder einmal etwas länger braucht, um zu begreifen. Er blickt seiner Freundin verblüfft und mit forschenden Augen ins Gesicht, was so aussieht, als suche er nach Hinweisen auf eine Geisteskrankheit.

»Komm mit!«, zieht ihn Adrienne aus seinem Sitz und tappt mit ihm in Richtung des Speisewagens.

Per folgt ihr verwirrt, aber widerstandslos, die Sportzeitung unter seinen rechten Arm geklemmt.

Anna und Tschaggat blicken verwundert zu uns herüber.

Ich sehe mich zu einer längeren Erklärung dahingehend genötigt, dass ich mit Adriennes Entscheidung nicht das Geringste zu tun habe.

»Sie ist halt ziemlich stur«, schließe ich meinen unbedarften Vortrag.

»Seit wann ist das ansteckend, Fred?«, höhnt Leonie.

»Habe ich das richtig verstanden, dass du in Sri Lanka bleibst, Papa?«, fragt Anna daraufhin mit kritischem Blick.

»Ja. Ich wollte es dir schon gestern sagen. Aber ich getraute mich wohl nicht.«

Anna schnappt entgeistert nach Luft.

Tschaggat versichert ihr daraufhin eifrig, sie müsse sich keine Sorgen machen. Ich sei in besten Händen, er habe sich persönlich darum gekümmert.

»Ich fasse es einfach nicht!«, verdreht Anna ihre Augen. »Männergeheimnisse! Unglaublich! Ihr seid wohl beide nicht ganz bei Trost.«

Ich quittiere sämtliche weitere Bemerkungen mit ausgedehntem Gähnen und linse durch meine halb geschlossenen Lider aus dem Fenster hinaus. Teeplantagen auch hier. Man sieht, wie sich leuchtend farbige Punkte darin bewegen – die Pflückerinnen in ihren Saris. Dann ein paar Hütten und eine unendliche Kautschukplantage. Kurz darauf rattert der Zug im Schritttempo über eine Holzbrücke und taucht in einen grünen Wald ein. Ich nehme es kaum mehr wahr. Die Gähnerei ist keineswegs vorgespielt, denn ich verfalle schon bald in eine Art Halbschlaf. Zum ersten Mal seit dem Besuch bei Müller komme ich ein wenig zur Ruhe.

Der Mann ist ein Phänomen und hat einen bleibenden Eindruck bei mir hinterlassen. Vor allem gegen Schluss unserer Bekanntschaft, denn da wirkte er plötzlich richtiggehend besorgt. Um mich? Um sich selbst?

Schlagartig steht die Erkenntnis vor mir wie eine Nordwand in den Alpen. Müller hat viel mehr gesagt, als er hätte müssen. Kein Mensch hätte auch nur im Ansatz für möglich gehalten, dass diese Vidya seine Haushaltskraft oder Geliebte oder was auch immer ist. Auch auf den Gedanken, dass der in Zürich erstochene Rexon Nadesapilay für ihn gearbeitet hat, wären wir von selbst nie gekommen. Und dass er Gewehre, ja sogar ein G22, besitzt, hätte er auch nicht zugeben müssen.

Müller hat ungeheuer viel geredet. Wollte er sich erklären? Mir helfen zu begreifen, was geschehen ist?

Auf einen Schlag bin ich wieder hellwach. Zum Teufel, so könnte es wirklich gewesen sein! Was genau hat er mir noch erzählt? Ich konzentriere mich und kehre im Geiste zurück zu dem Moment, als er uns begrüßt hat. Gehe mit ihm die Treppe hinauf in den Salon und weiter zu seiner Waffenkammer. Versuche mich an jedes Wort zu erinnern, das er von sich gegeben hat.

Und plötzlich weiß ich, was er mir sagen wollte. Und auch, um wen er sich so sorgte.

Mario steigt aus

Sie befanden sich auf dem Weg zurück nach Zürich und Mario hatte Mühe, das Tempo zu zügeln. Er hätte locker auch mit mehr als den erlaubten hundertzwanzig Stundenkilometern über die A3 brausen können. Aber selbst das war einem Polizisten nicht vergönnt. Im Gegensatz etwa zu chronischem Schlafentzug, stundenlanger Warterei in der Kälte und der Dauerbelästigung unschuldiger Bürger, die vielleicht zufällig Zeugen von irgendetwas waren.

Die Hüttener hatten natürlich gar nichts beobachtet. Am brauchbarsten war noch die Aussage eines alten Bauern, der an dem fraglichen Abend auf dem Heimweg von der Dorfschenke einen Combi mit mehreren Insassen gesehen haben wollte, der in Richtung See abgebogen war. Allerdings konnte der Mann aufgrund der vielen *Kafi Lutz,* die er getrunken hatte, keine konkreten Aussagen machen: weder was die Farbe des Autos noch dessen Fahrtrichtung betraf, von Modell oder gar Autonummer ganz zu schweigen.

»Woran denkst du«, fragte Mario seine Bürokollegin.

Gret, tief in Gedanken versunken, schrak auf.

»Ach, an allerhand. Und du?«

»Ich überlege mir zu kündigen«, sprach er endlich aus, was während der vergangenen Tage in seinem Kopf gereift war.

Gret wandte ihm überrascht den Kopf zu und betrachtete ihn besorgt.

»Und was willst du stattdessen machen?«

»Mein Bruder meint, ich könne vielleicht irgendwie quer einsteigen bei der *Coop Bank.* Er leitet dort eine große Filiale und will sich für mich einsetzen. Ich bin ja erst vierunddreißig, irgendwas anderes als diesen Scheiß werde ich schon noch finden.«

Er bedauerte die Härte seiner Worte sofort. Gret würde schließlich sicher noch Jahre bei der Polizei arbeiten und er mochte sie – ungeachtet ihrer Nähe zu den Chefs – wirklich sehr gerne, würde sie wahrscheinlich sogar ein Stück weit vermissen.

Sie schaute zugegebenermaßen nicht gerade glücklich aus.

»Du hast vollkommen recht«, stimmte sie ihm erstaunlicherweise jedoch zu. »In unserem Alter soll man sich ruhig noch mal überlegen, ob man tatsächlich im richtigen Bereich tätig ist. Immerhin dauert es im Normalfall immer noch über dreißig Jahre bis zur Pension.«

»Du sagst es«, nickte er und hoffte, sie würde das Thema auf sich beruhen lassen. Er hätte besser gar nicht erst damit angefangen.

»Mir macht der Job halt wirklich Spaß«, erläuterte Gret jedoch. »Gut, Spaß ist vielleicht der falsche Ausdruck. Aber die Arbeit ist interessant, abwechslungsreich, herausfordernd. Und irgendwie bilde ich mir ein, dass ich auf diese Art mithelfen kann, die Welt ein wenig besser zu machen. Darüber kann man lachen, klar. Aber ich habe als Kind wirklich was Schreckliches erleben müssen und ...«

Sie zögerte einen kleinen Moment und Mario war nun doch gespannt auf die Fortsetzung.

»Meine Lieblingscousine wurde im Alter von siebzehn Jahren umgebracht, weißt du«, erzählte sie dann leise weiter. »In Schweden, beim Autostopp. Von dem Augenblick an, als man mir das sagte, wollte ich nie mehr etwas anderes werden als Polizistin. Was für ein klischeehafter Mist, kannst du jetzt sagen. Aber so war das eben.«

»Nein, nein, das kann ich total gut nachvollziehen«, beeilte er sich zu sagen. »Wie schrecklich! Tut mir ehrlich wahnsinnig leid, das habe ich nicht gewusst!«

»Ich habe die Geschichte auch seit Jahren niemandem mehr erzählt«, verriet sie ihm. »Und jetzt gebe ich sie das zweite Mal innerhalb von drei Tagen zum Besten.«

Sie schien dabei über sich selbst zu staunen.

Mario konnte der Versuchung nur knapp widerstehen, zu fragen, wer denn der andere Zuhörer gewesen war.

»Haben sie den Täter je erwischt?«, erkundigte er sich stattdessen.

»Drei Jahre später, in Spanien. Einen belgischen Lastwagenfahrer«, antwortete sie.

Er beschloss, nicht weiter auf der Sache herumzureiten. Grets Berufswahl hatte einen weit realeren Hintergrund als seine unreflektierte Schwärmerei damals, so viel war jedenfalls klar. Vielleicht war sie auch darum so viel besser.

»Du bist eine ausgezeichnete Polizistin geworden«, brachte er seine Wertschätzung zum Ausdruck.

»Danke!«, meinte sie bescheiden.

Da Mario nichts Kluges mehr zu sagen einfiel, konzentrierte er sich wieder auf den regen Sonntagsverkehr. Einzelne müde Flocken rieselten aus den hohen Wolken, ohne dass sie auf dem Asphalt Halt gefunden hätten. Am Horizont war bereits der Üetlibergturm auszumachen, lange würden sie bis zur Polizeizentrale in der Zeughausstrasse nicht mehr brauchen.

»Sag Michael bitte noch nichts«, fiel ihm ein. »Ich möchte ihn selber informieren. Erst muss die Sache mit dem Bankjob klappen.«

»Na klar«, beruhigte sie ihn. Genau in diesem Moment dudelte das Natel in ihrer *Freitag*-Tasche los.

»Hast du einen neuen Freund?«, schob Mario dann doch noch neugierig hinterher. Das hätte er sich im Normalfall nie getraut. Aber seit er ihr von seinen Kündigungsplänen erzählt hatte, fühlte er sich auf seltsame Weise befreit.

»Das vielleicht auch«, antwortete sie mit einem schnellen Blick auf das Display. »Aber hier ist ein alter. Fred Staub.«

Mario nahm kommentarlos zur Kenntnis, dass der Alte es augenscheinlich nicht einmal ein paar Tage ohne Kontakt zu seinem Augenstern aushielt. Er fragte sich, ob Gret wohl auch ihn als Freund bezeichnen würde. Vermutlich nicht.

»Hallo?«, meldete sie sich. Dann lauschte sie gebannt der Stimme ihres Exchefs.

Mario konnte leider nichts verstehen, entnahm Grets konzentrierter Miene aber, dass das Gespräch wichtig war.

»Der Sohn eines reichen Deutschen namens Egon Müller?«, hakte sie nach. »Wie sieht er denn aus?«

Wieder hörte sie einen längeren Moment angestrengt zu.

»Okay«, sagte sie dann. »Bleib an der Sache dran! Wir versuchen, ob wir von hier aus was machen können. Ich melde mich in zwei Stunden wieder.«

Staub schien noch irgendetwas zu faseln, aber schließlich beendete Gret das Gespräch.

»Und?«, fragte Mario sie.

»Ich habe dir doch erklärt, dass Rexon seinen Mörder möglicherweise von Sri Lanka her kennt.«

Er nickte.

»Staub meint, es könne eventuell der Sohn eines dort ansässigen deutschen Teebarons sein.«

»So, so«, heuchelte er Interesse. »Hat dieser Sohn denn auch den Schweizer Forscher in Sri Lanka erschossen?«

»Davon hat Staub nicht gesprochen. Er weiß auch nicht, wo dieser Sohn derzeit ist oder wie er aussieht. Aber darum wird er sich in den nächsten Tagen kümmern.«

Mario brummte so etwas wie Zustimmung. Sollten sie doch alle ihre Zeit verplempern, wie immer sie wollten. Staub und Gret waren einfach anders als er. Sie würden bis zum Umfallen und ohne Rücksicht auf Verluste fiebrig weiter forschen und fragen und ermitteln und sich ihre klugen Hirne zermartern, bis sie irgendwann am Ziel waren. Was die beiden letztlich antrieb, hatte er auch nach Grets Geschichte von vorhin nicht im Detail durchschaut. Er wusste nur, dass er diesen Antrieb definitiv nicht hatte.

»Kann ich euch irgendwie helfen?«, erkundigte er sich anstandshalber.

Gret gab ihm die erhoffte Antwort: Dass sie nicht wüsste wie und sich selbst darum kümmern würde, was als Nächstes zu tun sei.

Erleichtert realisierte er, dass es mit dem Racletteessen bei seinen Eltern in Höngg am Abend wohl wirklich klappen würde. Sein Bruder und seine Schwägerin würden ebenfalls da sein. Sie würden ihm helfen, aus diesem Job herauszukommen. Am Ende ist nur auf die Familie Verlass, hatte ihm sein Vater immer wieder eingebläut. Es war höchste Zeit für seine Verwandtschaft, den Beweis anzutreten, dass dem wirklich so war.

Staub legt einen Hinterhalt

Zwei Tage später lauern wir hinter ein paar Teepflanzen auf Egon Müller. Es ist hundertprozentig sicher, dass er irgendwann hier vorbeikommen muss. Denn Titus Trüeb hat ihn – unter vorgehaltener Waffe seitens meiner Helfer – zu sich zum Schachspielen eingeladen. Und diese Straße hier ist nach wie vor der einzige Weg, der Müllers Residenz mit der Außenwelt verbindet.

Seit uns einer unserer Begleiter geraten hat, auf Schlangen zu achten, beobachte ich den dunklen, rötlich braunen Boden zwischen den Büschen mit deutlich größerer Aufmerksamkeit als die Straße. Adrienne hingegen scheint die Schlangengefahr egal zu sein. Die einzigen Tiere, die sie wirklich fürchtet, sind Spinnen. Ich konnte sie nicht daran hindern, hierher mitzukommen, auch wenn ich sie weit lieber bei Anna und Tschaggat in der sicheren Umgebung des Forschungszentrums gewusst hätte. Aber so etwas wie gute Ratschläge nimmt Adrienne einfach nicht an.

Deshalb kauert sie jetzt neben mir, in einem verwaschenen Jeansanzug und mit klobigen Wanderschuhen, und blickt ab und zu durch den Feldstecher, den ihr einer der Soldaten ausgeliehen hat. Derjenige nämlich, der sich gestern schüchtern bei mir erkundigt hat, ob das Mädchen verheiratet sei. Was ich natürlich energisch bejaht habe. Dabei ist Per derzeit mehr als sauer auf sie – dass Adrienne darauf bestanden hatte, ohne ihn in Sri Lanka zu bleiben, hat ihn tief gekränkt.

Mir ist ehrlich gesagt nicht ganz wohl inmitten dieser kleinen Privatarmee, deren Angehörige zwar angeblich Teil des aufgeblähten sri-lankischen Militärapparats sind, seltsamerweise aber weder irgendwelche Abzeichen noch offizielle Uniformen tragen. Dafür sind sie schwer bewaffnet und allesamt kräftig und durchtrainiert.

Immerhin stehen sie eindeutig auf meiner Seite. Seitdem wir unsere Liebsten am Flughafen verabschiedet haben, begleiten uns die Männer auf Schritt und Tritt und kennen weder falsche Rücksichtnahme noch Skrupel. Um nicht zu sagen: Sie sind ziemlich brutal.

Meine beiden Verfolger stellten sie noch vor dem Flughafen in den Senkel. Sie geleiteten die zwei in einen Lagerraum fernab der Abflughalle und ich habe sie seither nicht mehr gesehen. Im Übrigen auch keine anderen Verfolger mehr. Später knickte Titus Trüeb vor ihnen ein wie ein Schachtelhalm in den Händen eines gedopten Schwingers. Er erzählte uns unter anderem, dass Müllers offenbar komplett missratener Sohn Frank zum Zeitpunkt von Rexons Tod in der Schweiz weilte. Dass Rainer Schütz davon gewusst habe. Dass Frank leidenschaftlich gerne schieße. Er gab uns sogar ein paar Fotos von Müllers Sohn.

Nur wann der irre Frank nach Sri Lanka zurückgekehrt ist und wo er sich derzeit aufhält, wusste Trüeb leider nicht. Mit Schrecken habe ich nachgerechnet, dass Frank und ich möglicherweise sogar im selben Flieger saßen. Denn der erste Direktflug von Zürich nach Colombo an dem Montagmorgen nach Rexons Ermordung war jener, in dem wir auch saßen.

Die Kollegen in Zürich sind derzeit dabei, sich die Fluglisten zu beschaffen; ich erwarte ihre Informationen ungeduldig. Dummerweise befinden wir uns hier in einem Funkloch. Sonst würde ich sie, ungeachtet der Tageszeit, anrufen.

Ebenso würde ich mich bei Anna erkundigen, ob der verschollene Hugentobler endlich wieder aufgetaucht ist. Das Verschwinden unseres Klappstuhlfreundes ist nämlich eine der großen Unbekannten in diesem Fall. Eine andere ist das Schicksal von General Premadasa. Meine Begleiter wischen zwar sämtliche diesbezügliche Fragen unwirsch beiseite und versichern mir gebetsmühlenartig, er sei keine Gefahr mehr für uns. Warum dem so ist, sagen sie allerdings nicht. Vielleicht haben sie selbst keinerlei Ahnung, was hier hinter den Kulissen läuft und wer wie an den Fäden zieht.

Ich hoffe deshalb einfach, dass die Stimmung im Land zu unseren Gunsten gekippt und Premadasa in Ungnade gefallen ist. Tschaggats Onkel hat großen Einfluss in Sri Lanka, dessen bin ich mir inzwischen sicher. Und auch Annas Liebling selbst gehört – trotz seiner umgänglichen Art – zweifellos zur Führungselite des Landes. Sonst hätte er es wohl kaum bis zum Professor gebracht.

Dennoch, ich fürchte mich gewaltig vor dem Moment, in dem Müllers Konvoi auf der Straße auftaucht. Viel mehr noch als vor allfälligen Schlangen. Wir sind zwar zu siebt, aber alles andere als die glorreichen Sieben. Adrienne und ich haben keinerlei Kampf-, geschweige denn Kriegserfahrung. Bis zum heutigen Tag habe ich noch nie auf einen Menschen geschossen und ich wünsche mir sehr, dass das so bleibt. Ich hasse Schusswaffen und entsinne mich nicht, dass in der Geschichte der Menschheit je ein nennenswertes Problem mit ihrer Hilfe gelöst worden wäre. Dennoch steckt jetzt eine sri-lankische Armeepistole in meinem Hosenbund und drückt mir in den Unterleib.

Hoffentlich kommt Müller allein. Denn falls nicht, könnte es mitten in dieser Teeplantagenidylle zu einer wirklich üblen Schweinerei kommen – und zwar völlig unabhängig davon, ob ich alter Knabe auch noch mit einer Knarre dazwischenfuchtle oder nicht. Wobei es wahrscheinlich ist, dass Müller hinsichtlich Trüebs fingierter Einladung keinerlei Verdacht hegt. Dass sein Schachkumpan anschließend sogar verschleppt wurde, bekam der Teebaron sicherlich auch nicht mit – denn all das geschah unauffällig noch vor Tagesanbruch. Im Moment modert Trüeb vermutlich in einem düsteren Verlies vor sich hin. Unsere Leute haben ihn nach dem erzwungenen Gespräch mit Müller unsanft abgeführt und sind erst Stunden später zurückgekommen. Sie versicherten mir treuherzig, Trüeb sei in besten Händen und werde in den nächsten Tagen in die Schweiz ausgeschafft.

Dort sieht er sich dann in Kürze wohl mit ausführlichen Presseberichten zum Thema Hilfsgeldermissbrauch konfrontiert. Denn Adrienne plapperte mir gestern Abend die Ohren damit voll, sie habe inzwischen handfeste Beweise dafür, dass Trüeb für sich, Müller, Premadasa und andere hohe Tiere in Sri Lanka mit Tsunamihilfsgeldern einen funkelnagelneuen Golfplatz in Beruwela habe bauen lassen. Sie zappelte sogar minutenlang vor mir herum mit diesen Beweisen in der Hand. Ich betrachtete dabei allerdings eher die bildschöne Freundin meines Sohnes als die Papiere, die mir wenig stichhaltig erschienen.

Vielleicht ergibt sich Müller ja einfach.

Denn gut positioniert sind wir ohne Zweifel. Zwei unserer Leute liegen mit Schnellfeuergewehren und kistenweise Munition auf einer Anhöhe hinter einer Steinmauer. Wir anderen harren von einem Felsklotz verdeckt zwischen den Teepflanzen. Die Straße ist in einer unübersichtlichen Kurve durch unsere Jeeps und mehrere Nagelbretter blockiert. Verasinghe und sein Kollege, die gestern Nacht überraschend wieder zu uns gestoßen sind, überwachen von einem Aussichtshorst aus mit Ferngläsern Müllers Residenz.

Ärgerlich ist nur, dass unsere Elitekämpfer prinzipiell zwar machen, was ich ihnen sage, aber sonst kaum mit uns sprechen. Eine Weitergabe von Informationen findet ihrerseits quasi nicht statt. Deshalb bearbeite ich wieder einmal das Walkie-Talkie, das mir Verasinghe im Morgengrauen in die Hand gedrückt hat.

»Tut sich was?«, frage ich nervös.

»Ja, im Moment!«, knistert mir Verasinghes Organ ins Ohr. »Ich sehe einen Geländewagen, der auf euch zusteuert.«

»Nur einen?«, versichere ich mich.

»Jawohl. Er kam aus einem Unterstand, ich kann euch nicht sagen, wie viele Leute darin sitzen.«

»Und auch nicht, ob Müller dabei ist, oder?«, seufze ich.

»Nein.«

Nun, wir werden es bald erfahren. Ich rufe meiner kleinen Privatarmee zu, es werde gleich losgehen, und höre, wie diverse Waffen entsichert werden.

»Wir versuchen es erst auf die sanfte Tour«, rufe ich den Leuten vorsichtshalber in Erinnerung. Reaktionen auf diese Mahnung erhalte ich keine.

Ich krieche unter den Teesträuchern hervor und stelle mich mitten auf die Straße. Hinter die Nagelbretter natürlich und in Sprungdistanz zu den schützenden Felsen. Wenn das nur gut geht! Mein Herz klopft wild, die Nackenmuskeln sind völlig verspannt und ich merke, dass ich eigentlich dringend aufs Pissoir müsste.

Endlich tuckert der Wagen um die Kurve. In gemütlicher Fahrt. Der Fahrer bremst behutsam, zieht die Handbremse und steigt mit erhobenen Händen aus.

Es ist Egon Müller. Er strahlt mich an, als freue er sich ungemein, mich hier zu sehen. Weit schockierender als Müllers Grinsen ist allerdings, dass unverhofft der verschollen geglaubte Hugentobler vom Beifahrersitz des Geländewagens klettert.

Ich traue kaum meinen Augen. Ist das eine Falle? Verunsichert blicke ich um mich, kann aber nichts Beunruhigendes entdecken. Nur meine Männer, die Müller und Hugentobler in das Fadenkreuz ihrer Gewehre genommen haben.

»Wozu denn dieser Aufwand? Man könnte meinen, Sie planen hier einen netten kleinen Krieg«, palavert Müller unbeschwert drauflos.

Ich rufe ihm zu, er solle die Klappe halten, die Hände oben lassen und langsam zu mir herüberkommen.

»Deshalb bin ich ja da«, tänzelt er bereitwillig auf mich zu.

Hugentobler dagegen bleibt wie angewachsen stehen.

»Gratuliere«, lobt mich Müller. »Sie scheinen das Rätsel gelöst zu haben, wie mir zu Ohren gekommen ist.«

»Was macht Hugentobler hier?«, frage ich völlig perplex.

»Ach, der«, meint Müller abschätzig. »Der alte Knabe hat sich Schütz' Laptop gekrallt. Vermutlich wollte er die Forschungsgruppe um den neuen Freund ihrer Tochter ausspionieren. Leider stieß er dabei jedoch auf Hinweise, die meinen Sohn Frank mit einem Mord in Zürich in Verbindung bringen. Ich sah mich deshalb gezwungen, ihm den Rechner wegzunehmen, bevor er damit Schaden anrichtete. Leider brauchte der Professor eine Weile, bis er mir sagen wollte, wo er das Ding versteckt hatte. Er wird sich aber sicher freuen, wenn sie ihn nachher zurück zu seinen Mücken fahren.«

Wieder starre ich zu Hugentobler hinüber. Die Situation scheint ihm etwas unangenehm zu sein, was ihn jedoch nicht davon abhält, in seinem breiten Baslerdeutsch zu krakeelen, Müllers Sohn sei ein Mörder.

Der deutsche Teebaron setzt ein ernstes Gesicht auf.

»Ich fürchte, damit hat er recht. Es nützt wohl nichts mehr, das weiter zu verschleiern. Deshalb bin ich auch hier.«

»Erzählen Sie mir einfach die ganze Geschichte«, fordere ich ihn auf.

»Kann ich dazu die Hände runternehmen?«

»Wenn's hilft.«

»Sie sind wohl kaum bereit, sich an einem gemütlicheren Ort mit mir zu unterhalten, oder?«

»Nein, zum Teufel!«, schnauze ich ihn an. »Bringen Sie es einfach hinter sich.«

Plötzlich bemerke ich, dass es um uns herum unruhig wird. Lautes Rufen, nervöses Zucken mit den Gewehren, dann ein tiefes Brummen.

»Was ist los?«, blicke ich fragend zu meinen Verbündeten hinüber.

Einer von ihnen deutet wortlos in den Himmel hinauf.

Jetzt sehe ich es auch: Ein Helikopter knattert über uns hinweg, eine zivile Maschine. Was zumindest bedeuten dürfte, dass keine Waffen an Bord sind.

»Ich kann Ihnen Frank nicht ausliefern, das kann ich einfach nicht«, erklärt Müller mir mit fester Stimme.

Ich brauche einen Moment, um zu verstehen, was er meint. Wie vor den Kopf geschlagen starre ich in den Himmel. Doch noch bevor ich Befehl geben kann, auf den Helikopter zu schießen, ist dieser bereits hinter einem Hügel verschwunden.

»Könnten Sie es?«, fragt mich Müller mit einem verzweifelten Gesichtsausdruck.

»Wenn mein Sohn ein Mörder wäre, würde ich ihn eigenhändig erschießen, glauben Sie mir!«, brülle ich ihn an.

Natürlich ist das gelogen. Auch ich werde immer hinter meinen Kindern stehen, ganz gleich, wie schwachsinnig sie sich auch immer verhalten mögen. Wobei Frank ohne Zweifel ein extremer Fall ist und ich Müllers eigenmächtiges Handeln unter keinen Umständen gutheißen kann. Er hat einen Mörder entkommen lassen – das ist durch nichts zu entschuldigen. Sein Ablenkungsmanöver ist ihm allerdings gelungen. Wir Idioten hätten selbstverständlich in Betracht ziehen müssen, dass ein Mann seiner finanziellen Gewichtsklasse über einen Helikopter verfügt.

Eine halbe Stunde später sitzen wir im Salon von Müllers Villa, da mir das Herumstehen auf der Straße dann doch zu blöd wurde. Fast alles ist wie bei unserem letzten Besuch. Vidya serviert uns Kaffee, Verasinghe, Steifbein und ich hängen in den Polsterstühlen und Müller redet. Einzig die Anwesenheit der Soldaten, die draußen die Löwen bewundern, ist neu. Und natürlich auch, dass Hugentobler vor der Tür in einem Jeep sitzt.

»Frank war seit Langem in Vidya verliebt, was ich bestens verstehen konnte. Sie ist ja echt ein Prachtmädchen«, erzählt Müller. »Allerdings erwiderte sie seine Gefühle nicht, was ich ebenfalls gut nachvollziehen kann. Als sie mir vorjammerte, sie müsse in die Schweiz, weil sie dort verheiratet werden sollte, bekniete mich Frank, dies zu unterbinden. Er forderte mich auf, sie freizukaufen, und schwor, er werde akzeptieren, dass sie im Notfall auch einen anderen als ihn nähme.«

»Alles Unsinn, oder?«, unterbreche ich ihn.

»Er war von Anfang an nur scharf auf das Geld«, sagt Müller bitter. »Er war von klein auf eine Riesenenttäuschung, ich habe ihn nach allerlei Eskapaden finanziell sehr kurzgehalten.«

»Was für Eskapaden?«

»Zum Beispiel erschoss er eine meiner Löwinnen. Einfach so zum Spaß.«

»Gewehre waren sein Hobby?«

»Genau, seine einzig mir bekannte Leidenschaft, abgesehen von seiner verblendeten Anbetung der armen Vidya. Er wollte die Sache in der Schweiz unbedingt selbst regeln, aber ich sagte Nein. Ich vermutete von Anfang an, dass er sich nur das Geld unter den Nagel reißen wollte. Also schickte ich meinen vertrauenswürdigsten Mitarbeiter nach Zürich, Rexon. Mit zwanzigtausend Dollar. Himmel, ich verstehe auch nicht mehr, wie ich je auf diese Idee gekommen bin!«

»Weil Vidya Ihnen auch gefällt?«

»Ach was! Ich mag sie gern, aber damit hat sich's. Gut, vielleicht hatte ich auch keine Lust, mich an ein neues Gesicht in meinem Haus zu gewöhnen. Vor allem aber habe ich mich einmal mehr von Frank zu etwas überreden lassen, was ich im Normalfall nie getan hätte. Aber gut – er ist nun mal mein einziger Sohn.«

»Wer wusste von Rexons Reiseabsichten?«

»Nun, Frank natürlich. Trüeb und Premadasa, denen ich die Geschichte erzählt habe. Und ich fürchte leider auch Rainer Schütz.«

»Was hatte der denn damit zu tun?«

»Er bekam wohl einen Streit zwischen mir und Frank mit, als er zum Schachspielen hier war. Mein Sohn ist wirklich unmöglich. Aber eben trotzdem mein Sohn.«

»Ja, ja, das haben Sie schon mehrfach erwähnt«, sage ich entnervt. »Wann begannen Sie denn, Frank zu verdächtigen?«

»Rexon kam nicht zurück beziehungsweise er meldete sich plötzlich nicht mehr, was für ihn sehr ungewöhnlich war. Frank blieb spurlos verschwunden. Irgendwann meldete sich Rainer Schütz, um mich darauf hinzuweisen, dass in Zürich ein Tamile erstochen worden sei, der aussehe wie Rexon. Er hatte das Bild in der Internetausgabe des *Tages-Anzeigers* gesehen.«

Ich erinnere mich an Schütz' zaghaften Versuch kurz vor seinem Tod, mit mir über seinen Verdacht zu reden. Warum nur habe ich ihn damals einfach abgewimmelt? Der Fall Rexon könnte längst gelöst sein! Auch wenn das an Rainers Tod vermutlich nicht viel geändert hätte – Frank lag zu jenem Zeitpunkt wohl schon auf der Lauer.

»Und weiter?«, fordere ich Müller auf fortzufahren.

»Frank tauchte plötzlich wieder auf. Ich stellte ihn zur Rede und erwähnte dabei dummerweise wohl auch Schütz' Vermutungen. Wir hatten einen ganz fürchterlichen Streit, woraufhin er zornig abzog. Wohin weiß ich nicht. Er machte sich wohl auf den Weg, um Rainer zu erschießen.«

»Mit dem Gewehr aus der Kammer?«

»Leider«, jammert Müller. »Wann genau er es geholt hat, ist mir unklar, aber natürlich hatte er einen Schlüssel für das Haus und kennt mein Personal.«

»Lagern Sie denn auch Munition hier?«, will ich wissen.

»In einem separatem Raum«, nickt Müller einfältig.

»Hat Ihr Sprössling denn zugegeben, Rainer erschossen zu haben?«

»Ja. Und er flehte mich um Hilfe an, als er merkte, dass Sie und die einheimische Polizei sich nicht durch die übliche Rebellentheorie abwimmeln ließen.«

Eigentlich habe ich keine Lust mehr auf Müllers Erklärungen. Ebenso wenig wie auf seinen Kaffee, so gut er auch schmeckt. Zu traurig ist mir zumute. Denn Müller hat seinen Sohn trotz dieser abscheulichen Tat per Helikopter in Sicherheit bringen lassen. Was soll also das larmoyante Gelaber?

»Ich war verzweifelt, glauben Sie mir«, scheint Müller meine Gedanken zu erraten. »So verzweifelt, dass ich mich an meinen Freund Premadasa wandte, der mir versprach, er werde die Sache in Ordnung bringen.«

»Bravo!«, höhne ich. »Eine brillante Idee!«

»Mir war nicht wohl dabei, wahrlich nicht. Ich war selbst nicht mehr ganz bei Sinnen.«

»Wollten uns Premadasas Leute umbringen auf der Straße?«

»Ich fürchte, ja. Und Hugentobler, den sie aus dem Forschungszentrum verschleppt hatten, gleich noch dazu. Zum Glück haben sie vorher zur Sicherheit per Funk nochmals bei mir nachgefragt.«

Ich betrachte ihn eine Weile. Müllers rotes Bärtchen sieht zerzaust aus, die Haut ringsum schimmert käsig. Der kleine, dicke Mann ist und bleibt mir ein Rätsel. Er ist wandelbar wie ein Chamäleon und wird je nach Bedarf vom Plapperclown über den Geldadligen und Gutmenschen bis hin zu einer tragischen Figur und zurück.

»Sie hätten uns problemlos beseitigen können«, sage ich.

»Das fand Premadasa auch«, nickt Müller. »Aber ich bin überzeugter Buddhist, ich darf nicht töten.«

»Welch glückliche Fügung für uns. Aber wieso haben Sie mich in diesem Mordfall auf die richtige Spur gebracht, als wir zu Besuch kamen? Das machte doch keinen Sinn.«

»Gute Frage. Ich hoffte wohl auf Ihr Verständnis«, meint er achselzuckend. »Und gleichzeitig wollte ich einfach, dass der ganze Schlamassel endlich aufhört.«

»Er wird aufhören«, verspreche ich ihm. »Aber erst, wenn Ihr famoser Frank in einer Zelle hockt.«

»Vergessen Sie das! Frank ist unterwegs in eine Privatklinik nach Thailand, wo man sich die nächsten Monate um ihn kümmern wird. Ich hoffe, sie kriegen seine psychischen Probleme dort wieder in den Griff.«

»Wo in Thailand?«, hake ich sofort ein.

»Das kann ich Ihnen nicht sagen. Aber er ist dort in besten Händen, glauben Sie mir.«

»Ich werde das Arschloch international zur Fahndung ausschreiben lassen«, verkünde ich. »So einfach wird er nicht davonkommen. Ganz sicher nicht!«

»Es ist nicht einfach, Staub! Geben Sie uns doch bitte eine Chance!«

Ich verwerfe nur die Hände und lasse mich tief in den Sessel sinken.

Das war es dann also. Ich fuhr in die Ferien und klärte zwei Morde auf, von denen ich einen sogar unmittelbar miterleben musste. Zu verdanken ist diese ermittlungstechnische Heldentat einzig zwei Faktoren: Wir stellten die Kugeln sicher, die Rainer Schütz getötet hatten; und in Zürich kochte Gret eine junge Tamilin weich, die uns weitere erhellende Erkenntnisse liefern konnte. Wäre ich nicht ungewollt hierher in die Ferien gefahren, wäre Müllers Sohn erst gar nicht in Verdacht geraten. Vielleicht hat Leonie recht und ich suche förmlich nach Kriminalfällen. Dabei deprimieren sie mich eigentlich nur. Besonders dieser. Denn ich habe nicht einmal den Täter gesehen. Hoffentlich gibt es ihn überhaupt.

Stunden später sitze ich bei Verasinghes zu Hause und telefoniere mit Michael.

»Der Mistkerl ist uns entkommen«, berichte ich ihm von den jüngsten Ereignissen.

»Wart's ab«, tröstet er mich. »Vielleicht kriegen wir ihn doch noch. Thailand ist nicht der Dschungel, die dortige Polizei dafür aber hart und ausdauernd.«

»Und vermutlich ziemlich korrupt«, wende ich ein.

Daraufhin schweigt er.

»Und? Wie stehen meine Aktien denn momentan in Zürich?«, will ich wissen.

»Du kannst es dir ja vorstellen. Die Leute standen mehr oder weniger Kopf, als du nicht aufgetaucht bist. Die Gerüchteküche brodelt gewaltig. Man hört Worte wie Konsequenzen, Disziplinarverfahren, Fehlbesetzung und so weiter. Du wirst eine echt schwierige Zeit haben, wenn du erst mal zurück bist.«

»Schon klar«, murmle ich resigniert.

»Ich stehe natürlich zu hundert Prozent hinter dir, Fredy«, versichert er mir. »Das Gleiche gilt für den Rest der Abteilung. Inklusive Mario, obwohl der heute Morgen gekündigt hat.«

»Ach was«, sage ich erstaunt.

»Wann kommst du denn nun zurück?«

»Am Freitag voraussichtlich«, antworte ich. »Bis dahin bleibe ich noch bei Anna und ihrem großartigen Freund. Ohne ihn hätten wir das nicht geschafft. Na ja, gut ... Haben wir auch nicht wirklich. Aber trotzdem.«

»Wir leiten alle notwendigen Schritte ein, Fredy. Einen überführten Doppelmörder will niemand in seinem Land, glaub mir.«

»Dein Wort in Gottes Ohr«, verabschiede ich mich.

Vielleicht hat Michael ja recht. An mir soll es jedenfalls nicht scheitern: Ein Bataillon loyaler Soldaten nimmt derzeit Müllers Villa auseinander. Vielleicht finden sie doch noch einen Hinweis auf Franks derzeitigen Aufenthaltsort.

Gret traut ihren Ohren nicht

Gret betrachtete die Monitore der Überwachungsgeräte. Herztätigkeit, Körpertemperatur, Sauerstoffsättigung, zentraler Venendruck und so weiter. Sie sah Ziffern pulsieren und Kurven zucken. Aber leider absolut keinen Hinweis darauf, dass der äußerst geschwächte Lathan Uruthiramoorthy ihr gerade ins Gesicht gelogen hatte.

»Sie behaupten allen Ernstes, dass Sie Rexon erstochen haben?«

Gret wollte es nicht glauben: Noch vor zehn Minuten war der Fall Rexon-Schütz gelöst gewesen – und jetzt das!

»Ja«, bestätigte Lathan Uruthiramoorthy ihr zum dritten Mal. »Ich hatte keine andere Wahl.«

»Wo und wie haben Sie ihn denn umgebracht?«, fragte sie sicherheitshalber nochmals nach.

Aber Lathan blickte sie nur teilnahmslos an. Er hatte ihr bereits alles gesagt – Gret wusste es selbst. Der Mann war aus dem Koma erwacht und hatte nach der Polizei gerufen. Sie war zum Spital gefahren und hatte sich an sein Bett gesetzt. Worauf er weinend gestanden hatte.

»Rexon war also ein Spion des singhalesischen Geheimdiensts, der sich als Maulwurf in die Zürcher Tamilenszene einschleichen sollte?«

»Das habe ich Ihnen doch schon gesagt«, flüsterte Lathan schwach.

Gret tastete hilflos nach dem Motorola in ihrer Tasche. Michael musste sich das anhören. Aber ihr fiel ein, dass sie ihr Natel hatte abschalten müssen, bevor sie die Intensivstation betreten hatte.

Lathans Augenlider fielen immer wieder zu, er schien langsam wegzutreten. Gret versuchte, den Monitoren zu entnehmen, ob ihm Gefahr drohte, und sah sich nach einer Schwester um. Sie konnte aber keine entdecken.

Deshalb stand sie auf und umrundete behutsam das Bett und die unzähligen Apparate ringsum. Lathan lag zwischen der millionenschweren Technik wie ein unschuldiges Lämmlein. Über ihm blubberte gelbliche Flüssigkeit aus einer Infusionsflasche in einen Schlauch, der in seinen linken Arm führte.

Gret dachte nach. Minutenlang. Einzig eine leise vorbeihuschende Ärztin, die sie zwar verwundert betrachtete, sonst aber nicht behelligte, riss sie kurz aus ihren Gedanken.

Lathan öffnete seine Augen wieder und starrte sie an. Was sie in den letzten Minuten gehört hatte, war unbegreiflich. Trotzdem glaubte Gret dem Mann. Zu viele Ungereimtheiten, die der bisherigen Version der Ereignisse widersprachen, hatten sich aufsummiert. Vor allem war in den vergangenen Wochen kein Frank Müller je in die Schweiz ein- oder ausgereist. Sein Name fehlte nicht nur auf sämtlichen Fluglisten. Auch sein Porträt, das Staub nach Zürich hatte übermitteln lassen, brachte kein brauchbares Ergebnis. Die von der Zürcher Flughafenpolizei akribisch durchgeführten Vergleiche mit den abgespeicherten Bildern aller direkt oder via Zwischenstopp aus Asien eingereisten Flugpassagiere hatten rein gar nichts ergeben. Das Gleiche galt auch für den Genfer Flughafen Cointrin und jenen von Basel-Mülhausen.

Natürlich waren Überwachungskameras nicht unfehlbar. Und vielleicht hatte man Staub auch ein falsches Bild untergejubelt. Aber trotzdem: In ihr verstärkte sich von Minute zu Minute die Gewissheit, dass es gar keinen Frank Müller gab. Genau darum hatten sie in den vergangenen drei Tagen auch keinerlei diesbezügliche Hinweise gefunden. Egon Müller, der Teebaron, hatte keinen Sohn. Entsprechende Dokumente existierten weder in Müllers deutscher Heimatstadt Rottweil noch bei der deutschen Botschaft in Colombo noch bei irgendwelchen Amtsstellen der sri-lankischen Provinz Nuwara Eliya.

»Wo haben Sie ihn erstochen?«, wandte sich Gret erneut an den Patienten.

»An eben diesem See in Hütten«, antwortete Lathan wider Erwarten.

»Ihr habt ihn im Untergeschoss des Hauptbahnhofs abgefangen und dorthin verschleppt«, stellte sie fest.

Der Tamile gab ein Stöhnen von sich, das sie als Ja deutete.

»Wer waren die anderen?«

»Ich war allein«, presste er heraus.

Gret sah ihm an, dass er log. Aber diese Frage würde er niemals beantworten, da war sie sich ziemlich sicher.

»Weshalb habt ihr die Leiche hinter dem *Riff Raff* deponiert?«, versuchte sie es deshalb auf einem anderen Weg.

Lathan ließ sich diesmal viel Zeit mit der Antwort. Er atmete schwer, sein Gesicht sah eher grau als braun aus.

»Als Warnung für andere Verräter«, flüsterte er dann.

»Woher wusstet ihr überhaupt, dass Rexon ein Maulwurf war?«, hakte sie nach.

Gret glaubte, die Antwort zu wissen, wollte sie aber dennoch von Lathan bestätigt bekommen.

»Jemand warnte uns.«

»Jemand aus Sri Lanka?«

Den Tamilen verließen die Kräfte. Sein Kopf kippte seitlich in das Kissen.

»Rainer Schütz?«, versuchte sie es erneut.

Aber sie bekam keine Antwort mehr. Kurz darauf erschien eine Schwester, die sie freundlich, aber bestimmt aus dem Zimmer katapultierte.

Auf dem Gang schaltete sie reflexartig ihr Natel ein. Sie überlegte gerade, ob sie zuerst Michael oder Staub anrufen sollte, als das Gerät in ihrer Hand zu klingeln begann.

Es war Michael.

Sie berichtete ihm atemlos, was sich gerade ereignet hatte.

»Glaubst du ihm?«, wollte er wissen, als sie geendet hatte.

»Ja«, sagte sie. »Das tu ich.«

Michael musste die Neuigkeit erst einige Sekunden verdauen.

»Scheiße!«, fluchte er. »Das passt zu Häberlis Behauptung, die Uruthiramoorthys seien keineswegs so unpolitisch, wie sie vorgäben. Ganz im Gegenteil. Laut Häberli soll Vater Uruthiramoorthy sogar jahrelang zum innersten Zirkel des LTTE-Ablegers in der Schweiz gehört haben und sich insbesondere um den Transfer von Geldern gekümmert haben.«

»Das könnte Sinn machen«, überlegte Gret. »Vielleicht wurde Rexon deshalb auf ihn angesetzt.«

»Was machen wir denn jetzt?«, fragte Michael beinahe verzweifelt. »Wir haben uns verhalten wie die letzten Hornochsen! Außerdem sollten wir Staub informieren. Oder nicht?«

Gret neigte schon dazu, ihm zuzustimmen, überlegte es sich dann aber anders.

»Staub wird in weniger als vierundzwanzig Stunden in den Flieger steigen«, erklärte sie. »Wenn wir ihm jetzt mitteilen, dass sein Täter Frank Müller gar nicht existiert, wird er nie mehr zurückkehren.«

»Da könntest du recht haben.«

»Er muss ja schon froh sein, wenn er überhaupt je wieder als Kantonspolizist arbeiten darf«, fügte sie hinzu.

»Okay, wir lassen es«, pflichtete Michael ihr bei. »Und wir? Was unternehmen wir?«

Gret dachte kurz nach. Dann meinte sie grimmig: »Ich fahre jetzt umgehend zu Lathans fideler Schwester, die mir den Schwachsinn mit der Zwangsheirat eingeredet hat.«

Staub sieht einen Totenschein

Rainer Schütz' Laptop gurrt wie ein sanftmütiges Täubchen. Seit Minuten betrachte ich verschiedene Fotos, die allesamt Müller, Premadasa und den in Zürich zu Tode gekommenen Rexon zeigen. Die Bilder scheinen von relativ weit weg aufgenommen worden zu sein, mit einem starken Teleobjektiv. Auf zweien davon ist im Hintergrund verschwommen Müllers Löwengehege zu sehen.

Seltsam ist nicht nur die miserable Qualität der Fotos, sondern auch, dass Hugentobler sie nicht etwa auf der Festplatte gefunden hat, sondern in einer Mail, die im Ordner *Gesendete Objekte* gespeichert war. Empfänger war eine *Gem Import GmbH* in Dübendorf, eine Edelsteinbude also. Der Betreff lautete *Warning!*, sonst gab es keinerlei Text. Ich zermartere mir schon seit gestern das Hirn, was diese Fotos und die Mail wohl zu bedeuten haben, komme aber zu keinem vernünftigen Schluss. Etwas mehr kann ich mit verschiedenen PDF-Dateien anfangen, die Artikel aus Schweizer Zeitungen zum Tode Rexons samt dessen Porträt beinhalten.

Jemand klopft an meine Tür. Ich schiebe den Laptop beiseite, höre, dass es Verasinghe ist, und bitte ihn herein. Er begrüßt mich irgendwie geistesabwesend und drückt mir ein amtliches Papier mit vielen bunten Stempeln in die Hand.

Frank Müllers Totenschein!

»Der Helikopter mit Frank Müller an Bord, der so frech über unseren Köpfen geschwirrt ist, wurde anscheinend kurz vor Batticaloa abgeschossen«, höre ich den Kollegen sagen. »Von den Rebellen. Einige der menschlichen Überreste ließen sich offenbar eindeutig Frank zuordnen.«

»Das geht mir fast etwas zu schön auf«, wende ich ein. »Ich meine, dass unser Doppelmörder auf der Flucht stirbt.«

»Zweifelst du an diesem Totenschein?«, fragt mich Verasinghe stirnrunzelnd.

Ich überlege. Der Fall Rexon-Schütz war verwirrend, er war gefährlich und er kostete mich alle Nerven, den halben Dünndarm und meinen Kommandantenposten. Und doch war er irgendwie banal. Ein abgedrehter junger Mann und sonst gar nichts. Jetzt soll die Knalltüte auch noch tot sein. Das ist wirklich etwas zu viel des Guten. Ich habe jedenfalls ein ganz schlechtes Gefühl.

»Bist du sicher, dass er sauber ist?«, stelle ich, auf den Totenschein deutend, die Gegenfrage.

Verasinghe schüttelt nachdenklich sein Haupt.

»Er sieht echt aus«, meint er zögernd. »Und die verdammten Rebellen ballern momentan wirklich allerhand vom Himmel.«

»Okay«, sage ich. »Vielleicht ist es mir einfach zu simpel.«

Verasinghe zuckt mit den Schultern.

»Hat man eigentlich je wieder etwas von General Premadasa gehört?«, fällt mir plötzlich ein.

»Nun, er scheint immer noch in Amt und Würden zu sein«, lautet die Antwort.

Irgendwie gefällt mir diese Reaktion nicht. Ich warte, ob noch etwas kommt, aber Verasinghe guckt nur nach dem Gecko, der wieder einmal an der Decke herumspaziert.

»Komm, ich spendiere dir ein Bier«, schlage ich vor.

Verasinghe atmet tief durch, erleichtert, wie mir scheint. Schweigend schlendern wir in die Teestube des Forschungszentrums, in der an diesem Nachmittag nur wenig Betrieb herrscht. Ich kann keine Bedienung ausmachen und hole mir selbst zwei *Lions Lager* aus dem Kühlschrank.

Wir setzen uns hinaus in den Schatten und nippeln an unseren Flaschen. Verasinghe sieht unglücklich aus. Hat es mit dem Totenschein zu tun?

Nein, merke ich bald, seine Sorgen gelten dem wiederaufflammenden Bürgerkrieg. Der ohnehin brüchige Waffenstillstand zwischen der Regierung und der LTTE sei seit den neuesten Attacken der Rebellen endgültig vorbei, meint er. Die Insel komme einfach nicht zur Ruhe. Es sei wirklich zum Verzweifeln.

Das Morden im Paradies geht also weiter, brutaler denn je vermutlich. Ich persönlich werde bald wieder in der sicheren Schweiz sein. Dort kann ich dann die Tage zählen, die Anna noch in Sri Lanka verbringen muss, und hoffen, dass sie sich gelegentlich telefonisch bei uns meldet.

»Ich kann dich morgen zum Flughafen bringen«, bietet Verasinghe mir an.

Ich bin gerührt.

»Das will schon meine Tochter tun«, muss ich dennoch ablehnen. »Ich hoffe, du bist deswegen nicht gekränkt?«

»Die Familie geht doch vor«, beruhigt er mich. »Nur schade, dass wir uns bald voneinander verabschieden müssen.«

»Wir waren ein gutes Team«, bestätige ich hilflos, denn ich habe den rundlichen Mann inzwischen fest ins Herz geschlossen. »Vielleicht kommst du ja mal in die Schweiz.«

Verasinghe lächelt.

Ich weiß natürlich, dass er sich mit seinem sri-lankischen Polizistenlohn den Flug nach Europa kaum leisten kann. Aber vielleicht lässt sich ja von Zürich aus etwas organisieren. Erfahrungsaustausch, Weiterbildung oder irgendein Seminar – wir haben schon aus fadenscheinigeren Gründen Leute zu Vorträgen in unseren Presse- und Ausbildungssaal im fünften Stock einfliegen lassen. Als Kommandant wäre es mir ein Leichtes gewesen, so etwas in die Wege zu leiten. Nun gut.

Gret will es wissen

»Beihilfe zum Mord ist ein schweres Verbrechen, Janani. Du musst mit mehreren Jahren Gefängnis rechnen«, beschwor Gret die junge Frau.

Aber die blieb stur und schwieg beharrlich weiter.

»Die *Gem Import GmbH* ist eine vom hiesigen Arm der LTTE aufgebaute Tarnfirma. Ob sich Rainer Schütz an Müller heranmachte, um an Informationen zu kommen, oder ob er nur zufällig etwas mitbekam, ist egal. Klar ist, dass er die Zürcher Tamilen vor Rexon warnte, was letztendlich dessen Todesurteil bedeutete.«

»Wenn Sie meinen«, sagte Janani. »Kann ich jetzt endlich wieder gehen?«

»Du begreifst den Ernst der Lage nicht!«, regte Gret sich auf. »Dein älterer Bruder hat gestanden, Rexon erstochen zu haben, Himmel noch mal! Und du hast uns wissentlich und absichtlich auf eine falsche Fährte gelockt!«

Janani gähnte gelangweilt.

»Sie waren aber auch dumm«, erwiderte sie dann. »Sie hätten doch wissen müssen, dass ich niemals ohne Hintergedanken so über meinen Vater und meinem Bruder gesprochen hätte.«

Gret hielt inne.

»Das hätte Ihnen doch klar sein müssen!«, beharrte die Tamilin.

Gret ärgerte sich. Weil Janani absolut recht hatte: Die Geschichte mit der Zwangsheirat passte ihr damals einfach hervorragend ins Konzept, sodass sie blindlings und bereitwillig darauf eingestiegen war.

»Rexon wollte deinen Vater aushorchen, vielleicht sogar bestechen, deshalb suchte er den Kontakt«, versuchte sie es erneut.

Janani fiel wieder zurück in ihr Schweigen.

»Aber jemand wusste längst, dass er ein Verräter war«, fuhr Gret fort.

»Vielleicht«, meinte Janani.

»Wusste es dein Vater auch?«

Keine Antwort. Aber plötzlich lag eine nervöse Spannung in der Luft.

»Oder hat dein Vater einen schweren Fehler gemacht, der sich nur dadurch wieder gutmachen ließ, indem sein eigener Sohn Rexon beseitigte?«

Jananis Augen blitzten kurz auf. Gret hatte instinktiv das Gefühl, dass sie ins Schwarze getroffen hatte.

»War es so?«, insistierte sie sofort.

»Und wenn?«, entgegnete ihr Janani salopp. »Ein Verräter hat seine verdiente Strafe bekommen, der Täter hat gestanden. Was wollt ihr denn noch?«

»Du machst es mir wirklich schwer«, seufzte Gret. »Du bist doch eine intelligente junge Frau. Und trotz allem stehst du jetzt mit einem Bein im Gefängnis.«

»Sie wissen doch nicht das Geringste über diesen Krieg!«, schrie ihr Janani völlig unvermittelt ins Gesicht. »Einfach rein gar nichts!«

Ganz offensichtlich nicht. Aber sie war schließlich auch in Basel zur Welt gekommen und nicht in einem Bürgerkriegsgebiet.

»Dann erzähl mir was darüber.«

»Nein!«, brüllte Janani. »Glauben Sie mir, Sie wollen das gar nicht wissen! Dass es dabei kein Pardon gibt und keine Gnade und kein Entrinnen und kein Ende! Kerkern Sie uns doch alle ein, wenn es Ihnen Freude macht, und kümmern Sie sich anschließend um den nächsten knackigen Fall und Ihre Karriere!«

»Ich möchte dich nicht im Gefängnis sehen, Janani. Sondern begreifen. Nur das. Begreifen, was genau geschehen ist. Warum Menschen letztlich töten. Deshalb bin ich bei der Kriminalpolizei.«

»Wir kämpfen um das Überleben unseres Volkes«, ereiferte sich Janani. »Rexon war ein Verräter. Er hat für Premadasa gearbeitet, einen der schlimmsten Tamilenfresser, die es je gab. Wäre er nicht enttarnt und beseitigt worden, hätte er immensen Schaden anrichten können. Wir hatten keine andere Wahl! Das ist doch wohl nicht allzu schwer zu begreifen, oder?«

»Und dafür opferst du deine Zukunft?«

»Es geht um die Sache und nicht um mich. Zudem glaube ich nicht, dass Sie mich lange festhalten können. Ich habe schließlich niemanden getötet.«

»Du hast uns zum Narren gehalten.«

»Vielleicht wusste ich es nicht besser! Beweisen Sie mir mal das Gegenteil.«

Gret wollte sie gerade daran erinnern, dass das Gespräch aufgezeichnet wurde, ließ es aber bleiben. Sie wollte nicht mit Janani streiten. Das Mädchen war ihr im Grunde sympathisch. Wer wusste schon, wie sie selbst sich in einer solchen Situation verhalten hätte. Vermutlich kam die Achtzehnjährige mit einer Buße oder einer bedingten Gefängnisstrafe wegen Irreführung der Justiz davon. Gret würde sich auf jeden Fall für sie einsetzen.

»Lathan hat sich geopfert, weil dein Vater viel zu spät merkte, dass Rexon ein Spion war und deswegen in die Schusslinie der eigenen Leute geriet«, nahm sie einen neuen Anlauf. »Sehe ich das richtig?«

Janani schaute sie mit großen Augen an. Aber sie sagte nichts.

Gret kannte die Antwort auch so.

»Wie lief eigentlich die Lateinprüfung neulich?«, wechselte sie das Thema.

»Hab sie versiebt«, antwortete die junge Frau. Und nach einigen Sekunden fügte sie mit blitzenden Augen hinzu: »Nicht alle Leute raten richtig.«

Staub hofft auf die Wahlen

Gute zwei Wochen sind vergangen, seit ich aus Sri Lanka zurück bin. Ich studiere gerade einen NZZ-Artikel, der die neuesten blutigen Geschehnisse auf der Insel zusammenfasst, als es an der Tür meines temporären Büros klopft. Es sind Gret und Michael, die mich auf dem Abstellgleis besuchen, auf das mich die Polizeioberen nach meiner Rückkehr geschoben haben. Natürlich nicht ohne zu betonen, wie dankbar ich für diese Gnade zu sein habe.

»Na, Fredy«, meint Michael. »Gibt's schon was Neues von unseren Politikern?«

»Nein«, antworte ich.

»Schöne Scheiße«, klagt Michael. »Da sitzt einer unserer besten Leute untätig in einem schäbigen Loch von Büro. Dabei gäbe es wirklich genug zu tun!«

»So gut bin ich ja leider nicht, Michael«, mache ich mich selbst schlecht. »Hast ja gesehen, wie jämmerlich ich auf den Schwindel um meinen vermeintlichen Frank Müller hereingefallen bin! Dabei hätte mir doch auffallen müssen, dass meine Verfolger plötzlich weg waren, dass Premadasa auf einmal Ruhe gab, dass Hugentobler und Trüeb von Müller dafür benutzt wurden, uns den Quatsch mit seinem angeblichen Sohn unterzujubeln. Dass Verasinghe schwer unter Druck stand, als er mir den ›Totenschein‹ von Müller junior zeigte, dass ...«

»Ich war genauso blöd«, unterbricht mich Gret.

»Ja, aber im Unterschied zu mir hast du nicht lockergelassen und weitergebohrt. Ich dagegen suhlte mich in meinem vermeintlichen Erfolg.«

»Ach was!«, wiegelt Michael ab. »Es war eine hoch komplizierte Geschichte mit Hintergründen, die wir nicht erahnen, geschweige denn verstehen konnten. Wir wissen ja bis heute nicht, wer Rainer getötet hat.«

»Die Armee. Im Auftrag Premadasas oder des eng mit ihm verbandelten Müller«, sage ich. »Rainer gab ihren Maulwurf zum Abschuss frei und dafür musste er büßen.«

»Klingt logisch«, nickt Michael. »Aber mit Sicherheit wissen wir das trotzdem nicht.«

»Nein«, gebe ich zu und betrachte stirnrunzelnd die beiden Chefs meiner ehemaligen Abteilung. Hoffentlich beeinträchtigen sie ihre eigene Karriere nicht, indem sie mir täglich einen Solidaritätsbesuch abstatten.

»Wir intrigieren schwer, Fred«, errät Gret meine Gedanken. »Zusammen mit vielen anderen, die dir wohlgesinnt sind. Spätestens nach den nächsten Wahlen wirst du eine neue Abteilung leiten, da bin ich mir sicher.«

»Wann sind diese verfluchten Wahlen noch mal?«, stöhne ich mit Blick auf die Abstellkammer, in der ich jetzt sitze.

»Im April. Am fünfzehnten, um genau zu sein.«

Ich blicke auf meine Speedmaster. Sie zeigt mir erstens, dass wir immerhin bereits den fünfundzwanzigsten Februar haben, und zweitens, dass es Zeit ist, Mittagessen zu gehen.

»Gehen wir was essen«, schlage ich deshalb vor.

»Ich nehme nicht an, dass es dich in unser Personalrestaurant zieht, oder?«, lacht Michael.

»Ich will doch euren Ruf nicht beschädigen, Freunde«, sage ich. »Gehen wir ins *Italia*, ich kann ja noch schnell reservieren.«

»Ich habe mich leider schon mit meinem Freund verabredet, Fred«, äußert sich Gret überraschend und errötet dabei leicht.

Ich betrachte sie verwundert, auch wenn die Gerüchteküche mir natürlich bereits von ihrem Liebesglück berichtet hat.

»Er fliegt noch heute Nachmittag für ein paar Tage nach Berlin. Deshalb möchten wir uns vorher gerne noch mal sehen«, fügt sie hinzu.

»Nur zu«, sage ich leichthin. »Aber zeig den Kerl doch mal vor, wir sind natürlich neugierig!«

»Ich soll ihn euch Wölfen zum Fraß vorwerfen?«

»Da muss er durch«, meine ich lakonisch.

Dann erhebe ich mich, um meinen Wintermantel anzuziehen. Es ist garstig kalt zurzeit. Außerdem windet es heftig, wie mir der Blick aus dem Fenster zeigt. Wirklich unwirtlich.

Aber immerhin: Lästige Mücken und Fliegen werde ich da draußen wohl keine antreffen.

Erklärung und Dank

Die meisten Örtlichkeiten, die in diesem Buch beschrieben sind, gibt es wirklich. Einzige große Ausnahme ist das *Hamawella Malaria Research Center*, das leider (noch) nicht existiert.

Auch viele der in diesem Buch geschilderten Nebenepisoden haben sich tatsächlich ereignet: die Schlägerei unter Tamilen vor dem Kino *Riff Raff*, das Versenden einer Bombendrohung aus einer Werbeagentur, der Angriff der LTTE auf den Flughafen in Colombo oder die Entlassung des Chefdelegierten des Roten Kreuzes für die Tsunamihilfe.

Ich liebe Sri Lanka und habe insgesamt vier Monate meines Lebens in diesem wunderschönen Land verbracht. Nirgends habe ich freundlichere Leute getroffen, keinen Krieg auf der Welt verstehe ich weniger.

Bei der Arbeit zu diesem Buch haben mich unterstützt: Stefan Frei, Denise Bartholdi, Heidi Hiltebrand sowie verschiedene Tamilen und Singhalesen, die hier nicht namentlich genannt werden möchten.

Ein besonderer Dank geht auch an alle Mitarbeiter und Mitarbeiterinnen des Grafit Verlags, mit denen die Zusammenarbeit nicht nur ersprießlich, sondern immer auch sehr angenehm, warmherzig und witzig ist.

Glossar

allfällig – *(schweiz. für)* etwaig, eventuell, allenfalls (vorkommend)

Ausschaffung, die – *schweiz. für* Abschiebung

bedingte Gefängnisstrafe – *(österr., schweiz. für)* Verurteilung mit Bewährungsfrist

Combox® – Gratis-Anrufbeantworter der Swisscom für Natel®-Abonnenten

Glückskette – humanitäre Solidaritäts- und Spendenplattform der Schweizer Medien, angeführt durch die Schweizerische Radio- und Fernsehgesellschaft *SRG SSR idée suisse*

GSG 9 – *Grenzschutzgruppe 9;* Antiterrorismuseinheit der deutschen Bundespolizei

IKRK – Internationales Komitee vom Roten Kreuz (in Genf)

Jass, der – *(schweiz., auch süddt. und westösterr.)* ein Kartenspiel

Kafi Lutz, der – in der Schweiz gebräuchliche Bezeichnung für Kaffee mit Schnaps

Krait, der – nachtaktive Giftschlange Südostasiens

LTTE – Liberation Tigers of Tamil Eelam; paramilitärische Organisation und politische Partei, die für die Unabhängigkeit der Tamilen im Norden und Osten vom restlichen Sri Lanka kämpfen, in dem mehrheitlich Singhalesen leben

Natel® – Der Begriff ›Natel‹ ist eine geschützte Bezeichnung der Schweizer Telekomgesellschaft *Swisscom.* Ursprünglich stammt er vom Begriff ›**N**ationales **A**uto**tel**efon‹ ab. Das Wort hat in der Schweiz in allen vier Sprachen größere Verbreitung als der Begriff ›Handy‹.

Perron, der – *(veraltet, noch schweiz. für)* Bahnsteig

Rande, die – *(schweiz. für)* Rote Rübe

Rega – **Re**ttungsflugwacht und **G**arde **A**eriènne

Schwingen, das – *(schweiz. für)* eine Art des Ringens

Senkel, jmd. in den Senkel stellen – *(schweiz. für)* jmd. zurechtweisen

SURGIR – Schweizer Organisation für Frauenrechte

SVP – Schweizerische Volkspartei

Weitere Krimis von Ernst Solèr

»Mit leichter Feder, der das Lachen nie fern liegt, bringt Solèr sein Personal – seien es Opfer, Tatverdächtige, Dorfbewohner oder Mitarbeitende – individuell zu Papier.« Neue Zürcher Zeitung

»Der Mann kann schreiben und dabei noch gut unterhalten! Sein flotter, unaufdringlicher Stil, der die Dinge genau beschreibt, sich aber nicht in Kleinigkeiten verliert, gefällt von der ersten Seite an.«
Main-Echo

»Auch wenn man während der Lektüre mehr als einmal leer schlucken muss, so bleibt einem das Lachen aber trotzdem nicht im Hals stecken. Vor allem Staubs Mitarbeiter – vom hemdsärmeligen Kettenraucher über die männliche Büroniete bis zur sturen Moralistin – hat Solèr lustvoll karikiert.« Tages-Anzeiger

»Die beschauliche Schweiz als Kulisse für attraktive spannende Krimis. Geht das? Mit Fred Staub geht das sehr gut.«
www.kulturinfo.eu

»Solèr karikiert mit Nonchalance und Ironie das Schweizer Milieu.«
Zeitschrift Kloster Einsiedeln

Staub im Feuer
Der erste Roman mit Fred Staub
ISBN 978-3-89425-316-5

Staub im Wasser
Der zweite Roman mit Fred Staub
ISBN 978-3-89425-332-5

Staub im Schnee
Der dritte Roman mit Fred Staub
ISBN 978-3-89425-346-2

Ein weiterer Zürich-Krimi

Michael Herzig

Saubere Wäsche

ISBN 978-89425-338-7

Ein Doppelmord in einer Wäscherei und eine brutale Vergewaltigung – Johanna di Napoli, ›Quotenfrau‹ bei der Zürcher Stadtpolizei, gerät zunehmend unter Druck: Ihr Chef erwartet höchste Diskretion, die Öffentlichkeit Erfolge und der Großteil ihrer Kollegen ihr Scheitern.

»Der Autor Michael Herzig kennt die Zürcher Kulisse, beschreibt sie und ihr Personal anschaulich, schildert Macken und Ecken mit großzügigem Verständnis und Witz. Seine realitätsnah geformten Protagonisten sind oft Opfer städtischer Einsamkeit ... Das Zürcher Kolorit und die vielfältigen Biografien der Protagonisten machen ›Saubere Wäsche‹ zu einem lesenswerten Erfolg.«
Sonja Lüthi Ihle, NZZ Neue Zürcher Zeitung

»Zwei Verbrechen mit Verbindungen zum Drogen- und Sexmilieu, Polit- und Medienfilz, eine unbestechliche Polizistin:Der in Zürich lebende Berner Michael Herzig beherzigt die klassischen Eckpfeiler des Genres.« Regula Freuler, NZZ am Sonntag

»Michael Herzig weiß die Fäden fein zu spinnen, gibt seinen Akteuren Profil, Wärme und einen Hintergrund. ... Das alles wird mit einem leicht ironischen Unterton serviert und, was gar nicht selbstverständlich ist in einem Erstlingskrimi, in einer schönen, auch von der Syntax her makellosen und schnörkellosen Sprache.«
Der Zürcher Oberländer

»Der Autor hat sich viel Mühe mit seinen Charakteren gegeben. Hoffentlich deshalb, weil er sie in Zukunft noch öfter einsetzen will.«
Sönke Boldt, Badische Neueste Nachrichten

»... weckt die Vorfreude auf Band 2!« SBD Bibliotheksservice (CH)

grafit